讓寧大君漫遊記

* **저자** 유추강(庾秋岡, 1886~1955)

유추강은 서울에서 태어났다. 본명은 유석우(庾錫祐)이며, 호는 추강(秋岡)이다. 그는 가을의
풍경을 좋아하고, 특히 단풍 물이 든 뫼를 사랑해서 추강이라는 호를 지었다고 한다. 1906년
경성학원(京城學園)을 졸업하고 일본 교토대학(京都大学)에서 철학을 공부하였다. 이후 3·1 운
동과 연관되어 옥고를 치르기도 했다. 그가 야담가로 활동을 시작한 것은 1933년경으로 추정
된다. 당시 야담은 1930년대에 접어들며 본격적인 오락 독물로서 그 위상을 떨치고 있었다.
잡지, 신문 등과 같은 지면뿐 아니라 라디오 방송을 통해서도 야담의 활용은 그야말로 다대하
게 진행되었다. 이 과정에서 여러 지식인은 야담의 흥행을 못마땅하게 여기기도 했으나, 독자
들의 폭발적 수요는 여러 문인과 다양한 작가층의 공급이라는 결과로 이어졌다. 그중에서도
인기 있던 야담의 작가가 바로 윤백남이나 신정언, 김동인과 같은 사람이었는데, 유추강 또
한 그들과 함께 당대 손꼽히는 야담가의 하나로 이름이 거론되었다. 그는 1930년대 이후 라
디오 방송뿐 아니라 야담 대회 및 여러 지면을 통해 야담가로서 다양한 행보를 이어 갔고 여
러 작품을 남긴 바 있다. 1940년대에는 신정언과 함께 〈매신교화선전차대〉에 소속되어 징병
을 홍보하기도 했으며, 해방 후에도 야담과 관련된 활동을 하다가 1955년에 세상을 떠났다.

* 이 책의 저본은 1936년 12월(2권 12호)부터 1937년 11월(3권 11호)까지 10회에 걸쳐 『야담』
  에 연재된 「양녕 대군 만유기」이다.
* 각주는 모두 역자주이다. 작품 특성상 인물이 여러 지역을 돌아다니며 사람들과 만나게 되는데,
  이때 사람들이 나누는 대화가 현대 맞춤법 표현에 맞지 않는 구어체와 방언으로 되어 있더라도
  말맛을 살리고자 원문을 최대한 살려서 번역하였다. 원문의 오탈자나 일부 의미를 파악할 수 없
  는 단어는 독자의 이해를 돕기 위해 맥락에 맞게 고쳤다.

* **번역자** 강예지
구비 문학을 전공하고 있으며, 최근 〈손님굿〉 무가의 환대성에 주목한 연구로 석사 학위를 받았다. 서사 무가를 시작으로 고전 문학을 오늘날의 시선으로 새롭게 풀어내고, 그 안에서 현대적 가치를 모색하기 위해 공부 중이다.

* **번역자** 이예지
한국 이무기 설화에 대한 연구로 석사 학위를 받았다. 괴이한 존재에 대한 관심에서 시작하여, 최근에는 괴이한 이야기와 그 안에 담긴 여러 목소리를 주목하며 공부를 이어 가고 있다.

* **해 제** 권기성
19세기 말 20세기 초 필사본 야담집을 연구해 박사 학위를 받았다. 최근에는 고전 문학에 그려진 미시 문화사적 연구와 20세기 초 새로운 매체에 담긴 고전 문학의 여러 흔적을 탐색하는 중이다.

양녕 대군 만유기
讓寧大君漫遊記

저자 유추강

역자 강예지·이예지

해제 권기성

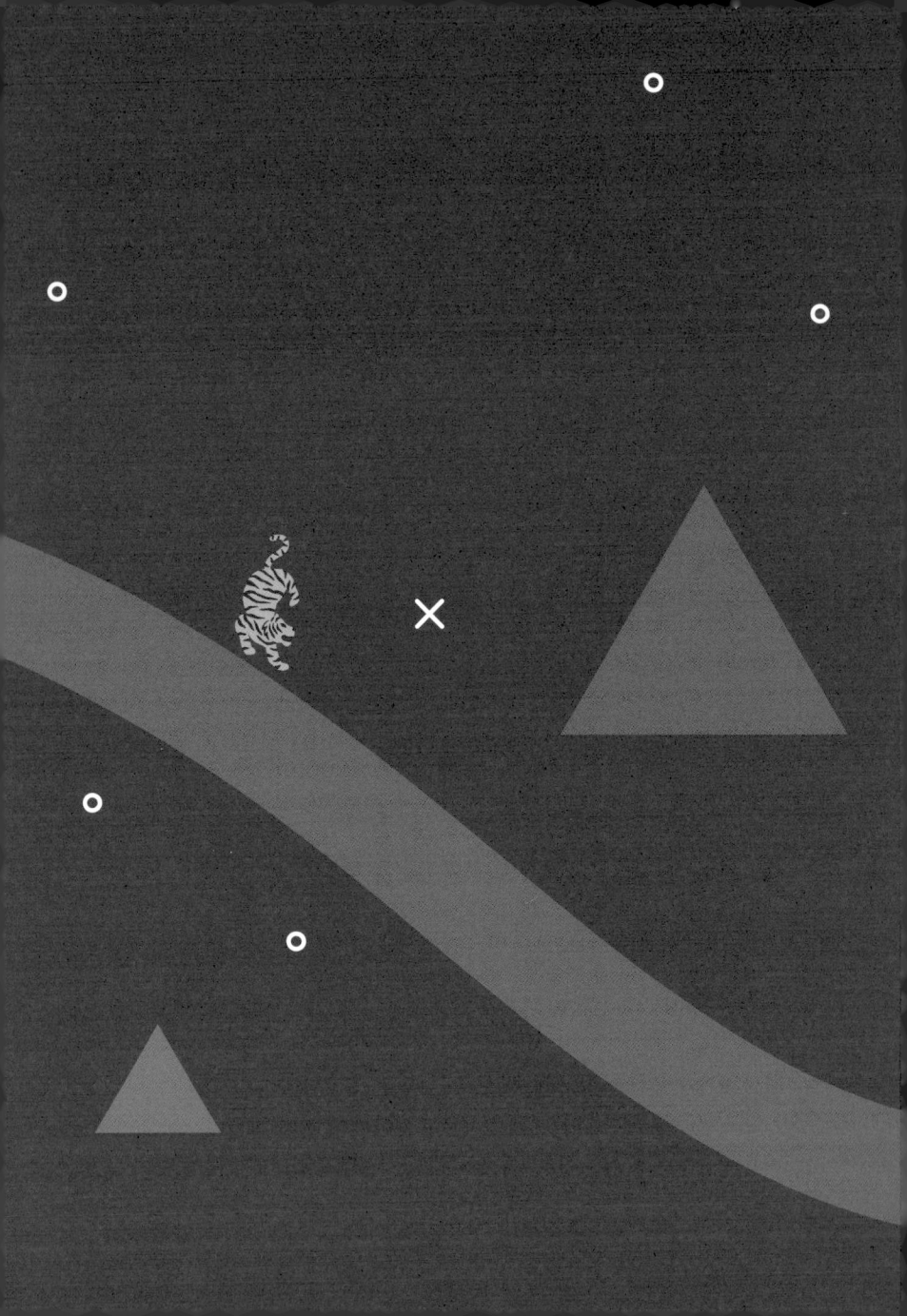

차 례

양녕 대군은 이조 제3대 임금 태종 대왕의 장자로서 마땅히 제 4대의 임금 계통을 이으실 처지였지만 그 부왕 되시는 태종의 뜻이 셋째 아드님 세종에게 왕위를 전하고자 하시는 의향이 보였고, 또 양녕 대군이 스스로 생각하여도 셋째 아우 세종이 훨씬 품격이 초월할 뿐 아니라 그 아버님이 임금 되시던 때의 일을 생각하여 보면 임금 자리를 가지고 다투느라고 골육이 서로 싸우고 군신이 서로 다투어서 얼마나 많은 살육이 생겼던가 생각만 하여도 몸서리칠 일이다.

조부 되시는 태조 대왕이 창업하신 후 얼마 안 되어 제6자인 방석, 제7자 방번 등을 극히 사랑하시는 데다가 전비 한 씨는 돌아가시고 후비 강 씨가 생존하신 터이니 아무리 해도 태조가 특히 사랑하시고 또 강비 소생의 방석과 방번을 제2대의 왕으로 전위가 되게 하자는 정도전, 남은, 이직 들이 있었고, 또 한 편에는 장자의 차례로 둘째 아드님 정종과 창업 시대에 공이 크신 다섯째 아드님 태종을 모셔 왕위를 승통하시게 하심이 마땅하다는 하륜, 이숙번, 이무 등이 있어 서로 대립을 하다가 필경은 태종을 살해하려는 계획까지 있었던 것이 탄로되어 아무리 이복 동기간이라 할지라도 골육간에 참혹히 그 동생 되는 방석과 방번을 죽이고 창업 공신 정도전,

남은 등도 살육을 시켜 태조 대왕도 늙어 가시는 터에 마음을 상하심이 많았고, 또 나라를 세운 지 몇 해 되지 못하여 대궐 문밖에서 창칼을 들고 군신 골육간에 서로 싸워 죽이고 죽고 하던 창변이 있었던 것을 생각하면 조금만 도량이 넓은 사람으로서 어찌 다시 임금 자리를 가지고 다투어 볼 마음이 있으랴. 더욱이 양녕 대군은 성품이 어지신 데다가 협한 성질로 그 아버님 태종 대왕의 생각을 짐작하시고 또 그 셋째 아우님이 가히 임금 재목 되심을 아는 터라 스스로 물러가는 것을 마땅히 생각하시고 일부러 미친 체하며 밖으로 나와 술 마시기와 사냥 다니기로 일을 삼고 그 난잡한 행동은 누가 보든지 장차 임금 위에 오를 이로 볼 수 없이 하여 부왕께서도 차차 셋째 아드님 세종에게로 전위하실 뜻이 간절하게 되시는 중에 둘째 아드님 효령 대군도 그 형님의 뜻과 아버님 마음을 알게 되어 과천 관악산 염불암[1]에 올라가서 북을 치며 염불하기에 골몰하였다.

　　태종 대왕은 여러 아드님 중에 셋째 아드님을 극히 사랑하실 뿐 아니라 그 천성이 가히 왕위를 전할 만한 것을 아시고 그 아드님

1　　염불암(念佛庵): 염불사라고도 하며 연주암, 삼막사와 함께 관악산 3대 사찰로 불린다. 이곳의 창건과 관련해서는 고려 태조 창건설과 원효, 의상 윤필 세 성인에 의한 창건설이 전해진다. 『양녕 대군 만유기』의 배경이 되는 조선 시대 초기 이곳과 관련한 역사적 사실로는 1407년(태종 7) 풍수지리상 한양의 백호에 해당하는 관악산의 지맥을 누르기 위해 몇몇 사찰을 중건할 때 염불사도 중창된 것을 들 수 있다.

에게로 승통을 시키실 뜻이었으나 큰 아드님 양녕 대군과 둘째 아드님 효령 대군을 무단히 제쳐 놓고 설불리 하다가는 당신 시대의 참변을 되풀이할까 염려도 되어 이 일을 장차 어찌하면 무사히 당신의 뜻하는 바를 실현시킬 수 있을까 항상 마음에 근심스럽던 차에 큰 아드님은 양광[2]으로 그 자리를 사양하고 둘째 아드님도 스스로 물러남을 보신 태종은 마음에 족히 안심하시고 세종께로 왕위를 전하셨다. 양녕 대군은 셋째 아우님이 임금 되신 뒤에도 얼마 동안 여전히 술과 사냥에 정신을 잃은 사람 모양으로 돌아다니시는데, 하루는 사냥한 고기와 술을 가지고 둘째 아우님 효령 대군이 북을 치고 염불하는 관악산 염불암에 가서 고기를 지지고 굽고 술을 데워 일부러 아우님 옆에서 여러 사람을 데리고 떠들며 잡수시는 것을 보고 효령 대군은 민망히 생각하여서,

"형님, 약주와 고기 등속은 부처가 엄금한 것이니 잡수시려면 다른 데서 잡수시지 하필 부처 앞에서 잡수셔요. 저는 일평생 불도에 몸을 바쳤으니 제 공부에도 적지 않은 훼방이 될 것 같습니다."

이 말씀을 들은 양녕 대군은 크게 한 번 웃으시면서,

"하하하하! 여보게 동생. 그 말 말게. 내야 무슨 탈이 있겠나. 내가 생전에는 임금의 형이니 나라 백성이 모두 높여 주겠고 또

---

2   양광(佯狂): 거짓으로 미친 체함. 또는 그런 행동.

죽어 사후에는 동생과 같은 부처가 있으니 부처의 형인즉 시방제불(十方諸佛)이 모두 높여 줄 테니 형이 되어 아우 앞에서 술 먹고 고기 먹는 것이 무슨 흥 될 것이 있나. 염려 말고 자네는 부처 공부나 잘하게나. 허허허허!"

효령 대군도 그 백씨[3]의 활달 대범한 성격에 감복되어 다시는 아무 말도 못 하였다.

세종 대왕은 이조 5백여 년 동안에 제일 뛰어난 성군으로 조선 요순이라 일컬음을 받은 임금이었다. 그리하여 그 성품도 영특하셔서 백씨와 중씨[4]의 왕위를 사양한 뜻을 알고 더욱 마음에 공경하며 사랑하는 뜻이 간절하여 종종 양녕, 효령 두 형님을 모셔서 잔치를 베푸시고 우애의 정이 가득하게 노시는 때가 많았다. 그러면 양녕 대군도 그만 양광을 그치고 대군스럽게 특히 임금의 형님스럽게 지내실 것이로되, 별안간 행동을 고치고 점잖은 행동으로 변하는 것도 생각할 점이 없지 아니한 것은 어린애 장난 비슷하게 미친 체하던 이가 아우님이 임금 자리에 등극하시자마자 그 행동이 변하고 보면 '옳지, 내가 아우를 위하여 일부러 미친 체를 했노라.' 하는 듯이

---

3   백씨(伯氏): 남의 맏형을 높여 이르는 말. 여기서는 양녕 대군을 가리킨다.

4   중씨((仲氏): 남의 둘째 형을 높여 이르는 말. 여기서는 효령 대군을 가리킨다.

자기의 포용심을 과장하는 것도 같고 또는 임금과 대군들 사이에는 조금만 이상한 눈치가 보이면 색안경을 쓰고 행여나 임금 자리를 넘보지나 않는가 해서 별별 참혹한 일이 연출되는 것이다. 그래서 양녕 대군은 내친걸음이니 아주 세상을 배반하고 이전 행동을 고치지 않았을 뿐 아니라 이제는 목적하던바 아우님 세종께서 즉위하심도 뜻대로 되었고 또 아우님이 즉위하신 뒤의 정사도 이조 5백 년 사이의 임금 중에 가장 성군이셨다는 칭송을 받으시도록 훌륭하신 터라 양녕 대군으로서는 아무 기탄할 것 없이 노시고 즐기셔도 아무런 근심도 없을 것이로되, 임금의 형님 되시는 처지로 너무 해괴한 행동이 계시다 하면 이것도 또한 아우님의 마음이 편치 못할 바요, 조정의 물론[5]도 없지 않을 것을 생각하신 양녕 대군은 세종 15년 춘삼월 날도 따뜻하고 꽃들도 아름답게 피어 향기로운 때인 데다가 연치(年齒)도 차차 노경에 들어 전과 같이 망패로운 행동으로 노실 수도 없는 때라 울적한 기분도 시원하게 팔도강산 구경도 하실 겸 또는 충신, 효자, 열녀와 같은 좋은 사람들로 세상에 알리지 못한 이들을 만나서 상 줄 자는 상 주고 더욱 그런 일을 권장하며 또는 악한 자로 하여 고통을 받는 불쌍한 사람들도 적지 않을 것이니 이런 사람들을 위하여 도움이 되어서 이 조선 나라의 정치가 더욱더욱 잘되어 나가

---

5   물론(物論): (대개 부정적인 뜻으로 쓰여) 어떤 사람 또는 단체의 처사에 대하여 많은 사람이 이러쿵저러쿵 논평하는 상태를 뜻한다.

도록 하자는 생각으로 팔도강산을 만유하시려고 일찍이 대군을 모시고 지내던 임호, 박봉이 두 사람을 데리고 당신은 이 첨지라는 늙은이로 범이 봉이라는 두 젊은 사람을 데리고서 산천 구경 다니는 유람객 모양으로 범이에게는 술 한 장군[6], 봉이에게는 고추장볶음, 북어무침, 암치 등의 마른안주를 한 소쿠리 지워 앞세우고 죽장망혜로 먼저 황해도 지방을 거쳐 평안도로 돌기로 하고 길을 떠나셨다.

그런데 여기 양녕 대군을 모시고 다니게 된 두 사람은 일찍이 대군께서 양광을 부리실 때 대궐을 나오면서 활을 메고 사냥을 다니시며 술집으로 돌아다니시는데 대강 그 눈치를 아는 자들은 슬금슬금 피해서 대군의 행동이 어디까지 미치더라도,

"어…. 그 어른 가엾군. 어찌하면 임금 되실 어른으로 저렇게 가엾이 될 수가 있노!"

하며 꽁무니를 슬슬 빼 달아나는 것이 보통이었지만 그중에도 심술궂은 장난꾼들은 일부러 모르는 체하고,

"아따, 아무리 대군이면 무얼 해. 사람이 저 지경 되면 나라고 사사집[7]이고 다 망했지. 무어야 사사 사람 같으면 집안 망할 자식이지. 한 번 걸리면 한 번 걸리면 톡톡히 혼을 내 주어야지 어디 견

6   장군: 물, 술, 간장 따위의 액체를 담아서 옮길 때에 쓰는 그릇.
7   사사집(私私-): 특별할 것 없는 일반 백성의 살림집. 여염집.

디어 보아라!"

하고 주먹을 불끈불끈 쥐는 자들도 적지 아니하였다. 이런저런 아무 생각 없이 그저 당신의 미친 체하는 것이 다른 사람들에게 알려지는 것만 다행히 여기시는 대군은 인왕산으로 북한산으로 돌아다니시며 사냥을 하시다가 어느 날 해가 뉘엿뉘엿 넘어가며 시장하심을 깨닫고 활을 메고 홍제원 어느 술집에 들어가시려 할 때, 마침 술 먹는 사람이 많아서 그야말로 발들일 틈이 없었던 모양이라 급히 들어가시다가 웬 말썽스러운 사람의 발등을 밟고 채 인사 한마디 할 새 없이,

"얘, 이리 오너라. 술 한 상 내오너라!"

하시며 둥그런 새끼 방석을 끌어 놓고 앉으시려 하는데, 발등 밟힌 자가 흘깃 쳐다보더니,

"이 제기랄 것. 어려서부터 무당질을 해도 목득[8]이란 귀신은 못 보았다고 친구의 발등을 밟고 이렇다 말 한마디 없으니 이것 어디서 먹다 온 물건이야!"

대군은 이 말을 들으실 때 하도 기가 막히시지만 그렇다고 (내

---

8   목득: 목득은 목두기라고도 하는데 이름이 무엇인지 알 수 없는 귀신이다. 관련해서 '세 살 적부터 무당질을 하여도 목두기 귀신은 못 보았다'는 속담이 있는데, 오랫동안 여러 사람을 겪어 보았으나 그 같은 사람이나 일은 처음임을 비유적으로 이르는 말이다.

가 아무개로라) 바로 내다 붙일 수도 없고 그야말로 법은 멀고 주먹은 가깝다는 격이요, 또 당신이 몸을 버리고 양광을 하시는 터에 바른 정신이 있는 체하는 것도 되지 않은 일이다. 그래서 껄껄 웃으며,

"여보, 나더러 그랬소. 욕이나 너무 마오. 그게 무슨 상스러운 말이오. 하하!"

"아- 이건 누구를 놀리는 겐가. 이 제기랄 것. 그래, 친구의 발등을 밟았으면 실수했다든지 무어라고 인사 한마디 없이 상스런 말 마라 그래. 거기는 어떤 양반인지 모르겠네만 이런 술좌석에서 그래도 오고 가는 인사는 알고 다녀야지 이게 되지 않게 무어야. 그리고 껄껄 웃어. 아, 누구를 놀리는 것이야!"

"아니, 여보, 내가 발등을 일부러 밟았단 말이오. 모르고 그랬거든 그렇게 욕설을 쌍스럽게 하다니. 응, 괴이하군!"

아무리 해도 대군의 말씀은 어디인지 감출 수 없이 보통 사람들과 다른 데가 있었다. 이 말이 뚝 떨어지자 그 사람은 대군의 도포 소매를 잡아끌며,

"이리 와. 그래도 반지빠르게[9]. 뭐에 어쩌고 어째? 괴이하군? 친구에게 괴이하군이란 문자를 어디서 뱉어!"

---

9   반지빠르다: 말이나 행동 따위가 어수룩한 맛이 없이 얄미울 정도로 민첩하고 약삭빠르다.

하며 곧 손을 들어 뺨을 후려갈기려 할 그때였다. 좌중에 있어 술 먹던 한 사람이 벌떡 일어나더니 그 사람의 등덜미를 움켜쥐어 문밖으로 내어 밀치며,

"이놈아, 보아하니 그 양반도 연치가 높으신 터이요 어디로 보든지 너희 같은 개돼지 같은 양반이 아니다. 이놈, 어디에다가 손을 대. 이놈, 벼락 맞을 놈!"

비실비실 문밖으로 밀려 나갔던 그자가 다시 문설주를 붙잡고 멈칫 물러서더니 문 옆에 놓인 주춧돌을 번쩍 들고 덤비며,

"이놈아, 너는 웬 놈이야. 술이나 국으로 먹으면 먹었지 무슨 아랑곳이야. 이놈, 받아라!"

하고 덤벼들 때 그 사람은 몸을 슬쩍 비켜 돌을 피하더니 벌같이 덤벼들어 그자의 뺨을 후려치는 듯하더니만 그자는 어느 결엔지 저편 밭고랑에 가서,

"에쿠!"

하고 쓰러져서 다시는 꼼짝을 못 하는데 그자와 같이 왔던 4~5인이 덤벼들며,

"여보, 그쪽은 누군데 사람을 저렇게 쳐. 이리 오너라!"

하고 한 놈이 손목을 잡아끌려 할 때에 다른 자들은 몽둥이를 가지고 앞뒤로 둘러서서 그 사람을 내리 들이는 것이 여간 위험해 보였다. 그래서 대군께서는 겁이 나셔서,

"여보시오들, 내 말 좀 들으오. 그 사람은 아무 죄 없소. 내가 모두 잘못이니 그만들 두시오. 여보, 사람 상하겠소."

그 사람이 옆으로 슬쩍 비켜서면서,

"여보쇼, 아무 염려 맙쇼. 이런 놈들은 버릇을 단단히 가르쳐 놓아야 합니다!"

하더니 어느 틈엔지 한 놈을 잡아 낚아채 거꾸러뜨리더니 그 놈의 목을 집고 내두르는 서슬에 몽둥이를 들고 서슬이 시퍼렇게 덤비던 자들은 그만 혼비백산이 되어 달아나 버렸다. 그것을 방그레 웃으며 바라보던 그 사람은 발목 잡힌 자를 두서너 간통이나 되는 저편에 내던지고,

"여보쇼, 어서 들어가서 약주 잡수시지요. 그런 쥐새끼 같은 놈들 하늘 무서운 줄 모르고 함부로 덤빕니다!"

하고는 자기 자리에 가서 다시 다시 술을 따라 마신다. 이것을 보신 대군은 하도 신기하고 또 마음에 상쾌한 생각으로 그 사람 앞에 가 앉으시며,

"여보슈, 원 이런 고마울 데가 없소. 하마터면 욕을 볼 것을 노형의 구원으로 욕을 면했으니 참 고마운 말 무어라 하겠소!"

"아니외다. 천만에 그런 말씀 마십시오. 제가 무슨 구원을 해 드려요. 그놈들이 자각 없는 놈들이지요!"

"아니 겸사로 말할 게 아니라 참으로 내가 봉욕을 단단히 할 뻔

안 했소? 자! 우리 술이나 한잔 나눕시다!"

"원, 황송한 말씀이시지요. 저 같은 젊은 놈에게 이처럼 하시면 너무 죄송합니다. 어서 약주 잡수시고 가시지요. 저는 다 먹었습니다!"

"그게 무슨 말이오. 내가 그렇지 않아도 술 한 잔 생각이 있으나 같이 대작할 사람이 없어서 무미하던 차에 노형을 마침 잘 만났소. 그러지 말고 우리 한 잔씩 나눕시다."

이렇게 사양하는 그 사람에게 술을 권하시며 대군도 잡수신 뒤에,

"그런데 참 인사가 늦었구려. 뉘 댁이오!"

"예. 저는 임(林)씨 성을 씁니다!"

"임 서방이야. 나는 이(李)씨 성을 쓰오!"

"예. 황송합니다. 제 이름은 범이라 부릅니다!"

"오, 범이, 그러면 임호(林虎)로군! 나는 그저 이 첨지로만 알아 두오!"

"예. 황송한 말씀이십니다. 이런 어린 애들에게 왜 그처럼 하십니까?"

대군은 차차 범이의 공손한 태도라든지 그 든든한 완력이라든지 같이 데리고 지내실 생각이 있어서 그날부터 범이를 궁으로 데려다 두시고 청지기 겸 상노 겸 보호자 겸으로 부려 보시니 그 사람

됨이 영리하고 과히 무식하지도 않아서 대단히 사랑하시며 항상 곁을 떠나지 않게 하셨다. 그 후 서너 달 지낸 어느 날은 범이가 자기 집인 성균관 근처까지 가고 없는 사이에 대군은 무심히 활을 둘러 매시고 이리저리 벌터질[10]을 다니시다가 어찌어찌하여 성북동 산골을 당하자 저편 산모퉁이로 얼룩얼룩한 췸범 한 마리가 쏜살같이 달려오는데 대군은 그만 정신이 아득해서 어찌할 줄을 모르시고 우두커니 서 있으려니까 범은 '어흥' 소리를 산악이 움직이는 듯이 부르짖으며 바로 대군을 향해서 달려들었다. 이때 대군은 참으로 위태함이 눈앞에 이르러서 그만 정신을 잃고 그 자리에 펄썩 주저앉으실 때 별안간,

"이놈, 발 들어라!"

하는 소리가 벼락 치는 소리같이 나더니 호랑이는 앞발을 번쩍 들고 뒷발로 성큼성큼 두서너 걸음 내어 디딜 사이에 번갯불같이 어떤 젊은 사람 하나가 두 팔을 쩍 벌리고 덤벼들어 호랑이의 허리를 꽉 들이끼고 머리로는 호랑이 턱을 들이박더니,

"엑. 이놈, 어디 견디어 봐라."

하는 소리와 함께 호랑이는 그만 거꾸러지고 그 젊은 사람은 허리에 찬 장도를 빼서 호랑이의 목을 찌르고 배를 갈라 죽인 뒤에

---

10 벌터질: 활터에서 연습할 형편이 못 되는 사람이 마주 보이는 산등성이에 활을 쏘아 연습하는 일.

천천히 대군 앞으로 오더니 허리를 굽실하며,

"어디 상하신 데나 없으십니까!"

이때에야 비로소 정신을 차리신 대군은,

"어– 그 누구요. 죽을 사람을 살려주니 고맙소. 보아하니 젊은 사람인데 그 장력이 무던하구려!"

"웬걸입쇼. 저 산에서 나무를 하려니까 이편에서 호랑이 휘파람 소리가 나 흘깃 돌아다보니 금방 어르신네한테로 달려들기에 급히 뛰어 내려왔습지요. 그래도 상하신 데나 없으시니 참 다행입니다! 아따, 그놈 어떻게 뻣뻣한지 아주 진땀이 다 흐르는걸요!"

하며 머리에 동였던 수건을 끌러 목덜미를 훔치고 숨을 후류하고 내어 쉬더니,

"어르신네, 어서 가십시오. 저놈의 짝이 또 있을지 모르니까 날도 거의 저물어 올 테고 하니 어서 저물기 전에 돌아가시지요!"

"암, 가지. 그런데 댁은 누구신가. 나는 이 첨지라 하네!"

"예. 그러세요. 저는 박가올시다. 그리고 이름은 봉이라 합니다!"

"응. 그래. 그럼 집은 이 근처인가?"

"예. 저 아랫동네올시다!"

"자, 그러면 이것도 우리가 무슨 인연이 있는지 몰라. 그래, 집에는 부모가 다 구존하신가?"

"예. 아버지는 어려서 돌아가셨고요. 집에는 어머니와 형이 있

지요!"

"응. 그러면 나하고 같이 지내볼까. 자- 우선 내 집도 알 겸 나와 같이 가 보세!"

봉이는 한 번 보기에도 점잖은 양반인 듯한 데다가 날마다 산으로 나무하러 다니기도 귀찮은 판이라 또 이런 양반댁에 가 있으면 먹기도 잘 먹을 것이요, 잘하면 무슨 좋은 일이 있을지 모르는 터이니 어찌 사양할 마음이 있으랴. 빙그레 웃으며,

"모시고 갑지요만, 저 같은 것을 데려다가 무엇하시게요?"

"그야 그저 나와 같이 지내면 그만이지. 무엇 쓰고 안 쓸 것이야 아무 상관할 게 없지!"

"예! 고맙습니다. 그럼 집에 가 이르고 올 테니 여기서 잠깐 기다리실까요? 아니 그래서 안 되지. 저놈의 호랑이가 또 올지 모르니까 저와 함께 가시지요. 저 산 너머만 가면 그만이니까요!"

"음, 그럴 일이야. 나 혼자 여기서 기다리기도 안 되겠어. 같이 가 보지!"

이와 같이 대군은 봉이를 따라 산 너머까지 가셨다가 봉이를 데리고 궁으로 들어오신 뒤에 범이와 봉이를 옆에 두시고 어디를 가시든지 이 두 사람을 꼭 데리고 다니시기에 여간 위태한 일을 당하실 뻔하다가도 이 두 사람이 앞을 가리고 나서면 모든 어려움이 다 어렵지 않게 해결되고 말았다. 이번에 팔도강산 구경 겸 백성들

의 정경을 시찰하실 겸 길을 떠나시는데도 범이와 봉이를 데리고 나서시게 된 것이었다.

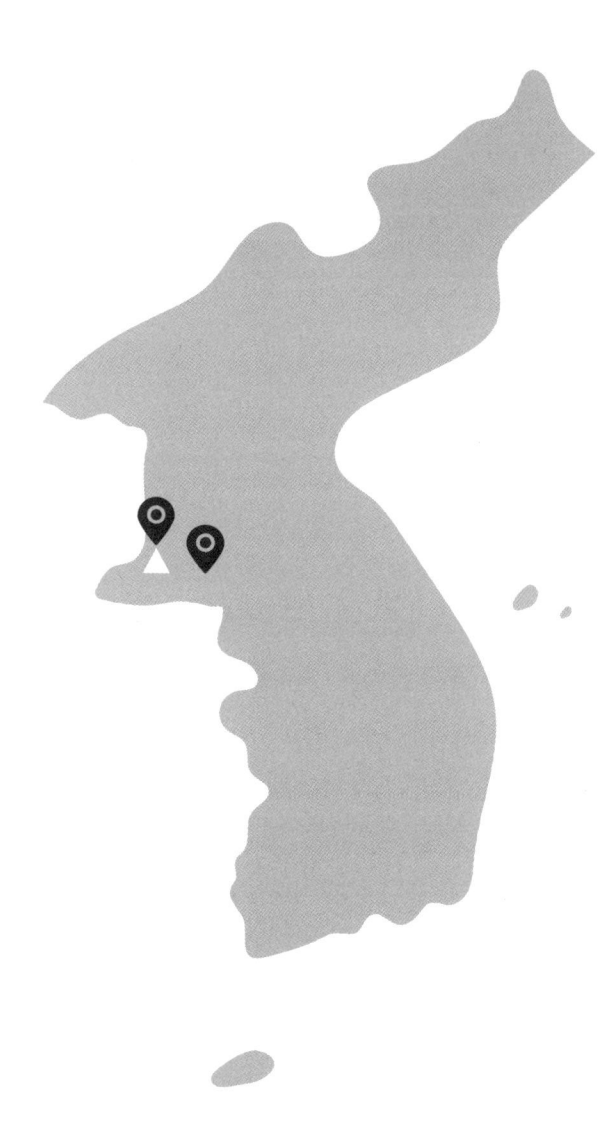

[황해도 평산, 구월산]

그리하여 세종 15년 춘 3월 11일 아침에 봉이와 범이를 데리시고 길을 떠나서 하루에 이십 리도 가고 십 리도 가며 혹은 꽃나무 밑에서 혹은 맑은 시냇가에서 술과 안주를 꺼내어 범이 봉이와 술을 잡수시고 노시다가 해가 저물면 주막집에 들어 쉬시고 날이 밝으면 또 길을 걷기 시작하여 경치 좋은 곳에 당하면,

"범아, 한 잔 먹고 가자. 봉아, 그 안주 짐 무겁지. 좀 가볍게 해 가지고 가자!"

이와 같이 길 가는 것보다 노는 시간이 더 많아서 한 장군 술이 사흘이 못 가서 없어졌다. 이제는 좋은 술을 구할 수 없게 되어 주막집에서 막걸리를 받아 가지고 가며 거리마다 술상을 보았건만 그래도 며칠 만에 황해도 평산 땅에 당도하여 주막에서 하룻밤 쉬어 가지고 그 이튿날 아침에 평산 산성에 올라가서 고려 개국 공신 배현경, 신숭겸, 복지겸, 유금필 사태상의 철상을 모신 사태사 사당[11]

---

11   사태사 사당: 평산 태사사(平山 太師祠). 황해북도 평산군 산성리 태백산성
      내에 있던 옛 사우이다. 고려 초기 개국 공신인 장절공 신숭겸(壯節公 申崇
      謙)과 충절공 유금필(忠節公 庾黔弼), 무공공 복지겸(武恭公 卜智謙), 무열
      공 배현경(武烈公 裵玄慶)을 모시기 위해 995년(성종 15)에 평산 태백성
      에 태사사를 세웠다고 한다.

에 참배하실 생각으로 범이 봉이를 데리시고 산성을 향하여 올라가시려니까 거리거리마다 남녀 노유를 막론하고 많은 사람이 몰려가며 서로 수군수군하는데 귀를 기울여 들어본즉 요사이 어떤 도승이라 자칭하는 중 하나가 평산읍에 들어와서 산성 사태사 모신 사당집 뒷산에 부처님이 나오실 터이니 복을 받으려면 물 한 동이씩 갖다 부으라고 집집에 다니며 말을 한 까닭에 사람들은,

"얘, 이것 별일이다. 부처님이 나오신다. 그것 이상하구나. 물 한 동이만 갖다 부으면 소원을 성취한다지. 우리도 어서 가자!"

"여보, 개똥 어머니. 산성에 모신 장군님들이 퍽이나 명하시다더니 그 뒷산에 부처님이 또 나오시면 아마 더 신통할걸. 오늘 점 동네가 산성으로 굿하러 갔다지. 우리 구경도 갈 겸 물이나 한 동이씩 갖다 부읍시다!"

"우리 앞집 점보네는 어젯밤에 꿈을 꾸니까 산성 장군님들이 부처님을 모셔 놓고 절을 하더래. 하, 참 이상한 일이지!"

"그러게 말이야. 부처님이 나오신다는 게 정말인 게야."

"그럼 정말이지 거짓말을 할라고!"

이렇게 두세 사람만 모여도 부처님 나온다는 이야기가 여인들의 심심 파적거리가 되어서 주고받고 야단들인 데다가 이 소문이 차차 한 입 건너 두 입 건너 인근 읍촌에 퍼져서 날마다 평산 산성은 장판같이 그야말로 인산인해를 이루었다.

양녕 대군은 귀를 기울여 사람들이 지껄이는 말을 들으시고 범이 봉이를 돌아보시며,

"너희도 들었지. 저 사람들 이야기를!"

"예. 들었습니다. 그런데 그게 정말일까요? 부처님이 나오다니. 땅속에서 부처님이 어찌 나올까요? 그런데 물 한 동이씩 갖다 부어랬다니. 그건 무슨 일일까요?"

"글쎄 말이다. 부처가 땅속에서 나와! 가만있거라, 부처가 나온다는 것이 아마 돌부처나 목부처가 땅에서 솟아 나온단 말이겠지. 그러면 무슨 조화가 붙은 것 같다. 그런데 산성에서 굿을 한다니 사태사 모신 사당에서 굿을 한단 말이지! 어! 괴이한 것들!"

이렇게 홀로 탄식하시는 말씀으로 범이 봉이를 돌아보시며 혀를 쩍쩍 차시고 산성에 올라오신 대군은 더욱 기가 막히시도록 법석이었다. 늙은이 젊은이 없이 물동이들을 이고 들고 뒷산으로 오르락내리락 발 디딜 틈이 없이 야단인 데다가 사태사 모신 사당에는 무당들이 사태사 철상에다가 붉은 헝겊 누런 헝겊을 주렁주렁 걸쳐 놓고 그 앞에서 징, 장구를 울리며 춤을 추고 가끔가다가,

"김 씨의 대주 이 씨에게 주어 유 장군 심 장군이 귀엽게 보시고 이뻐라 보신다. 배 장군은 너의 집을 순력 돌아 재수[12] 사망[13]을

---

12 재수(財數): 재물이 생기거나 좋은 일이 있을 운수.
13 사망: 장사에서 이익을 많이 얻는 운수.

섬겨 주시고 복 장군은 모든 재앙을 물리쳐 주신다! 얼쑤!"

이와 같이 지껄일 때 손바닥을 맞비비며,

"옳소이다. 도와주십시오. 소원 성취하면 온 소 잡아 바치오리다!"

대군은 이런 광경을 한참 동안 바라보시다가 하도 어이없는 생각이 나서 사태사 철상을 한참 바라보시고는 눈가에 눈물이 그렁그렁하심을 흘깃 쳐다본 범이,

"아! 무얼 그러십니까. 그만 저 뒷산으로 가 보시지요. 부처님이 어떻게 나오는가 보러 안 가시려는지요!"

"오! 가 보지. 범아, 그러나 생각하고 보니 한심한 일이로구나!"

대단히 비참한 심관으로 범이와 봉이를 데리시고 저편 댓돌 위에 앉으시더니 눈을 딱 감고 무슨 생각인지 한참 동안 잠잠히 생각하시다가,

"얘들아, 저기 모신 철상이 누구누구의 철상인지 아니!"

"예. 전조(前朝) 명장들을 모신 데랍지요!"

"그래, 전조 명장이고말고. 그뿐이랴. 돌아다보건대 때는 지금부터 오백여 년 전이다. 이 나라가 남편으로는 신라가 차차 결딴이 나게 되고 견훤이 후백제를 세운다, 궁예가 동북 지방을 요란하게 하고 철원 땅에 마진이란 나라를 세운다, 이처럼 요란한 때에 왕건 태조를 도와 고려 대국을 건설한 어른들이 지금 여기 모신 배현경,

신숭겸, 복지겸, 유금필 네 분인데 그 공을 영원히 후세에까지 알리기 위하여서 이처럼 철상으로 모셔 놓은 것인데, 요망한 무녀들이 그 어른들을 무슨 잡귀들 모양으로 놀려 대니 참으로 한심한 일이 아니야. 봉아, 내 편지 한 장 써 줄 테니 저 읍에 내려가서 원님께 드리고 오너라!"

이처럼 대군은 사태사의 훈공을 추모하시는 마음으로 범이 봉이에게 옛날 역사를 들어 사태사의 내력을 가르쳐 주시고, 편지를 써서 봉이를 평산 원에게 보내신 뒤에 범이를 데리고 뒷산으로 올라가 보신즉 참으로 오르락내리락하는 사람들이 굉장히 많은 중에 언덕 한복판에 이상한 유지관[14]을 쓴 중이 나이 한 60가량 되어 보이는데 눈방울이 불룩하고 키가 구 척은 되어 보이며 어깨통이 떡 벌어진 모양이 매우 험상궂게 생겼는데 오른편 손에는 죽장을 집고 왼편 손으로는 염주를 주무르며,

"나무아미타불 나무아미타불. 오— 선남선녀는 무량대복을 구하려거든 물을 길어 바치렷다. 지하 세계에서 중생을 위하사 이 세상에 나오실 대자대비 석가세존 관세음보살, 지장보살, 천수보살, 월광보살, 일광보살을 맞이하소서. 나무아미타불 나무아미타불!"

이와 같이 무슨 소리인지 모를 소리로 중얼거리며 여러 사람

---

14   유지관(油紙冠): 기름을 먹인 종이로 만든 관.

을 둘러보고 서 있는데 여러 중생은 물을 길어다 부으며 입으로 나무아미타불을 외우는 자, 혹은 손을 맞비비며,

"아하, 고마우신 부처님. 하루바삐 나옵소서. 그저 자식 하나 낳게 해 줍소서! 재수있게 도와줍소서. 어머니 병이 낫게 해 줍소서! 배 아픈 것 낫게 해 줍소서! 머릿병을 천리만리로 소멸 소멸시켜 줍소서!"

이러한 소원을 각각 입으로 중얼거리며 물을 길어 붓는데 그 중에서도 정성스러운 마음으로만 온 것이 아니요, 얼마쯤 호기심으로 모여 온 사람들도 있어서,

"여보게, 대체 그것 별일은 별일이야. 저- 불룩한 데를 보게. 어저께보다도 더 불룩하게 올라오지 않았나!"

"이 사람! 어저께가 무엇인가. 아까 아침보다도 훨씬 올라온 것 같은데 그래!"

"참 이상하긴 한데 그래. 아마 오늘 밤에는 부처님이 나오실걸세. 그거 별일이야!"

"아- 오늘 밤이 무어야. 저것 불룩불룩 올라오는 것 보게. 조금 있으면 부처님 머리가 곧 보이겠네!"

"글쎄 참 아까보다도 썩 올라 나왔는데!"

이처럼 지저귀는 소리를 들으시며 바라보시는 대군도 과연 흙더미가 움찔움찔하는 듯이 무럭무럭 올라오는 것 같아서 신기한 일

이 아니고야 저럴 도리가 있을까 하시며 범이를 꾹 찔러 저편 사람들 없는 곳으로 데리고 가서,

"얘, 이 읍에 내려가서 큼직한 꽹이 한 개만 사 가지고 오너라!"

"예. 꽹이는 별안간 무엇에 쓰리요!"

"아따, 잔말할 것 없이 얼른 사 가지고 오너라. 그러면 알 도리가 있지!"

범이는 한달음에 읍에 가서 꽹이를 사 가지고 왔다. 대군은 범이에게 무슨 귓속 말씀을 하시고 다시 사람들 많이 모여 있는 곳에서 계시다가 범이를 돌아보시며 손을 들어 군호를 하시니까 범이는 꽹이를 들고 별똥같이 달려가서 불룩하게 솟아오른 언덕을 내리쳐서 주위를 파헤쳤다. 이것을 본 늙은 중은 중창을 들어 범이를 후려갈기며,

"이 미친놈. 부처님 벌을 어찌 받으려고 이런 미친 짓을 해. 썩 물러서지 못해!"

하고 눈방울을 굴리며 달려들려 할 때, 봉이가 읍에 편지를 전하고 달려오자마자 이 야단이 난 것이라 주먹을 불끈 쥐고 뛰어들어 중의 등덜미를 훔켜쥐더니 한 번 낚아채인 중은 그만 거꾸러지고 여러 군중들은 어찌 된 영문을 몰라 눈을 휘휘 내두르며,

"싸움 났다!"

소리가 여기저기서 일어나며 이리 몰리고 저리 몰리며 야단

들인 중에 범이는 그 불룩 솟은 언덕을 파헤치고 조그마한 돌부처를 집어낸 뒤에 그 밑을 파헤치고 보니 퉁퉁 불은 콩이 한 여남은 섬이나 웅덩이 속에 있었다. 이것을 보신 대군은 고개를 끄덕끄덕하시면서,

"그러면 그렇지. 그럴 이치가 어디 있단 말이냐. 내 처음부터 그 중놈의 상이 흉악해 보이더라!"

하시며 범이 봉이를 시켜 그 불은 콩을 파내어 김이 무럭무럭 오르는 것을 여러 중생에게 보이고 대군은 다시 소리를 높여,

"너희들은 몽매한 까닭에 알지 못하고 그 흉악한 중놈에게 속을 뻔했지만 부처님이란 그런 돌이나 나무에 의탁해서 너희 백성들의 돈이나 쌀이나 그런 재물을 취하는 이가 아니다. 오직 착한 도리를 가르쳐 이 세상에 어리석은 백성들을 착한 길로 인도하는 것을 소위 부처님이라 하겠는데, 이렇게 사람을 속이는 저런 중놈은 참으로 중이 아니라 불측한 도적놈이니 이다음이라도 너희는 속지 말렷다!"

이와 같은 훈시를 가장 사랑스럽게 하시는 대군을 향하여 어떤 자의 행동인지 돌을 던지는 자가 있어 하마터면 대군이 몹시 상하실 뻔한 것을 범이 봉이가 보호하여 겨우 급한 지경을 면할 이때 평산 원은 대군의 편지를 보고 급히 하인들을 데리고 산성으로 올라오게 되었다. 별안간 여러 사람이 물결처럼 헤어지며,

"원님 나오신다. 사또 행차다!"

하는 소리가 요란하더니 사린교에 내려 천천히 걸어오던 원은 대군께 공손히 인사를 마치고 그 광경을 다 본 후에 중을 결박하여 읍으로 가서 사실을 조사해 본 결과 그 늙은 중은 정말 중이 아니요, 평산 단암이란 곳에 살던 부랑패류로 중 모양을 차리고 산성 사태사 묘에 모여드는 백성들을 한 번 속여 먹으려고 조그마한 돌부처를 갖다가 그곳에 묻을 때 그 주위에 콩을 몇 섬 묻어 두었던 것이다.

그리하여 물을 부으면 그 콩이 불어서 위로 올라오게 되면 돌부처가 그 콩에 밀려서 땅을 뚫고 나오게 해서 이것을 모르고 모여드는 백성들은 참으로 부처님이 땅에서 솟아오르는 것으로만 믿고 그곳에 공양을 드린다, 복을 빈다 해서 적지 않은 재물을 얻게 될 것이다. 이것을 생각한 그 거짓 중은 일이 거의 성사되어 갈 임시에 뜻밖에 양녕 대군을 만나 그 흉악한 내용이 탄로되어 모든 흉계가 수포에 돌아가는 동시에 여러 사람은 큰 도움이 되어 한편으로는 자기들의 어리석었던 것을 후회하고 한편으로는 대군의 출중하신 도량을 칭찬하였다. 그래서 대군은 원의 만류로 2, 3일 평산에 머무르시고 다시 길을 떠나서 구월산 구경을 하시기로 하였다.

그리 바쁜 길도 아니요, 또는 산천 구경을 첫째 목적으로 나서신 길이라 주막마다 들러 봉이와 범이를 상대로 막걸리를 잡수시고 또는 사람들이 모여 있는 곳이면 일부러 지정거려서 그 사람들이 이야기도 들으며 산천이 명랑한 곳을 당하면 술병을 기울여 한참 동안 경개의 절승함을 사랑하시느라고 평산을 떠나 십여 일만에야 겨우 구월산 어귀에 당도하였다. 대군은 봉이 범이를 돌아보시며,

"범아 봉아, 이제는 산중으로 들어가는 터이니 술이나 단단히 준비해야지. 얘, 그리고 이 구월산에는 물이 귀하다더라. 물도 한 병 가지고!"

"예. 그리합지요. 그러나 산이 저처럼 큰데 물이 없을까요?"

"암, 물이 아주 없기야 하겠니. 있더라도 멀리 가야 얻어먹게 되면 한 번 산속으로 들어갔다가 물을 찾느라고 돌아다니게 되니 그도 괴로운 일이지. 아무튼 매사에 준비가 있어야 하는 법이야. 알겠니!"

"예. 그럼 이 주막에서 술도 사고 물도 한 병 달라 합지요!"

이처럼 술과 물을 준비해서 범이 봉이가 각각 짊어지고 점점 산중으로 들어서자 날은 저물고 길은 희미하여 이리저리 방황하다가 그만 길을 잃고 산은 깊어서 더 나아갈 수도 없고 평평한 자리도 없어 골짜기를 걷느라, 언덕을 넘느라 겨우겨우 한 곳에 이르러 보니 건너편 언덕에 불빛이 반짝반짝 비치는데 아마도 사람의 집인 듯하여 반가이 여기고 그 집을 찾아가서 하룻밤 지내기를 청하니까 하얗게 센 노파가 나와서 빙그레 웃으며,

"아구머니. 이 깊은 산중에 어쩐 행인이 들어왔던가요. 어서 들어오시게요!"

"참 고마운 늙은이로군. 우리는 산천 구경 다니는 사람인데 길을 잃고 고생이 막심한데 이처럼 관대를 하니 대단히 고맙소!"

"그러면요. 이 산중에서 어디를 가겠소. 오늘은 편히 쉬고 날이 새거든 가지요!"

하더니 아래 같이 된 방문을 열어 주고 들어가라 하여 대군 일행은 아무 생각 없이 들어가서 술병 물병을 굴려 놓고 우선 목이 칼칼한 김에 한 잔씩 마시려 할 때 앉은 자리가 우적우적하더니 천 길이나 만 길이나 되는 듯 깊은 웅덩이로 떨어져 버렸다. 범이 봉이는 대군의 몸을 잔뜩 붙들고,

"아, 이게 웬일이야. 이것 큰일 났군. 함정인 모양인데 그럴 줄 알았으면 그놈의 노파를!"

이때 대군은 범이 봉이를 쿡쿡 찌르시며,

"얘들아, 떠들지 말고 대관절 떨어질 때 그리 상하지 않은 것을 보니 과히 깊지는 않은가 보다. 그런데 이런 함정을 파 놓았을 때는 이 집이 아마 도적놈의 집인 듯싶다. 그러니 필연코 무슨 도적이 있을 터인즉 그때 잘 변통해야지. 여기서 악을 쓰면 별수 있느냐."

이 말씀이 뚝 떨어지자마자 함정 위에 불빛이 비치더니 머리 깎은 중이 들여다보며,

"이놈들, 어제도 너희 놈들로 해서 일구어 먹을 벌이를 차려 놓은 것이 그만 와해가 되었다. 이놈들, 너희는 무슨 심사로 남의 먹을 벌이를 못 하게 하고 생사람을 죽게 만들어. 내 끝내 살아 나왔지. 다른 놈 같으면 벌써 물고가 났을 게다. 날마다 주릿대를 안기는데 견딜 수 있더냐. 견디다 못해서 밤중에 옥문을 깨뜨리고 뛰어나왔다. 이놈들, 너희도 좀 고생을 해 보아. 맛이 어떤가!"

하더니 날이 시퍼런 창을 들고 함부로 내리 찌르는데 사세가 매우 위태하게 되었다. 범이 봉이는 대군께 행여나 창날이 닿을까 염려해서 대군을 구석으로 모시고 그 앞을 가려서 창날이 내려오는 대로 이리 피하고 저리 피하다가 별안간 범이가 벽력같은 소리를 지르며 창날을 잡아당기더니 껑충 용솟음으로 뛰어 함정 밖으로 올라갔다. 범이는 다시 한번 소리를 버럭 지르더니 땅이 꺼지는 듯이 쾅 하는 소리가 나며,

"에쿠!"

하는 소리가 들렸다. 한참 만에 다시 불빛이 환하게 비치며,

"이 창끝을 붙들고 나와. 응, 봉이!"

하는 소리와 같이 창끝이 함정 속으로 내려왔다. 봉이는 선뜻 창날을 붙들고 뛰어올랐다. 그러나 대군은 그렇게 뛰어오르실 수가 없어 족히 민망하던 차에 범이 봉이는 이리저리 찾아낸 새끼와 빨랫줄을 꼬아서 한끝을 함정 속으로 내려보내며,

"이 줄을 붙들고 올라오십시오!"

"오냐. 단단히 잡아당겨라!"

이렇게 겨우 대군도 함정 밖으로 나오시게 되었다.

대체 이 중은 누구였던고 하니, 평산 산성에다 돌부처와 콩을 묻고 부처님 나오신다는 예언을 해서 여러 사람을 속이려다가 그만 대군에게 진상이 탄로가 되어 옥중에 갇혔다가 밤중에 옥을 깨고 도망쳐 나와서는 대군 일행의 행방을 찾아 구월산으로 향하는 눈치를 알고 급히 구월산 속에 들어와 함정을 파고 일행이 오기를 기다렸던 것이다.

그러나 악한 자의 운명은 언제나 이렇게 끝을 맺는 것이다. 그 악승은 범이의 주먹에 죽어 버렸다. 대군은 정신을 진정하신 뒤에 범이 봉이를 시켜 처음에 맞아들이던 노파를 찾아보았으나 어디로인지 도망가고 없어 할 수 없이 날이 샌 뒤에 그 중놈의 시체를 거적에 싸서 양지바른 곳에 깊이 묻어 주고 길을 떠나실 때에 범이가 하는 말이,

"하마터면 우리 목숨이 없어질 뻔했는데 그 못된 놈의 송장을 묻어 주기까지 했으니 참 분한 일이오!"

"아니다. 사람은 다 마찬가지야. 그놈도 그 행동이 좋지 못하였을 뿐이지 그 사람됨이야 우리와 조금이나 다를 게 있느냐. 그놈도 한 번 죽고 보니 제 죄는 다 받은 것이니 그 아니 가엾은 일이냐!"

"예. 그 말씀을 듣고 보니 참으로 그렇습니다. 옳은 말씀이세요!"

　"그러하니라. 너희도 이다음부터는 사람을 바른길로 인도하기를 힘쓸 것이요, 행여나 기운껏 사람을 쳐서 상하게 할 것은 아니야! 응, 알아들었지?"

　"예. 알고말고요! 그러나 저놈이 우리를 해하려 들 때에 어찌 가만있겠어요!"

　"그렇기에 그 사람으로 하여금 잘못된 것을 깨달을 만큼만 마치 아이를 종아리 때리듯이, 알겠니."

　"예예. 알겠어요. 사람을 칠 적에 진통을 치지 말고 넓적다리나 엉덩이를 치란 말이지요!"

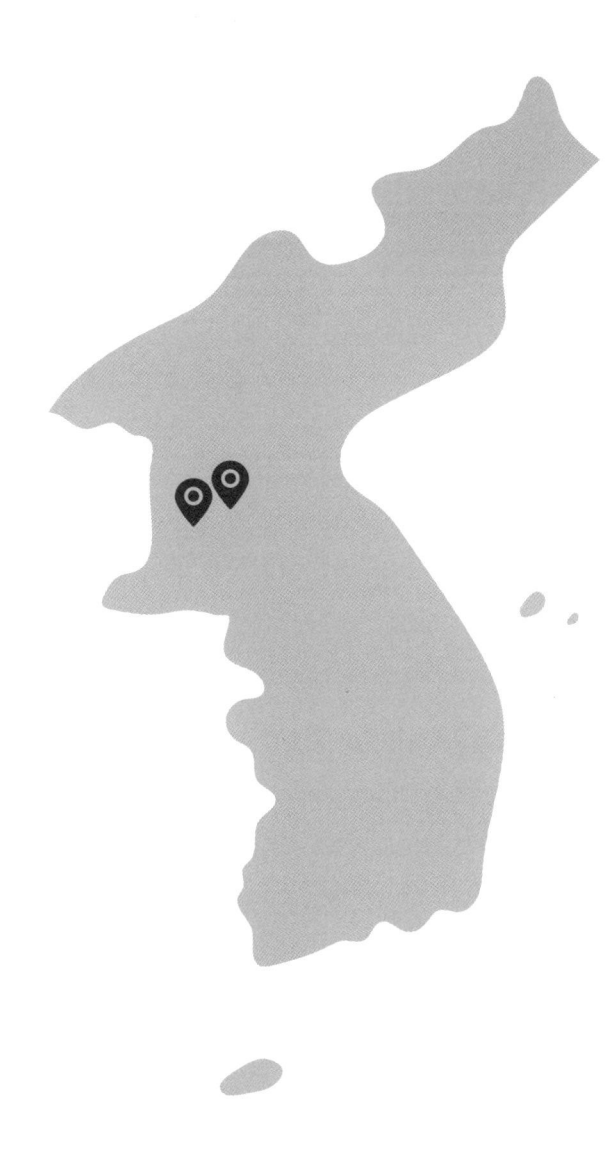

〔평안도 대다리, 평양〕

　양녕 대군은 범이와 봉이를 데리시고 평산 산성과 구월산을 구경하실 때에 상쾌하고도 시원하게 여러 사람의 위태위태한 지경을 구해 내었을 뿐 아니라 당신께서도 아슬아슬한 위험을 넘기시고도 오히려 범이와 봉이를 훈계하시되, 사람은 결단코 그 죄를 벌 줄 따름이요, 그 목숨을 상하게 말라. 부득이한 경우에라도 마치 부모가 되어 어린 자식을 종아리 치는 것과 같이 그 장래를 경계할 뿐으로 그치는 것이 옳다 하시고 다시 길을 떠나서 여러 날 만에 황주 땅을 지나 평안도 지경을 당도하셨다.

　중화와 역포 사이에 있는 대다리[15]란 곳을 지나시는데 작은 산과 언덕에 여러 사람이 모여서 산소를 파느라고 야단들이었다. 혹시 한 군데 두 군데 무덤을 파는 것 같으면 그때나 이때나 면례[16] 지내는 사람인가 하고 그대로 지났겠지만 이편저편 할 것 없이 무덤이란 무덤은 모조리 파헤치는 것이 여간 수상한 일이 아니었다.

　더욱이 양녕 대군은 팔도강산을 구경하시려 나서신 터이지만 실상 그 내심에는 민정을 살펴 나라 정치에 혹 억울한 일을 당하는 사람이 없는가 혹 충효 절륜한 사람이 있으되, 이것을 세상에 나타

15　대다리: 원문에는 '간교(簡橋)'라는 한자가 병기되어 있다.
16　면례(緬禮): 무덤을 옮겨서 다시 장사를 지내는 것.

내지 못하여 원통하게 이 세상을 마치는 사람이 없는가 또는 산간 궁벽한 곳에 있어 무엄하게 국가에 대한 관념이 없이 무슨 다른 뜻을 품은 사람이 없는가 여러 가지 시찰을 겸하여 나선 길이라 길거리에 두서너 사람만 모여 있어도 심상히 보고 지나갈 수 없었다. 이런 처지로서 산이란 산과 언덕이란 언덕에 무덤이란 무덤을 서로서로 다투어 가며 파내는 광경을 보시고 어찌 심상히 지나칠 수 있었으랴. 그래서 범이 봉이를 돌아보시고,

"얘들아, 저게 웬일들이냐. 저게 면례들을 지내는 것으로도 볼 수 없고, 그것 수상한 일이다!"

"글쎄올시다. 저렇게들 여러 무덤을 한꺼번에 파내는 게 면례 지내는 것으로야 볼 수 있습니까!"

"글쎄 말이다. 그게 암만해도 이상한 일이다. 우리 여기서 다리도 쉴 겸 저것들이 웬 까닭인가 알아보자! 저- 너희는 슬슬 저 무덤 파는데 올라가서 자세히 알아보고 오너라."

이처럼 범이와 봉이를 보내시고 길가에 있는 넓적한 바위 위에 앉아서 무덤 파는 광경을 바라보시는데 범이 봉이는 제일 사람이 많이 모여서 무덤을 파느라고 분주하게 보이는 언덕으로 올라가서 그중에 낫살이나 들어 보이는 한 사람을 불러서 물어보았다.

"여보시오들, 그 산소들은 왜 그렇게 파는가요? 어디로 면례를 지내느라고 그러오?"

"예. 면례면 면례지요. 하나 우리 모두 다른 고장으로 이사를 갈라오."

"이사를 가다니. 저기 저 무덤들 파는 이들이 모두 이사를 간단 말이오?"

"모두고말고. 이 대다리에 사는 사람이야 누구 하나 남아 있겠다오?"

"아? 그게 무슨 말이오. 어찌해서 모두 이사를 간단 말이오?"

"그러게 말이오. 우리가 여기 들어와 산 지가 벌써 오래지요. 그래서 지금은 인가가 오십여 호가 되지요. 그런데 며칠 안 되어 이 대다리 마을이 함몰이 된다고 해서 이렇게 이사를 하기로 된 것이라오."

"아니! 함몰이 되다니. 그게 무슨 말이오. 또 함몰이 되고 안 될 것을 누가 안단 말이오?"

"아닌 게 아니라 이상한 일이지요. 우리가 그래도 복이 있어서 이렇게 미리 알게 된 것이지요. 대관절 간 부자네가 덕이 많은 댁이라 다 신령님이 미리 일러 주신 게지요!"

하며 "휘유-" 하고 한숨을 내어 쉬더니 허리를 주먹으로 쿵쿵 두드리고 다시 괭이를 들어 무덤을 파려 하였다. 범이는 그 사람의 소매를 잡아당기며,

"여보시우! 그 이야기를 좀 자세히 하구려. 그래, 누가 이 대다

리 마을이 함몰된다구 한단 말이오. 또 신령님이 알려 주었다니 무슨 신령님이 알려 주었단 말이오?"

"아따 그 양반, 남 일 바쁜데 별나게 구는구려. 신령님이면 신령님이지 무슨 신령인지 누가 봤소. 알기는 어찌 안단 말이오. 보아하니 타관 양반 같소. 갈 길이나 가시우!"

"아! 여보슈, 그게 될 말이오. 그래, 어째서 이 땅이 함몰될 줄을 알았단 말이오. 좀 자세히 이야기나 좀 하구려. 우리는 한양 사오. 이런 이야기도 잘 들어 두어야 한양으로 간 뒤에도 이야깃거리가 되지 않소? 그러지 말고 그 전후사를 좀 자세히 말씀해 주시우!"

이리하여 그 사람은 괭이 자루를 짚고 서서 별안간 대다리 마을 사람들이 다른 지방으로 이사를 하려고 조상의 산소부터 파내게 된 내력을 말하게 되었는데, 그 내용은 이러하다.

원래 이 대다리라 하는 곳은 처음에 간적(簡狄)이라는 사람이 개척한 곳으로 지금 와서는 호수가 50여 호나 되고, 간적의 증손 간수(簡洙)라는 사람 때에는 이 대다리 촌이 여간 의붓한 촌이 아니었다. 집집마다 가을이 되면 지붕을 누렇게 이고 앞 뒤뜰에 노적가리[17]를 탐스럽게 가려서 누가 보든지 푸근푸근한 부촌으로 보였다.

17　노적가리: 한데에 수북이 쌓아 둔 곡식더미.

그런데 때는 세종 대왕 23년 가을 훨씬 갠 하늘에 둥그런 달이 낮과 같이 밝은 어느 날 밤이었다. 간수 간 부자는 중화장에 갔다 돌아오는 길에 대다리 동구를 들어서자 앞서거니 뒤서거니 따라오던 중 한 사람이 흘깃 돌아보며,

"소승은 역포로 가는 길이온데, 이 길로 가면 되나이까?"

"그렇소. 이 길로 가면 되오. 나도 그편으로 가는 길이니 함께 갑시다!"

"예! 그러셔요. 참으로 고마운 일이외다. 나무아미타불 관세음보살!"

이와 같이 동행이 되어 서로 이야기를 해 가면서 천천히 걸어가는데 대다리를 건너 조금 가다가 오른편으로 푸르스름 거무스름하게 보이는 산판 간 부자 집 선조 묘지 앞을 당도하자,

"벌레 소리가 매우 요란한뎁쇼. 지금 어느 때나 되었을까요?"

하고 중이 혼잣말 비슷하게 물었다. 간 부자 역시 힘없는 소리로,

"글쎄. 아마 해시[18] 가량은 되었을걸. 달이 퍽 기울어졌어!"

하더니 간 부자는 무슨 소리를 들었는지 걸음을 멈추고 서서 휘휘 둘러보면서,

---

18   해시(亥時): 십이시(十二時)의 열두째 시. 밤 아홉 시부터 열한 시까지.

"하! 그것 이상하다. 바람 소린가!"

하며 또 두서너 걸음을 옮겨 놓자마자 다시 우뚝 서서 자기 묘지 있는 산판을 쳐다보고 또 사면을 휘휘 둘러보더니 고개를 돌려 중을 돌아보며,

"대사! 지금 내 이름을 불렀소?"

"아니외다. 소승이 어찌 성함을 알고 부르겠소이까!"

그럴 일이다. 조금 아까 길을 묻고 대답하였을 뿐으로 지금 동행으로 걸어오는 길이라 간 부자가 나는 아무개라고 성명을 말한 일도 없는데 그 중이 간 부자의 성명을 알 리도 없고 또는 간수란 성명을 안다 할지라도 감히,

"수야! 수야! 얘야!"

하고 부를 수도 없는 것이다. 간 부자는 생각할수록 이상하고 괴이하다. 그래서 귀를 기울이고 그 소리 나는 편을 주의하려니까 간 부자 친산 묘지 편으로,

"수야! 수야! 얘야! 이리 좀 오너라. 내가 누구인 줄 모르느냐. 네 아비 혼이다. 네게 꼭 이를 말이 있으니 이리 가까이 오너라. 어서 얘야! 수야!"

하는 소리가 무슨 피리 소리도 같고 퉁소 소리도 같게 들렸다. 간 부자는 그제야,

"예예예! 아버님 혼령이!"

마치 실성한 사람 모양으로 혼자 중얼중얼하면서 산소 앞으로 올라가서 무덤 앞에 재배하고 엎드렸다. 이 거동을 본 중은 깜짝 놀라며,

　　"아 이것 왜 이러시나요. 정신 차리시지요."

　　"아니요. 대사는 지금 그 소리를 못 들었으니까 그렇지. 나는 우리 아버지 혼령이 부르시는 소리를 분명히 들었으니 어찌하오!"

　　"소승의 귀에는 아무 소리도 안 들리는걸요!"

　　"그럴 일이오. 혼령이 부르시는 소리니까 대사에게는 안 들릴 것이오. 아아 또 부르시는구려. 예예예. 무슨 말씀이신지 하십시오!"

　　간 부자의 눈은 더욱 휘황하게 내둘리고 중의 눈은 둥그레서 어찌할 줄을 모르는 모양으로,

　　"하– 별일도 다 보아라. 나무아미타불 나무아미타불. 이 노릇을 어찌하나. 이 양반이 암만해도 실성이 되신 모양인데 인가도 보이지 않고 댁이나 어디인지 알았으면 통기나 했으면 좋으련만!"

　　이처럼 혼자 중얼중얼하며 난처해 못 견디는 듯이 주저주저하는데 간 부자는,

　　"예예. 그렇군요. 이것 큰일 났군. 예예. 언제쯤 그 재난이 오겠는가 명백히 가르쳐 주소서. 예예. 열흘 안으로요. 그러면 이 촌이 전부 지함(地陷)으로 아주 많이 전멸이 되겠어요. 예예. 서북편

백 리 밖으로 가면 살겠어요. 예예. 그렇고 말굽쇼. 조상님의 묘를 다 모시고 가야 합죠!"

이렇게 간 부자는 한참 동안 중얼거리더니 다시 일어나 조상의 산소에다 각각 재배를 하고,

"암, 그렇게 해야지요. 저희만 어찌 살려고 하겠소이까. 조상님 산소를 다 모시고 갑지요!"

중은 더욱 무서운 무엇을 본 사람 모양으로 눈을 휘둥그렇게 뜨고,

"이것 보세요. 그게 무슨 말씀이옵니까. 여기가 지함으로 쑥대밭이 된다구요. 그래서 북방으로 백 리 밖이면 살겠다구요!"

"그렇다오. 우리 조상님이 영험이 계셔서 이처럼 명백하게 가르쳐 주시는구려. 열흘 안으로 그 재앙이 있겠으니 곧 이사를 하되, 촌사람들을 한 사람도 남기지 말고 다 일러서 하루바삐 이사를 하라시는구려!"

"예. 그러셔요. 참으로 덕이 많으신 댁이라 다르시외다. 조상님이 다 부처님이 되셔서 자손만 구하시는 것이 아니고 이 촌에 모든 중생을 구해 내십니다그려. 아- 고마우신 부처님 나무아미타불 나무아미타불. 자- 그럼 어서 내려가시지요. 밤도 늦고 또 어서 가셔서 댁에다 이르셔야지요."

"그렇소. 그러면 대사도 어서 갑시다. 오늘은 날도 늦고 하니

우리 집에 가서 묵어가시지."

"예. 고마우신 말씀이오나 소승은 좀 급한 일이 있어서 곧 역포로 가겠소이다. 부디 무사히 그 무서운 재앙을 잘 피하시게 하시지요!"

이와 같이 간 부자는 중과 작별을 하고 집으로 돌아와서는 그날 밤을 한잠도 자지 못하고 이튿날 아침에 집안 식구를 모아 놓고 어젯밤에 지난 이야기를 다 하고 일변 이사할 의논을 하는데, 나이 한 50가량 되어 보이는 여승 한 사람이 머리에는 송낙을 쓰고 손에는 연꽃 한 송이를 꽂은 병을 들고서,

"나무아미타불 나무아미타불. 이 댁은 복이 많으신 댁이라 태주[19]님이 이 댁으로만 들어가자고 하시더니 참으로 복이 많으신 댁이외다. 소승 문안드리나이다. 이 태주 아씨는 어찌도 영험하신지 않아서 삼천리 서서 구만리를 내다보시는 신령님이외다. 며칠 전부터 나서라고 나서라고, 수많은 중생을 구하러 가자고 하셔서 저 멀고 먼 영변 묘향산에서 나왔소이다. 이 태주님이 댁에 복을 주러 오셨으니 무엇이든지 소원대로 원하시오. 마음대로 소원대로 일러 주시리다."

간 부자는 어젯밤에 조상의 혼령을 만나서 꾼 꿈과 같은 감동

---

19 태주: 마마를 앓다가 죽은 어린 계집아이의 귀신. 다른 여자에게 신이 내려서 길흉화복을 말하고, 온갖 것을 잘 알아맞힌다고 한다.

으로 집안사람들을 모아 놓고 신기하고 이상한 이야기를 하는 판에 여러 백 리 밖에서 영험한 태주님이 오셨다는 말에 더욱이 자기 집이 복이 많아서 좋은 소식을 전해 준다는 말에 더욱 신기한 생각이 나서,

"에그, 참 이상도 해라. 그렇지 않아도 지금 집안사람들과 이야기하는 중인데 무슨 좋은 수가 있으면 밝히 일러 주소서!"

"그렇기에 말씀이지요. 이 태주님은 벌써 댁 일을 아셨기에 댁으로 오신 것이니 그저 정성을 다 드려서 소원을 말씀하셔요. 그러면 모든 것을 명백히 일러 주실 게니!"

"예. 그러셔요. 나무아미타불. 그저 이 무지한 인생들이 무엇을 압니까. 모든 것을 잘 일러 주소서. 어젯밤에 조상님께서도 일러 주신 말씀이 있어 지금 마음으로 걱정이 됩니다. 모든 것이 잘되도록 신령님이 일러 주소서!"

하고 두 손을 맞대어 비비며 축원하기를 정성껏 하였다. 여승은 간 부자의 하는 양을 물끄러미 바라보더니 꽃병 앞에 엎드려 합장배례를 하며,

"나무아미타불 나무아미타불. 영험하신 태주 아씨. 영험을 내리시사 불쌍한 중생을 굽어살피셔서 모든 재앙을 물리쳐 주시고 만복을 점지해 주소서. 아씨 태주 아씨. 아씨는 앉아서 삼천리, 서서 구만리를 보시는 아씨시니 모든 것을 밝게 지시하소서. 나무아미

타불 나무아미타불!"

이렇게 축수하는 여승의 말이 막 그치자 꽃을 꽂아 상에 바쳐 놓은 병에서 마치 휘파람 부는 소리 같은 소리로,

"간수야! 간 씨의 대주야. 너의 마음이 착하고 순한 덕으로 옥황상제와 제불 부처님이 일러 주시는 것이니 허투루 듣지 마라. 어제저녁에도 너의 조상이 일러 주었으리라만 이 촌이 며칠 안 되어 멸망이 될 것이다. 먼저 조상의 산소를 서북편 백 리 밖으로 옮기고 너희도 빨리 이사를 하렷다. 이곳은 사람 살 곳이 아니라 사해용왕이 동하시고 오방신장이 노하셔서 두려움에 빠질 것이다!"

하는 소리가 분명히 들렸다. 간 부자는 하도 신통해서 돈 백 냥을 갖다가 꽃병 앞에 놓고,

"이런 고마우신 신령님이 어디 계실까. 참 고마우신 신령님 그저 하라시는 대로 하겠습니다. 어디 분부라고 한들 지체하오리까."

하며 간 부자는 이마가 깨어지도록 절을 수없이 하는데 병에 꽂힌 연꽃 송이가 흔들흔들하면서,

"오냐! 네 정성이 지극하니 어찌 굽어보지 않으리. 너희 집 덕으로 해서 이 촌에 사는 수많은 중생이 다 살게 되었으니 너도 부처님이 될 것이다. 그러면 모든 중생을 다 건져야 한다. 오늘이라도 속히 이 말을 전해서 너의 집안과 함께 피란을 시켜라. 획획획획."

하는 소리가 공중으로 올라가는 듯하였다. 간 부자 집안은 참

으로 죽을 구덩이에 빠졌다가 살아난 듯이 즐겁고 신기해서 일변 음식을 장만하여 동네 사람들을 모아 일대 소동을 일으키고 어젯밤에 간 부자 조상 혼령이 이르던 말과 오늘 태주 신령님이 한 말씀이 여합부절하게 맞은 이야기를 하며 참 우리 동리 사람들이 하마터면 몰사를 당할 터인데, 이처럼 살게 된 것은 모두 간 부자 집 덕이라고 대다리 촌의 사람들은 입에 침이 없이 지껄이며 즐거워서 그날로 보퉁이를 싸고 일변 산소를 파서 이사할 준비에 법석이 된 것이었다.

이 말을 들은 범이와 봉이 참 이상하다는 생각으로 양녕 대군 앉아 계신 데로 달려와서,

"참 이상한 일도 다 있습니다. 우리도 어서 다른 지방으로 갑지요! 에! 무시무시해라!"

눈을 휘둥그렇게 뜨고 일장 이야기를 들은 대로 대군께 말씀하였다. 대군은 한참 동안 잠잠히 앉아 범이 봉이의 지껄이는 소리를 들으시고,

"얘, 봉아! 그래, 그 여승이 지금도 간 부자 집에 있다더냐!"

"예! 글쎄요. 그것은 채 안 물어보았습니다."

"그럼 네가 그 여승이 그저 있나 없나 물어보고 오너라!"

"예!"

하고 한달음에 뛰어가서 물어보고 온 봉이는 이와 같이 말하

였다.

그 여승은 간 부자가 주는 백 냥과 촌사람들이 가져온 쌀과 돈을 많이 받아 놓고 이 촌사람들이 무사히 떠나는 것을 보고야 묘향산으로 가겠다고 아직 간 부자 집에 묵고 있다는 것이었다. 이 말을 들으신 대군은 봉이 범이에게 무슨 귓속 말씀을 하시고는 간 부자 집을 찾아가서,

"우리는 지나가는 행인으로 듣건대, 영험하신 태주 신령님이 계시다 하니 우리도 신수가 어떠할지 보아 주시면 만행이겠기에 왔으니 주인은 그 신령님을 뵙게 하소!"

하고 주인을 찾았다. 그러니까 간 부자는 의관을 반듯이 차리고 공손히 나와서 인사를 마친 뒤에 안으로 대군 일행을 인도하여 들어가며,

"저- 이보쇼. 태주 신령님을 뵈러 오신 손님이외다. 영험하신 신령님이라 벌써 소문이 멀리 나서 한양 손님이 다 찾아오셨소이다!"

하고 들어갔다. 여승은 합장을 하며 나무아미타불 나무아미타불을 연송하면서,

"우리 태주 아씨야 하루에 몇만 리를 갔다 왔다 하시는 터이니까 한양 손님도 찾아오시고 말구요. 어서 들어오셔서 소원을 말씀하시지요!"

하고 들어갔다. 이 여승의 동정을 살펴보신 대군은 봉이와 범이에게 눈짓으로

무슨 지휘를 하시고,

"아- 참으로 고마우신 신령님이시지. 많은 중생을 죽을 곳에서 살려 내시고 또 이런 행객들에게도 밝게 지도하시니 무엇으로 사례를 하오리까. 그저 우리는 지나가던 행객이라 아무것도 드릴 것이 없으니 영험을 보여 줍소서!"

이때 여승이 무어라 무어라 축원을 하는 모양이더니 병에 꽂힌 꽃송이가 흔들흔들하며 여승은 양손을 싹싹 비비면서,

"옳소이다. 아씨. 그렇고 말굽쇼. 이 세상 짐승 같은 사람들이 무엇을 압니까. 아씨는 앉아서 삼천리, 서서 구만리를 내다보시는데 무얼 그렇게 노하셔요. 지나가는 행객이 무슨 가진 것이 있겠소이까. 그저 아무 연고나 없을까 영명하신 태주 아씨의 말씀을 내리소서!"

하더니 또 병에 꽂힌 꽃이 흔들흔들하면서 휘파람 소리 같은 소리로,

"오냐. 너희 소원은 말 아니해도 다 알았다. 어서어서 이곳을 멀리 떠나가거라. 암만해도 액수가 있으니 하루바삐 멀리 떠나야 해. 어찌해서 죽을 곳으로 들어왔는구. 허허허 가엾어라!"

하는 소리가 보통 사람의 귀로 들으면 꽃병에서 오는 것 같으나 대군의 특이하신 귀에 들리는 바는 아무리 해도 그 괴이한 여승의 입으로 나오는 것이 분명하였다. 그래서 대군은 아무 의심하실

바 없이 봉이 범이를 돌아보시며 입속으로 무슨 명령을 내리시자 범이는 벼락같이 달려들어 꽃 꽂힌 병을 집어 댓돌에 치니 병은 산산조각으로 갈라지고 물이 쏟아지는 동시에 붕어 새끼 서너 마리가 불쌍하게도 땅바닥에 떨어져 펄떡펄떡 뛰다가 기진하여 쓰러져 버렸다. 이 광경을 보신 대군은 범이 봉이를 호령하여 그 여승을 결박하라 하시고 주인 간 부자를 보시고,

"자- 주인 이것을 보소. 이것이 모두 사람 속이는 못된 연놈의 조화야. 옛사람의 복화술이란 것이 있어서 입을 놀리지 않고 말소리가 나게 하는 것인데, 지금 이 요괴한 승년이 또한 복화술을 하는 자로 사람을 속이며 못된 짓을 하는 자야. 그대의 조상이 그대를 불러 무어라 하였다는 것도 그대의 조상이 말한 것이 아니라 이 요승들의 장난이야. 그러하니 이 요승은 읍으로 보내서 죄상을 사실하겠거니와 이 촌사람들이 산소를 파고 이사를 가려 하는 것은 결단코 할 바가 아니니 속히 사람을 보내서 중지시키고 이 요승을 데리고서 읍으로 가 보면 그 진가를 알 것이야."

하시고 봉이 범이를 돌아보시며,

"얘, 너희는 저 요승을 데리고 중화읍으로 가자. 그리고 이 촌민들에게 산소 파는 것을 중지하고 저년의 죄상을 들어 보라고 일러라!"

긴 대답 소리를 우렁차게 부르는 범이와 봉이 요승을 결박한

줄을 붙들고 간 부자 집을 나서면서 산과 언덕에 산소를 파헤치느라고 정신이 없는 사람들을 바라보며,

"여보게들, 이년의 죄를 너희들은 들어라. 이년은 요괴로운 승년으로 뱃속으로 말소리를 내서 거짓 귀신의 말소리로 하여서 사람들을 속이고 다니는 못된 년이다. 너희들도 속아서 타향으로 이사를 하게 된 것이다. 이 촌이 함몰한다는 말도 거짓말이니 너희는 읍으로 가서 이 요승의 죄상을 들어 보아라!"

소리를 외치고 중화읍을 향하여 갈 때에 대다리 촌민들은 크게 눈을 두르며 대군 일행의 뒤를 따라 중화읍으로 모여들었다.

중화 원은 의외의 대군 일행을 맞아 요승의 망동을 들은 뒤에 요승을 장판에 올려 매고 문초한 결과 간 부자와 동행하던 중이나 묘향산 여승이나 못된 자들로 대다리 촌의 오붓한 부자들을 내쫓고 그 안에 있는 토지와 건물을 뺏으려 하던 흉계인 것이 탄로되었다. 그리하여 대다리 촌이 무사하게 되었을 뿐 아니라 다수한 인명이 뜻밖에 재앙을 면하게 되었다.

대군은 간 부자와 대다리 촌민들의 백배치사를 받으시고 이후에는 결코 그런 요망한 무리들의 속임을 받지 말도록 훈계를 간곡히 하신 뒤에 천천히 길을 떠나 봉이 범이를 데리시고 서관으로 제일 큰 대도회요 경개가 절승하기로 유명한 평양에 당도하사 대동강

을 건너 연광정[20]과 부벽루[21]를 구경하시려고 서서히 대동강 변으로 올라가시려니까 길거리가 별안간 소요해지며[22] 사람들이 혹은 우는 자 혹은 "이런 쌍 화냥년들의 종자들 같으니라고. 이제 열두 살 난 애가 에미네를 죽이다니. 그뿐인가. 그 애가 출천지효자로 우리 평안도 내에 이름난 애인데 살인죄로 벌을 받다니. 이런 놈의 일이 어드메 있단 말인가." 하며 두 팔을 걷고 덤비는 사람. 그중에 나이 한 60가량 되어 보이는 늙은 여인이 머리를 풀어 헤치고 두 눈이 벌겋게 상혈되었는데 엎드려지며 자빠지며,

"에구, 하느님 맙소사. 여보시오들, 우리 수남이 살려 주소! 이런 기막힐 일이 어디 있을까. 우리 아들 수남이는 사람 죽일 리 만무로세. 여보시오들, 내 아들 수남이 살려 주소!"

---

20 연광정(練光亭): 평양시 중구역 대동문동에 있는 고구려 시기 누정. 고구려 시기 평양성을 건설할 때 함께 세우고 그 후에 고쳐 지었다. 고려 시대 평양성을 보수하여 서경으로 하면서 1111년 다시 누정을 세우고 이름을 '산수정'이라고 하였다. 그 후 보수도 하고 다시 세우기도 하면서 그 이름을 연광정이라고 고쳐 부르게 되었다.

21 부벽루(浮碧樓): 평양 팔경의 하나로 금수산 모란봉의 동쪽 청류벽 위에 있다. 원래는 393년(광개토왕 3)에 영명사(永明寺)의 부속 건물로 세워진 영명루(永明樓)였다. 12세기 초 고려 예종이 군신과 더불어 잔치를 베풀고 그 자리에서 이안(李顏)에게 이름을 다시 짓게 했는데, 거울같이 맑고 푸른 물이 감돌아 흐르는 청류벽 위에 떠 있는 듯한 누정이라는 뜻에서 부벽루라고 부르게 되었다.

22 소요(騷擾)하다: 여럿이 떠들썩하게 들고 일어나다.

실성한 사람 모양으로 울며 날뛰는데 그 가운데 사형장으로 끌려가는 수레 위에는 열두어 살 된 어린아이가 눈을 감고 단정히 앉았다. 이 거동을 바라보시던 대군은 여러 사람의 지껄이는 소리를 듣든지 또는 끌려가는 살인 죄인이라는 아이의 모양을 보든지 간에 이상한 점이 적지 않게 생각이 되어서 범이를 시켜 급히 감사에게 편지를 보내시고 이 아이의 사형 집행을 2, 3일 동안만 연기를 하게 하시고 그 까닭을 들어 보시는데 이 살인죄의 내력은 이러하였다.

　　원래 이 아이는 평양 보통문 안에 사는 한수남(韓壽男)이라는 아이로 그 애가 이 세상에 출생하기 석 달 전에 그 아버지가 세상을 떠나서 유복자로 난 아이인데, 그 애가 세 살 되던 해 봄이 되자 수남의 어머니는 산후조리가 잘못된 데다가 형세가 어려워 영양 부족으로 시름시름 앓다가 그만 기절이 되었다. 세 살 된 수남이는 아무 것도 모르고 "엄마 엄마" 하면서 죽어 넘어진 어머니의 몸을 흔들다가 무슨 생각이었던지 창문을 열고 나가려 할 때에 별안간 바람이 불며 창문이 홱 닫히는 서슬에 수남의 무명지 손가락이 창문 틈에 껴서 아삭 으스러지며 피가 줄줄 흘렀다. 수남이는 빠르륵 울면서 평일에 장난하다가 손을 다치든지 어디를 상하면 그 어머니가 입에다 대고 "하! 호!" 해 주던 것을 아는 수남이는 "엄마 엄마" 하면서 그 어머니 입에 갖다 대고 울었다. 이리하여 수남이의 손가락에서 흐른 피가 한 방울 두 방울 흘러 들어간 것이 그 어머니에게 약이 되어 얼마 있다가 수남의 어머니는 마치 잠이 깊이 들었다가 수남이의 우는 소리에 놀라 깬 것 같이 정신이 회생되자 이웃집에서 수남이의 몹시 우는 소리에 놀라서 뛰어온 사람들도 이 광경을 보고 누구나 치마끈을 들어 눈물을 씻지 않는 이가 없었고, 수남 어머니도 수남이를 얼싸 끼고 젖을 물리며 으스러진 손을 치맛자락으로 꼭 싸서 입에다 대고 "하! 호!" 해 줄 때에 새삼스럽게 콧등이 저리저리함을 억지로 진정하면서,

"애고! 우리 수남아! 너는 출천지효자로다. 모쪼록 잘 자라서 네 이름을 이 세상에 높이 내자꾸나!"

이후로부터는 출천지효자 한수남이라면 평양성 성내뿐 아니라 인근 각처에서까지 모르는 사람이 없을 만큼 유명하였다. 이렇게 자라난 수남이는 세월이 흐르는 대로 한 살 두 살 더 먹어서 여섯 일곱 살 때에는 이웃집 서당에 가서 글공부를 시작하였는데, 원래 총명이 비범한 수남이는 글공부도 일취월장이라 할 만큼 잘하는 위에 틈틈이 산에 가서 나무를 해 온다. 그 어머니의 수종을 영리하게 잘하여서 그 어머니는 말할 것도 없고 이웃집 사람들도 모여 앉으면 수남의 칭찬을 입에 침이 마르도록 하게 되었다.

그런데 사람이 한평생 지내는 데는 뜻밖에 위험한 재앙이 많은 것인지 이렇게 마음이 착한 수남이도 열두 살 되던 해 봄 어느 날 아

침에 일찍 일어나서 급히 뒷간에 가려다가 마침 그의 어머니가 대변을 보는 모양이라 무심히 그 공부하러 다니는 이웃 서당 집 뒷간에 가서 볼일을 마치고 나오다가 그 집주인의 딸과 평상시에 늘 누나 누나 하고 지내는 터라 이날도 뒷간에서 나오다가,

"누나 그저 자나. 누나! 누나!"

하고 불러도 아무 소리가 없으니까 그 처녀의 거처하는 방문을 열고 보니 비린내가 코를 찌르며 처녀는 목에 칼이 꽂힌 채 반듯이 자빠져 있었다. 이것을 본 수남이는 그만 놀라서 급히 뛰어나오다가 그 집 머슴 아이놈에게 붙들려 살인 죄인으로 잡혀가게 되었다.

관가에서도 사실을 심문해 보니 그 아이의 소행은 아닌 것 같으나 달리 대신할 진범인이 나서기 전에는 별 도리없이 수남이를 살인 죄인으로 벌을 주는 수밖에 없게 된 것이다. 지금 세상 같으면 진범인을 잡지 못하였다 하더라도 증거가 불충분한 이상이면 물론 백방하는 것이지만 그때쯤이야 살인자는 으레 처벌하는 것이요, 또 다른 진범인이 없는 이상 수남이가 아무리 그러지 않을 듯싶지만 그 처녀의 방에서 뛰어나오다가 잡혔을 뿐 아니라 매에 못 견디어 그랬는지,

"예! 제가 죽였소이다!"

하고 한마디 자백까지 한 터라 할 수 없이 수남이를 진범인으로 벌을 주게 된 것이었다. 그리되고 본즉 보통 아이라도 과부의 유

복 독자요, 나이 열두 살밖에 안 된 어린애가 이 지경이 되었다 하더라도 듣고 보는 사람으로 그 누가 불쌍하다 가엾다 아니 할 사람이 없을 터인데, 출친지효자란 말을 듣는 수남이에 대해서야 더 말할 것도 없이 동리 사람들이 등장[23]을 든다. 좌청우촉[24]으로 수남의 억울한 것을 탄원도 해 보았으나 필경은 원통하게도 수남이는 열두 살을 일기로 참수대의 이슬로 사라질 수밖에 도리가 없다. 이 아슬아슬한 이때 수남이 어머니의 뼛속에서 우러나오는 울음소리, 수많은 사람의 미친 듯이 부르짖는 소리가 하늘에 사무쳐서 하늘이 마침 양녕 대군의 천하 만유를 기회 삼아 출천지효자 수남의 위태함을 구하게 하고 더욱이 수남의 이름을 널리 세상에 나타내려 하였던지 신기하게도 양녕 대군이 평양 대동강 강가에 당도하시자 수남의 끌려가는 수레를 만나게 되어 이 광경을 보시고 수남의 억울한 사정을 들으신 대군은 즉시 범이로 하여금 수남의 사형 집행을 중지시키고 수남의 근처에 어떤 주막집을 빌려 사처를 정하신 뒤에,

　"한양서 귀신같이 알아맞히는 점쟁이가 와서 이번 살인 사건을 점쳐 본 결과, 그 진범인을 알게 되어서 수남이는 살게 되고 정말 살인한 자가 곧 잡히게 되었다더라!"

　하는 소문을 평양 일판이 떠들썩하도록 떠들어 놓았다. 과연

23　등장(等狀): 여러 사람이 이름을 잇대어 써서 관청에 올려 하소연하다.
24　좌청우촉(左請右囑): 이리저리 갖은 방법을 다 써 가며 여러 곳에 청하다.

그날 밤중쯤 되어 대군이 계신 주막집을 찾아온 떠꺼머리총각이 있었다. 이 총각은 말할 것도 없이 그 서당 집 딸을 살해한 진범인인데 이 총각이 그 집 머슴살이를 한 3년이 된 봄날 서늘한 새벽에 우연히 잠이 깨어 일찍부터 간절히 생각하는 주인의 딸을 겁탈하려고 그 처녀 방으로 들어갔다가 그 처녀가 저의 말을 듣지 않을 뿐 아니라 그 잘못을 준절히 꾸짖어 속히 나가라는 재촉에 분이 치솟은 총각은 그만 가지고 있던 칼로 처녀의 목을 찌르고 나서는 그래도 양심의 가책을 받아서,

'이것 큰일 났는데 어찌할까. 어디로 도망쳐 버릴까! 아니 자수를 해! 아니 나도 죽어 버릴까!'

이리 궁리 저리 궁리하는 판에 이상하게도 수남이가 뛰어오더니 뒷간에 갔다가 그 처녀를 부르며 방문을 열어 보는 것을 본 총각은 머릿속에 번갯불같이 생각나기를,

'옳지! 되었다. 저놈의 새끼에게로 넘겨 씌우자!'

하는 생각으로 대문 뒤에 숨어 있다가 겁결에 뛰어나오는 수남이를 붙들고,

"살인이야! 살인 났네!"

떠들어대서 별안간 그 동네는 불끈 뒤집히게 되고 수남이는 살인 죄인으로 잡혀가게 되었다. 그 총각은 그제야 한숨을 휘- 내쉬며,

'에! 참 혼날 뻔했다! 아- 무시무시하다! 이제야 제아무리 출천 지효자이니 무어니 하고 떠들어대야 별수 없지! 할 수 있나! 오냐. 모두 제 신수지. 내 탓은 하지 마라!'

이와 같이 혼자 속으로 중얼거리며 그래도 어찌 수남이가 무사히 되고 제가 잡혀가지나 않을까 해서 항상 마음을 조마조마하게 지내면서 그날그날을 줄에 앉은 새 몸처럼 조금만 어디서 덜컥하는 소리를 들어도 가슴이 두근두근해서 한참 동안 가슴에 손을 대고 멀거니 건넛산만 바라보고 밤에 잠을 자다가도 목에 칼을 꽂고 이를 악물며 덤벼드는 처녀의 꿈을 꾸고는 몸에 땀을 주르륵 흘리고 깨서 이내 그 밤을 꼴딱 새우기를 여러 번 하다가 하루는 수남이 죽이러 간다고 떠드는 소리를 듣고 공연히 가슴이 덜컥 내려앉는 것 같고 눈앞이 캄캄해지더니 겨우겨우 진정을 해서 동네 사람들과 수남이 끌려가는 수레를 쫓아가며,

'오냐! 이제야 살았구나. 수남이가 죽은 뒤에야 나를 누가 잡으러 들려구. 에! 참 못된 일은 두 번도 말 것이야. 아주 내가 생으로 죽을 뻔했어. 에! 어서 고놈의 수남이가 죽어야 내 맘이 놓일 터야!'

하는 생각으로 형장으로 향하여 쫓아가는데 뜻밖에 수남이 태운 수레가 멈추더니 영문에서 군노와 사람들이 몰려나오더니,

"그 죄인 다시 불러들이랍신다!"

하는 소리가 요란하며 수남이가 탄 수레는 다시 오던 길로 돌

아 영문으로 들어가고 그 뒤에 얼마 안 있다가,

"한양서 귀신같은 점쟁이가 와서 그 처녀 죽인 진범인을 알았다고 수남이는 살리고 진범인을 잡아 죽인다더라!"

하는 소문이 났다. 이 소문을 들은 총각은 그만 눈앞이 아찔해져서 한참 동안 대동강 언덕에 펄썩 주저앉았다가 다시 생각하기를,

'아! 못된 짓은 참으로 말아야 할 게다. 이제는 죽었구나! 아- 어찌할까. 진작 강물에나 빠져 죽을까! 아니다. 옳지! 그 점쟁이를 찾아가서 잘 부탁이나 해 볼 게다. 오라! 만일 여차하거든 그놈의 점쟁이마저 없애 버리자. 그럼 누가 알려구.'

캄캄한 그믐밤에 실낱같은 불빛을 얻은 것 같이 총각은 벌떡 일어나서 낫을 가지고 양녕 대군 계신 주막을 찾아왔다.

"여보슈! 여기 한양서 온 손님 있소? 어느 방이오?"

"그 누군고!"

"저- 한양서 오신 손님이오?"

"오- 그래. 이리 들어오소."

방으로 성큼 올라오는 총각을 흘깃 쳐다보신 대군은 봉이 범이를 보시고 빙그레 웃으면서,

"오- 이 총각을 기다린 지 오래더니 으- 이제야 오는군. 그래, 어서 말하소."

"예. 그게 죽을 만큼 잘못했으니 살려 주시우. 나 하나 죽으면 우리 집은 절손이외다."

"그렇지? 내가 다 아니까. 그러나 사람을 죽이고 어찌 살기를 바라누."

"그럼! 꼭 죽어야 한단 말이오!"

"암! 죽어야지!"

"아! 죽으란 말이오!"

하고는 꽁무니에 찼던 낫을 빼 들고 달려드는 총각을 범이가 덤벼들어 한 번 낚아서 뜰 아래로 넘겨 친 뒤에 뛰어 내려가 결박을 지어 영문으로 보냈다. 이러하여 서당 집 원수를 갚게 되고 수남이는 즐겁게 청천백일을 다시 보게 되었다.

〔평안도 평양〕

　　양녕 대군이 평양 대동강 강가에서 출천지효자 한수남의 횡액을 구원해 주시고 감사의 안내로 수일 동안 평양의 풍경을 구경하신 뒤에 감사와 명사들의 만류하는 것을 억지로 작별하시고 범이 봉이와 함께 다시 북으로 향하여 길을 떠나셨으나 그래도 평양을 떠나기가 좀 섭섭하셨던지 서문 밖을 나서시더니,

　　"얘 범아, 여기 어디 마방집이 있겠지."

　　"예. 마방집이야 저기도 있고 아마 이 집도 마방집인가 봅니다."

　　"얘, 그럼 마방집에 들어가 하루 쉬어 가자."

　　"원 망령의 말씀이신지. 마방집에를 어찌 들어가십니까. 그리고 이제 길을 떠나서 몇 걸음 걷지도 않고 벌써 쉬어 가시렵니까."

　　"아니다. 우리 무슨 볼일이 있어 가는 사람이냐. 어찌 그런지 평양을 떠나기가 싫구나. 어디 널찍한 마방집 하나 찾아봐라."

　　"아무리 그래도 마방에서 어찌 쉬십니까. 그러면 감사가 그렇게 더 묵어가시라고 야단을 하는데 왜 이렇게 급히 떠나셨어요. 음, 참 망령이시지."

　　"얘들아, 그런 말 말아라. 감사가 아무리 잘 대접을 해 주어도 원 불편해 견디겠더냐. 막걸리 한 잔도 못 먹고 그 도토리 깍지만한 잔에 감홍로인가 무언가 발그레한 소주를 눈물만큼씩 주니 어디

혓바닥이나 축여지더냐. 아마 너희도 뱃가죽이 쭈글쭈글하리라. 어서 얘 봉아, 마방집 하나 찾아 들어가자!"

범이 봉이는 서로 쳐다보며 빙그레 웃으면서,

"봉이야, 너는 저 집에 들어가 봐라. 너무 더럽지나 않은가."

"네가 들어가 봐라."

"아니다. 네가 봐라."

이처럼 범이 봉이는 서로 밀고 선뜻 갈 생각을 아니 하는데 대 군께서는,

"음, 자식들도 못생겨서. 에라! 내가 들어가 보마."

하시고 앞서 들어가시니까 그제야 범이 봉이는 앞장서 들어가며,

"여, 주인 사처방 하나 치우…."

대군은 범이 봉이를 눈짓해 뒤로 세우시고 이방 저방을 기웃기웃 들여다보시고 그중 사람 많은 목로방으로 들어가시며,

"아 얘들아, 여기가 좋다. 이리 들어오너라…. 뭐 이것 여러분 우리 같이 하룻밤 지냅시다…."

아랫목 윗목에 누워 있는 사람, 앉아 있는 사람, 티끌 먼지가 자욱한 속에서 움찔움찔하는 말몰이꾼, 봇짐장수, 늙은이, 젊은이 가득 들어 있는 가운데로 들어가서 한 편 귀퉁이에 자리를 잡은 뒤에,

"얘 범아, 목이 칼칼하구나. 주인 불러서 한 잔 가져 오래라."

이 말을 들은 여러 사람 가운데 가장 잘난 체하고 시골, 서울 할 것 없이 안 다닌 데 없이 돌아다니며 봇짐장수로 유명한 최만보란 중늙은이가 아랫목에 누워 있다가 벌떡 일어나면서 흘깃 대군 일행을 쳐다보더니,

"아, 이 손님네들은 이 평양을 처음 오신 게로군. 여기는 겨울이나 여름이나 냉수 같은 소주만 먹는 곳이오. 막걸리로는 우대에서나 먹지 여기는 없습니다…."

대군은 최만보의 말을 들으시고,

"아, 그래요. 그런 줄 몰랐구려. 그럼 우리 소주나 한 잔씩 나눕시다. 그런데 우리 인사하고 지냅시다…."

"그것 좋은 말씀이오. 뉘 댁이시오…."

"나는 한양 사는 이 첨지요."

"예. 한양 사신다고요. 좋은 곳 사시외다. 나는 강원도 사는 최만보요. 멀리 오셨소이다."

"피차 일반이오…. 그런데 무슨 일로 오셨소?"

"봇짐 장사로 다니오…."

"그러시오. 나는 어려서 글자나 배워서 복술로 위업을 하오. 여기 있는 이 사람들은 내 제자요. 다 알고 지냅시다!"

"그러십니까. 그런데 참 잘 만났습니다. 복술 위업이란 무엇인가요!"

"하하하. 참 내가 잘못 말을 하였지. 점쟁이 위업이란 말이오….."

"예. 점쟁이! 저 봉사들이 산통을 흔들어서 점치는 것 말이지요….."

"옳소. 눈먼 사람이 점치는 것이나 마찬가지요….."

"그것참 좋은 노릇 하십니다….."

"무엇 좋은 노릇이랄게 있소. 그러나 복채 안 받고 하니까 그게 좀 다를 게요….."

"에, 복채를 안 받아요? 참 좋은 일 하십니다. 그럼 나부터 한 자리 봐 주시오….."

"그리합시다. 대관절 술이나 한 잔씩 먹고 봅시다. 목이 말라서 어디 견디겠소….."

제육과 술을 굽 달린 놋 쟁반에 받쳐서 내오는 것을 이상하게 바라보시던 대군은 너털웃음을 한 번 크게 웃으시고 범이 봉이를 돌아보시며,

"얘들아, 내 무어라 하더냐. 이런 데를 와야 이런 별미를 맛보는 것이야. 이것 참 좋은 안주다. 술도 맛있어 보인다. 자- 우리 한 잔씩 합시다….."

"예. 어서 드시지요….."

이렇게 최만보를 상대로 소주를 몇 잔 잡수신 대군은 더욱 재미스러운 기분을 띄우시고,

"자- 그럼 우선 최 서방부터 한 자리 점을 쳐 보지."

대군은 원래 주역을 통달하신 데다가 사람의 얼굴과 모양을 한 번 보시면 대강 그 사람의 일을 짐작하실 정도로 두뇌가 명석하신 터라 최만보의 과거를 지내보신 듯이 말씀하시며 최만보는 물론이요, 주위의 있던 사람들까지 감복이 되어,

"아, 참 용합니다. 어쩌면 그렇게 뚫어지게 아시오…. 여보들, 이리들 오소. 여기 귀신같은 점쟁이 영감님이 오셨네. 그런데 복채도 안 받는다네…. 어서들 오소…."

이와 같이 마방집은 그날 종일 종야토록 법석이 되었고 대군께서는 아주 사람멀미가 나시도록 분주히 지내셨다. 그 이튿날 아침에 봉이 범이는 뵙기에 딱하기도 하고 또 웃음거리 겸으로 남의 길흉화복을 말씀하다가 무슨 낭패나 있을까 염려가 되어서,

"오늘 그만 떠나시지요. 갈 길도 바쁜데요."

대군께서도 범이 봉이의 눈치를 짐작하시고 또는 지난 밤을 꼬박 새우신 터라 그만 떠나는 것이 좋을 듯해서,

"얘들아, 그 제육하고 술이나 좀 받아 가지고 가자…. 길에서 목마르면 먹어야지."

이처럼 길 떠날 준비를 하는데 마방 주인이 나오더니,

"여, 손님네! 왜 오늘 떠나시나요. 몇 날 더 묵어가지요. 밥값도 안 받겠습니다. 점 본 사람들이 모두 신령님이라고 야단들입니다. 저것 보슈. 저렇게들 벌써 많이 왔소다."

과연 대문 밖에는 남녀노유 할 것 없이 수십 명 사람들이 몰려 있었다. 대군은 아무쪼록 여러 사람에게 기회만 있으면 만날 기회를 만들고 또 그 사람들의 국가에 대한 생각을 고상하게 하시려는 것이 이렇게 돌아다니시는 목적인 고로, 어젯밤 피로하신 것도 잊어버리고,

"오- 참 많이들 왔는데. 그럼 저 사람들을 안 봐 주고 가면 원망을 할 터이니까 봐 주고 갈까."

"아무렴요. 누구는 봐 주고 누구는 안 봐 준대서야 될 말입니까. 이제 몰려오는 사람들이 여간 많을 게 아닙니다. 어째 신령님 같은 손님이 하루라도 더 묵으시면 우리 집도 재수가 좋을 겁니다. 여러 날 묵으세요. 밥값은 일 년을 묵어도 안 받겠소이다….."

이처럼 만류하는 바람에 대군도 길 떠나실 생각이 없어 여러 사람을 다 불러 앉히고 하나씩 하나씩 길흉화복을 말하게 될 때에 모든 사람이 혹은 우는 사람 혹은 웃는 사람 다 각각 폐부에 사무치게 대군의 말씀을 일일이 듣고 헤어져 가는데 그날도 그럭저럭 밤이 되었다. 대군은 피곤하신 몸을 지적 자리에 누워 그 밤을 지내시게 되었다.

그런데 이 마방집 뒤에 사는 피준(皮俊)이란 사람이 있었는데 어려서부터 목수 일을 배워 나이 스물대여섯 되도록 편모 아래 내

외가 의초[25] 있게 지내다가 요 며칠 전부터 어떤 손이 와서 묵고 있게 된 뒤로는 피준이가 날마다 일도 안 하고 어디를 다니는지 아침에 벌떡 일어나면 눈을 비비고 나가서는 밤중이나 되어야 들어와서 골방에 우두커니 앉아서 눈만 끔뻑끔뻑하고, 피준이 돌아오기만 기다리던 손과 무슨 이야기인지 중얼중얼하고 한참 동안 지나서야 밥상을 들고 가서는 같이 먹고 밤이 깊도록 수군수군 중얼중얼 이야기하다가 또 밤이 밝으면 튀어 나가서 온종일 돌아다니다가 자정이나 되어야 들어오는 피준의 집안이라도 하루 벌어 하루 먹고 이틀 벌어 이틀 먹는 터라, 비가 오든지 눈이 오든지 또는 일이 없든지 하면 외상질하기 이 집 저 집으로 꾸러 다니기에 쩔쩔매던 터인데, 이건 별안간 어떤 군식구 하나를 보탬으로 데려다 놓고 거기다가 벌이는 한 푼도 아니 해 오기를 벌써 십여 일 동안이나 되고 보니 그렇게 의초 있게 지내던 내외간에 벌써 말다툼이 시작되었다.

"요새 별안간 무슨 귀신에 씌었나 웬일이야."

"무어 웬일이야…."

"군식구 하나 덧붙이기로 데려다 놓고 벌이는 안 하니 웬일이냐 말이야."

"쉬 떠들지 말어. 아따 에미네 주둥아리가 왜 그래."

25　의초(誼초): 부부 사이의 정의(情誼).

"에미네 주둥아리가 어쨌단 말이야. 오늘 아침 메기도 없어…."

"저 건너 천삼네 가서 외상으로 달라 해…."

"저런 뻔뻔한 소리 보라지. 천삼네는 우리 외상 주려고 장사 차린 줄 아는구먼…."

"그리 괄시하지 말라요. 저- 황 생원네는 우리 선대 적부터 은인이여. 그 집안이 다 패가를 했으니까 그러지. 이전 같으면 우리 집에 와 있으라고 두 손을 비비며 절을 해도 안 올 이야. 조금 가만 있어. 몇 날만 지나면 가게 될 터이니. 그리 소요하지 말라니까."

"아따, 저런 반편 보아. 누구는 근본부터 잘사나. 암만 전에 부자 장자래도 지금 못살면 그만이지 잔말은 다 해 뭘 해. 에구… 듣기 싫어. 잔말 말고 밥거리나 해 와."

"저런 화냥년 보아. 볼따구니를 훔쳐줄라."

"어서 쳐 죽여. 에미네를 굶어 죽게 만들고도 볼따구니 친다구. 어서 쳐 죽이라우…."

이렇게 피준의 집안은 날마다 내외 싸움이 그치지 않게 되어서 그 동네에는 소문이 파다하게 되었다.

"아, 이것 보아. 저 피 서방네는 요새 내외 싸움이 야단이야. 그게 웬일이야. 그렇게 내외가 의초 좋게 지내더니 요새 그게 웬일이야!"

"글쎄. 그거 안되었어. 피 서방네가 그럴 사람이 아닌데…."

"아닌데가 무엇이야. 어제그저께는 그 에미네를 막 치고 야단이데….."

"그것 알 수 없는 일이야. 그 사람이 별안간 미쳤단 말이야."

이렇게 동네 사람들도 평생 말없이 홀어머니를 잘 받들고 아내와도 이러니저러니 말없이 잘 지내던 피준이가 요새 와서는 날마다 내외 싸움이 그치지 않고 심지어 사랑하던 아내에게 손찌검을 다 하게 된 것은 이상한 일로, 모여 앉으면 걱정 겸 이야기 겸 지껄이게 되었는데 당사자 되는 피준이는 한층 더 마음이 불편해져서 저녁에 마을에 와서도 쾌활하게 또는 재미스럽게 지껄여서 여러 사람을 웃기기도 잘하고 몸짓 팔짓을 해 가며 이야기할 때에는 참으로 누가 보든지 천진난만한 좋은 사람으로 보던 피 서방이 요새 와서는 일절 마을도 아니 오고 길에서 혹 아는 사람을 만나도 무슨 걱정되는 일이나 있는 사람같이 실심하고 이마에 내천(川) 자를 붙이고 다니는 것이 아무리 해도 심상치 않아서 그중에 앞집 뒷집에 살 뿐 아니라 피준을 다시없이 사랑하던 마방집 주인이 한양에서 귀신같이 사람의 길흉화복을 맞혀 내는 점쟁이가 온 김에 피 서방네 일을 좀 봐 주는 것이 좋겠다 생각하고 이날 밤에 피 서방을 찾아서,

"여보소, 피 서방 집에 있나….."

"그 누구요. 오- 마방집 김 서방이오….."

"나야. 옳아, 이것 보소. 저- 피 서방 우리께 한양서 귀신같은

점쟁이가 왔는데 참 귀신같이 맞혀 내는데… 이것 봐 피 서방도 좀 봐 달라 하게… 그런데 요새 무슨 걱정되는 일이 있지… 내가 알아. 자- 지금 조금 뜸한 판이야 어서 가세….”

피준이는 그렇지 않아도 자기의 마음을 모르고 날마다 쫑알거리는 아내가 밉기도 한량없고 나중에는 늙은 어머니까지도 아내의 편을 들어서,

“이놈의 새끼. 밥벌이도 않고 왜 이리 덤비니. 젊은 에미네가 이 집 저 집으로 비럭질하러 다니는데 이전 은인은 다 무어야. 비렁뱅이밖에 못될 황가 놈의 아들 너더러 아는 체하라니 누구래….”

하고 잔말할 때에는 가슴이 터지는 것 같이 분해서 못 견디는 판이라 마방집 김 서방의 말을 듣고는 얼른 생각하기를,

“옳지, 옳지. 나보다도 황 생원 일을 좀 봐 달라 해야지. 옳아, 그래. 김 서방 그 점쟁이가 그렇게 잘 알아맞힙니까….”

“아 잘 알아맞히다 뿐이야. 길게 할 것 없이 그 사람의 마음까지 뚫고 들여다보는 게야. 저 건너 확실네 서방질한 것까지 알더라니까 그래. 어서 가 봐요. 두말할 게 없어요….”

“그렇게 잘 알아맞혀. 그럼 갑시다. 그런데 복채 돈을 내야지….”

“아니야. 복채 돈도 안 받아.”

“아, 그게 그럼 정말 귀신인가 무엇이야….”

“아따, 가 보면 알 텐데 왜 그래. 어서 나와….”

이리해서 피 서방이 양녕 대군께 오기로 하였다. 김 서방이 문 앞에서,

"손님, 한양 손님. 문 좀 여시우."

곤히 잠들었던 봉이 범이는 입맛을 쩍쩍 다시며,

"그 누구야! 이 밤중에 누구야… 응."

"아니 주인이외다. 문 잠깐 여슈…."

"왜 그래. 남 잠 좀 자는데…."

"이거 안 되었소이다만 조금 급한 일이 있으니 잠깐 문 좀 열어 주슈…."

"급하긴 무어 급해. 에이 참 귀찮아…."

대군도 종일 여러 사람에게 삐쳐서 고단하게 한잠 드셨다가 범이 봉이의 지껄이는 소리에 잠이 깨어서 가만히 들어 보시다가 주인의 무슨 급한 일이 있는 모양 같은 말에 일어나 앉으시며,

"봉아, 문 열어라. 그리고 범아, 여기 불 좀 켜라. 주인! 왜 그러오…."

"예. 좀 급한 일이 있소이다…."

"봉아, 어서 문 열어 주어라…."

범이는 불을 켜고 봉이는 문을 열었다. 주인은 웬 젊은 사람을 데리고 들어오며,

"피 서방! 어서 들어와 저기 앉은 저 어르신네가 귀신… 아니

신령님이라. 점쳐 보고 어서 집안싸움이 없이 잘 살아야지… 응….”

대군이 주인의 말을 들으시며 뒤에 따라 들어오는 피 서방을 흘깃 쳐다보시더니,

“주인 그거 무슨 급한 일이 있어….”

“예. 이 피 서방이 우리 뒷집에 사는데요. 참 사람이 착하지요. 홀어머니도 잘 받들고 그 에미네 하고도 고맙게 잘 지냈지요. 그런데 요새 황 생원이란 이가 와 있으면서 날마다 싸움질만 하고 밥벌이도 안 다녀서 내외 싸움이 벌어졌지요. 저 이것 봐 피 서방, 말 좀 해 봐. 여간 잘 아시는가. 벌써 다 아실 것이야. 어서 말하라니까….”

“쳇. 인사나 해야지 무슨 말을 하래….”

대군은 선뜻 눈치를 아시었는지 피 서방이란 젊은 사람을 손짓해서 앞으로 앉히시고,

“자, 우리 인사합시다. 뉘 댁이오….”

“예. 이 뒷집 사는 피 서방이외다….”

“응. 피 서방! 그런데 그 황 생원이 누구요….”

“예. 말씀을 들으세요. 그 황 생원은 우리 선대부터 은혜가 있는 댁인데 그 댁이 그만 패가를 하고 지금 황 생원 하나만 남았는데 그런 양반 댁에서 어째 그런 이가 났는지 좀 사람이 반편이예요. 그래서 이놈이 그저 일을 좋아해서 그러나 은혜가 있는 집이니 어째

요. 그래서 저 남문 안 김 좌수 집에, 아, 그 집이 부잣집인 데다가 딸 하나밖에 없지요. 그래, 내가 사면으로 사람을 늘어놓아서 그 집에 데릴사위로 들여보냈지요….”

“아- 그래. 그것참 잘했군.”

“잘이 무엇이오. 못난 사위 얻었다구 야단들이라우….”

“그러게 말이지. 그 사람을 남문 안 김 좌수 집에다가 어째서 데릴사위로 보냈느냐 말이야. 그 말을 좀 자세히 하란 말이야….”

“그래요. 차차 할 테니 들어 보슈. 내가 잘못인가… 그 김 좌수 집에서 잘못인가 그런데 이런 제기랄 것. 그놈의 검정 차돌이 그게 무엇인가 그것 하나만 알아내면 곧 수가 날 텐데 이것을 모른다 말이오.”

“아, 검정 차돌은 또 무엇이며 그렇게 덤벙대지 말고 차근차근히 전후 이야기를 하라니까 그래. 피 서방 천천히 잘 말해야 내가 한 번 점을 치면 다 알지….”

“예. 그래요. 그럼 잘 들어 보소.”

피 서방은 손에다 툭툭 침을 뱉어 두 손을 썩썩 비비더니 주먹을 단단히 쥐고 무슨 도낏자루나 괭이자루를 쥐고 힘껏 장작이나 땅을 패는 사람 모양으로 양 가슴을 쓰며 다시 쭈그리고 앉아서,

“아- 그놈의 김 좌수 집하고 이 황 생원네가 혼인할 집이랍디까. 다 지금 집안이 망했으니까 그렇지. 아닌 게 아니라 처음에는

참 사위 잘 얻어 주었다고 술까지 한 잔 주었다. 아, 그런데 그놈의 장사인지 무엇인지 나갔다가 그만 돈 천 냥만 없애고 검정 바둑돌 한 개를 지고 어슬렁어슬렁 들어왔지요. 대체 황 생원도 딱한 양반이라오. 그만 내쫓겼지요. 그러니 갈 데 올 데 없는 이가 어찌하오. 내게로 왔으니 그래, 내가 김 좌수 집에를 아침부터 가서 밤이 되도록 애걸복걸을 하지요. 자, 이걸 모르는 집안사람은 생으로 야단을 하니 어쩌우!"

"가만있어. 그만하면 알겠는데 그렇게 토막토막 말을 말고 처음에 어떻게 된 이야기를 차츰차츰 하라니까 그래⋯."

"예. 벌써 알았어요. 참 귀신인데."

"귀신이고 사람이고 여러 잔소리는 그만두고 자초지종에 그 황 생원이 어찌하여서 쫓겨난 말을 하란 말이야⋯."

"자초지종이라니요. 지금 자시는 넘었을걸요⋯."

"아니 자시란 말이 아니라 처음부터 어찌 된 이야기를 자세히 하란 말이야."

"예. 첨부터요. 그러지요⋯."

이리하여 피준이가 황 생원의 일을 자세히 말하게 되었다.

황 생원이란 사람은 평양 외성 황 씨로, 대대로 이름있는 집안으로 또 학식이 있고 행세가 점잖아서 성내 성외 사람들에게 적지 않은 숭배를 받고 지내던 터인데, 사람의 문명이란 한정이 있는 것인지 별안간 실패한 것도 없이 차차 집안이 몰락하게 되자 지금 황 생원이란 젊은 사람이 열대여섯 때에 부모를 다 여의고 집안 살림은 자기 조부 때부터 대대로 은혜가 있는 집일 뿐 아니라 저 홀로 남아 있는 황 도령이 가엾어서 늘 드나드는 김 좌수 집에 여러 번 입에 침이 없이 칭찬을 하고 권하였더니, 김 좌수도 늙어 딸 하나뿐인 데다가 재산이 상당한 터라 널리 사윗감을 고르던 차에 피 서방의 말을 듣고 보니 이전 같으면 열 번 절하고 청한대도 그 집안은 상당한 외성 양반의 집안이요, 자기네는 아무리 하여도 성내 아전의 집안이라 될 뻔도 않은 일이라 조금 마땅치 못하더라도 웬만하면 할 터인데, 게다가 사람이 인자하고 착하다니 말할 것도 없다 하여 혼인이 된 것이다. 그런데 처음 한 달 두 달 지나가는 동안에 그저 딸과 재미있게 지내는 것만 다행이라 아무 말도 없이 지내다가 차차 한 달 두 달 지나서 일 년이 덜컥 넘고 보니까 김 좌수 눈에 너무도 사람이 재빠르지 못하고 어째 멍청한 것 같아서 하루는 사위를 대하여 하는 말이,

"여보게, 사람이 날마다 놀기만 해서는 못 쓰는 것이야. 젊은 사람이 늙은이 모양으로 그저 조석만 먹고 어정버정해서야 쓰나. 무슨 장사나 좀 해 보지…."

"장사를 하자니 밑천이 있어야 하지요…."

"허허허. 이 사람. 그래, 밑천이 없다니… 그런데 밑천이 있으면 무슨 장사를 하려나. 어디 말해 보게…."

"글쎄요. 어디 원산에나 가 볼까요."

"원산! 그렇지. 사람이란 큼직하게 생각을 해야지. 그렇지. 원산 같은 데를 가면 장사할 것도 많지. 자, 그럼 밑천은 내가 대어 줄 테니 어디 가 보소. 그런데 밑천은 얼마나 줄까?"

"천 냥만 주슈."

"천 냥! 그렇지. 그래도 내 집안이 그러면 그렇지. 그럴 리가 있나. 아무렴 천 냥이나 가져야지… 그럼 내일이라도 곧 떠나게. 행장을 차리소…."

김 좌수도 생각하던 바와는 의외로 사위의 말이 맘에 들었다. 첫째에 조그마한 졸때기 장수를 생각지 않고 의좋은 새색시를 떠나서 멀리 원산으로 가겠다는 말이라든지 또 첫 번 장사에 천 냥이나 밑천을 요구하는 것이 김 좌수의 사위로 당연한 말이다. 그래서 김 좌수는 선뜻 천 냥 밑천을 주어 원산으로 보내게 되었다. 황 생원은 천 냥 환표를 가지고 원산으로 가서 상인의 지시대로 객주 집에 들어가서 몇 날 묵으면서 날마다 장거리를 왔다 갔다 하는 대로 무슨 물건을 사 갔으면 좋을까 궁리하여 보았으나 아무것도 마음에 이렇다 할 것이 없었다.

하루는 일찍이 일어나서 장거리를 거닐다가 떡 가게에서 인절미를 쳐서 베어 놓는데 그놈이 대관절 먹음직할뿐더러 평양 자기 고향에서 파는 것과 비교해 보면 갑절이나 되는 것 같았다. 그래서 '옳지, 저놈을 사 가면 갑절 장사는 되렷다.' 하고 인절미 천 냥어치 맞추어 불일성지[26]로 재촉하였으나 지금 돈으로도 아마 인절미 천 냥어치면 적지 않을 것인데 그때쯤 천 냥이라 하면 여간 많은 돈이 아니었다. 대체 인절미 천 냥어치를 치려니까 원산 바닥 떡 장사란 떡 장사는 전부 총출동을 해서 밤을 새워 가며 야단법석을 하였건만 그래도 십여 일이나 걸려서 겨우겨우 다 쳐 냈는데, 떡을 치는 대로 황 생원이 유숙하는 객줏집 곳간에다 들이는데 객줏집 주인도 하도 기가 막혀서 '대체 저 인절미를 무엇 하려나….' 하는 생각도 하였지만 그래도 평양 김 좌수의 사위로 보아하니 사람이 동탕[27]하게 생긴 사람이라 어디로 보든지 함부로 하기가 어려워서 모르는 체하였으나 십여 일이 지나고 보니 밑에 떡이 차차 썩기 시작해서 김이 무럭무럭 나며 인절미 썩는 냄새가 그 집안에서만 못 견딜 지경이 아니요, 원산 바닥 사람들이 코를 들고 다닐 수가 없게 되었다. 그래서 사람마다 코를 쥐고 객주 집으로 달려들어 "이거 사람 죽겠소. 돈이 흔하다거늘. 어려운 사람 좋은 일이나 하지, 이게 대체 웬일이냐." 하고 떠드는 통에 주인도 할 수 없이 삯꾼을 들

---

26 불일성지(不日成之): 며칠 안 걸려서 이룸.
27 동탕(動蕩): 얼굴이 잘생기고 살집이 있음.

이대어 썩은 인절미를 바다에 풀어 버렸다. 황 생원은 코가 먹먹해서 우두커니 앉았다가 하도 원통해서 바닷가로 어슬렁어슬렁 나아갔다. 이때 고기잡이들은 그물을 바다에 놓고 고기 많이 잡히기를 축수하는 판인데, 썩은 인절미가 바다에 풀리자 고기들은 무슨 수나 난 것 같이 모여들어 그물이 찢어지게 잡히는 바람에 고기잡이들은 엉덩춤을 추었다.

황 생원은 멀거니 고기 잡는 것을 바라보고 있으려니까 어떤 그물에는 고기 한 마리도 안 걸리고 새까만 바둑돌 한 개가 걸려 나왔다. 이것을 본 황 생원 '옳지, 저 돌이나 갖다가 색시를 주면 다듬잇돌이나 빨랫돌로 쓰겠지.' 하는 생각으로 그 돌을 얻어 짊어지고 집으로 돌아온 것인데, 이 소문을 미리 듣고 노발대발하던 김 좌수가 바둑돌 한 개를 짊어지고 돌아오는 황 생원을 몽둥이로 두들겨 내쫓은 것이다. 그러고 보니 황 생원은 갈 곳이 없는 터라 피준의 집에 와서 붙어 있게 되었는데, 피준은 날마다 아침부터 김 좌수 집에 가서 황 생원 대신으로 대죄를 드리고 다시 황 생원을 불러들이도록 애쓰는 터라 "언제 황 생원을 김 좌수가 불러들일까 점을 한자리 잘 쳐 주시소." 하는 말이었다.

장황한 이야기를 다 들으신 대군은 한참 동안 눈을 감고 생각하시더니,

"여, 피 서방 장할시고. 그대의 마음 그 의협심을 하늘이 굽어

살피사 이날이 밝으면 곧 황 생원을 불러 갈 뿐 아니라 그대도 살게 되겠으니 아무 염려 마소.”

“아- 그게 정말이오. 김 좌수가 어제 종일 애걸복걸을 해도 본체만체하고 응응 소리만 하면서 여간 풀릴 것 같지 않습데다….”

“아니 염려 말고 집으로 가서 있어. 조금만 있으면 차차 알 터이니….”

“아- 정말 그럴까요. 참 그렇기만 하면 좋으련만….”

이렇게 하여 피준을 돌려보내시고 대군은 봉이 범이를 불러 세수를 하신 뒤에 날이 훤하게 밝으니까 김 좌수 집을 찾아가서 김 좌수와 초면 인사를 마치시고,

“그런데 여보시오, 김 좌수. 내가 복술을 배워서 여간 아는 것이 있는데 어젯밤에 점을 치니까 댁의 집에 무쌍인 보물이 있는 것 같아서 찾아왔소. 한 십여 일 전에 동북방으로부터 무슨 보물이 들어왔을 것이니 좀 보여 주시오.”

김 좌수는 뜻밖에 이 말을 듣고 깜짝 놀라며,

“보물이라니요! 우리에게 보물이 있을 수가 있나요. 더군다나 동북방에서 들어오다니요. 그런 생각이 나지 않는걸요.”

“아니 그렇게 속일 것이 없소. 아마 주인은 그것이 보물인지 모르는 모양이오. 여하튼지 십여 일 전에 동북방으로부터 무슨 이상한 물건이 들어오지 않았소?”

"예. 가만히 계시게요. 동북방 동북방이면 옳지, 저 원산이 동북방이겠지요. 그럼 저 황가 놈이 짊어지고 온 바둑돌 짝이 아니라고- 야, 게 누구 있니. 야, 그 바둑돌 어디다 내버렸느냐. 이리 찾아오너라."

이 말을 들은 하인들은 개천 발치에 내버렸던 검정 바둑돌을 사랑 뜰에 갖다 놓았다. 이것을 보신 대군은 깜짝 놀라시는 듯이,

"얘 봉아 범아, 그 돌을 이리 곱게 올려 오너라. 아무리 사람들이 무식하기로서니 저런 천하 보물을 몰라보고 저렇게 함부로 내굴리는구나."

범이 봉이는 두 손으로 곱게 들어 사랑방으로 들여다 놓았다. 주인은 기연가미연가 아무리 해도 미덥지 못한 생각으로 눈만 끔벅끔벅하고 앉았는데 대군도 역시 아무쪼록 황 생원을 다시 불러들이게 하시려고 일시 권도로 이렇게 말씀은 해 놓았으나 그 검정 바둑돌이 참으로 보물인지는 꿈에도 생각지 못하셨다. 그래서 방에 들여놓은 돌을 이리 뒹굴 저리 뒹굴 굴려 보시며,

"허- 참! 좋은 보물이다! 값으로 말하면 무가(無價)야. 몇만 냥일지 몇십만 냥일지 또는 몇만 만 냥일지 모르는 것이야… 응… 응. 이것을 몰라보다니. 암, 그렇지. 보물이란 임자가 있는 법이야. 이것을 주인이 몰라보았다면 이게 필경 임자가 있을 터인데 어찌해서 이 보물이 여기로 왔을까. 그것 이상하군…."

하시며 주인 얼굴을 쳐다보시니 주인이 깜짝 놀라는 안색으로,

"아! 정말 그렇소이까…. 그게 그럼 우리 사위의 것이외다. 그런데 그렇게 값이 많은 보물일까요?"

"그렇고말고. 이런 보물은 임자가 있지. 아무나 가질 수 없지. 임자를 찾아 주어야 해…."

이때 마침 동편 하늘이 환하게 밝아지며 아침 볕이 사랑방으로 들어 비치자 검정 바둑돌은 별안간 오색이 영롱한 빛을 발하여서 보는 사람들의 눈이 부시게 반짝반짝하였다. 대군은 속으로 놀라시며 다시 그 돌을 볕 빛에 비추어 자세히 굴려 보시니, 콩알만큼이나 굵은 진주가 뭉치었는데 겉으로는 바닷물 이끼와 개흙이 엉겨 돌덩이같이 보이는 것이었다.

"여보, 김 좌수. 자, 이것을 보소. 이것이 볕 빛을 받아 광채를 내는데 이것을 보고도 모르면 임자가 아니야. 내가 임자를 찾아 줄 터이니 그리 아시지요. 얘 봉이, 짊어져라. 가자."

이 광경을 본 김 좌수 두 눈이 둥그레지며,

"아니외다. 이것은 내 사위의 것이외다. 게 두시오. 얘, 얘들아, 황 생원님 빨리 모셔 오너라."

"황 생원님이 어디 가셨나요?"

"아따, 저, 저 피 서방네 가서 물어봐. 그리고 빨리 모셔 오너라."

이리 분주히 서두르는 김 좌수를 바라보시는 대군은 손을 내

어 저으시며,

"아니, 안될 말이지. 이것이 주인의 사위 것이면 어째서 주인 사위도 이것을 모르고 개천 발치에 내버려두었으며 또 이런 보물을 내버리고는 어디로 갔단 말이오. 필경 이것을 이렇게 천대했을 때에는 그 역시 주인이 아니야…. 봉아, 짊어져라."

주인 김 좌수는 황급한 대로,

"아니외다. 말씀을 좀 들어 보시오. 그것이 그런 것이 아니라 그저 이 늙은 놈이 죽일 놈이지요. 그런 귀인을 몰라보고 그저 이 놈이 잘못이외다."

"아니 그게 다 무슨 소리요. 귀인을 몰라보다니. 누구를 몰라봤다는 말이오."

"자- 들어 보시오. 이 늙은 놈이 슬하에 딸 하나밖에 없는데 사위를 들여 두어서 자식 겸 사위 겸 지내려 하다가 그 사람이 참 양반의 손으로 점잖지요. 그런데 장사를 가겠다기에 원산으로 밑천을 주어 보냈더니 돈 천 냥 밑천으로 떡을 사서 썩혀 버리고 이 검정 바둑돌 하나만 짊어지고 어슬렁어슬렁 들어오기에 두 눈에서 쌍심지가 올라오는 것을 참을 수 있습니까. 그래, 그만 내쫓았지요. 그저 그러니 이런 보물을 가지고 오는 줄이야 누가 알았으리까? 그렇지 않아도 이러한 보물을 가져왔다고 말이나 했으면 좋으련만 그 멍청한 사람 아니, 사람이 워낙 점잖아서 도무지 말이 없지요. 아무

튼 이놈의 눈망울이 없는 탓이지요…. 어쨌든지 손님네 은공은 무엇으로 갚을지 모르겠소이다."

"어- 그것 희한한 일이로군. 그럼 주인 서랑이 천 냥 밑천을 가지고 장사를 가서 그 천 냥 밑천으로 떡을 샀다가 썩으니까 버렸단 말이지요."

"그래요. 글쎄 그런 못난 놈의 아니, 그런 점잖은 사람의 짓이 어디 있으리까? 그러나저러나 이제야 장사도 나갈 것 없고 어쨌든 우리 딸이 복덩어리지요."

"아니 그럼 그 떡은 어디다 버렸으며 이 보물은 어디서 난 것이란 말이오?"

"참 그 말씀을 아니 했구먼요. 저 원산 바다에다 풀어 버렸더니 고기가 어찌 많이 잡히는지 고기잡이들이 큰 수가 났답니다. 그런데 어떤 고기 그물에 고기는 한 마리도 안 걸리고 이것이 걸려 나왔는데, 고기잡이들도 이것이 무엇인지 모르고 내던지니까 우리 사위가 주워 가지고 온 모양이지요."

"허허 그래! 그것참 하늘이 무심치 않소. 세상만사가 다 그렇습니다. 이 일로만 보더라도 천 냥이란 큰 재물을 없이 해 버렸다. 하지만 결코 그런 것이 아니야. 떡을 바다에 풀어 버렸으니 여러 수만 마리 고기를 배부르게 했고 그 덕에 고기잡이가 큰 수가 나고 하니 얼마나 남에게 좋은 일을 많이 했소. 그러니까 그 대신으로 이런 좋은 보물을 얻게 된 것이야. 그렇게 적덕지가(積德之家)에 필유여경(必有餘慶)이란 말이 있지 않소. 그런즉 사람이란 남에게 좋은 일을 많이 하면 반드시 경사가 오는 법이야."

"그렇구말구요. 옳은 말씀이지요."

"그렇기에 이다음부터는 만사에 경솔히 하지 말고 조심하란 말이오. 이번에 이런 보물을 얻지 못하고 빈손으로 돌아왔더라도 필경은 나중에 좋은 경사가 있을 것이니까 그 사람을 그렇게 박대해서는 못쓰는데, 더욱이 이런 좋은 보물을 가지고 온 그 사람을 두들겨 내쫓다니 그것이 우선 잘못이오. 겸하여 그 사람은 그대의 딸과 백년결약을 한 사람인데 천 냥 되는 밑천을 없애기로니 인륜을 끊어 버리는 것이 여간 잘못이 아니야."

"예. 옳은 말씀이외다. 모두가 이 늙은 놈의 눈망울이 없는 탓이지요. 이러니저러니 할 게 있습니까. 그저 이놈의 잘못이지요. 어쨌든 지금 우리 사위를 데리러 갔으니까 곧 올 겁니다. 좀 보시고 천천히 며칠 묵어 가시지요. 원 이 은혜는 무엇으로 갚을지 모르겠소이다!"

이때 피준은 황 생원을 앞세우고 들어오며,

"아- 그런데 언제는 내쫓고 날마다 머리가 깨지도록 애걸복걸을 해도 듣지 않더니 어찌 별안간 오라고 야단이오…."

"허허- 피 서방! 내가 다 잘못일세. 고정하게. 이 늙은 놈이 눈은 있어도 눈망울이 없는가 봐. 어서 들어오게. 도무지 볼 낯이 없네."

피준은 두 팔을 부둥키고 들어오다가 대군 일행을 바라보더니 마루 끝에 넙죽이 엎드리며,

"앗 귀신, 아니 신령님이 어찌 강림하셨나이까. 신령님이시지 사람이야 이렇게 뚫어지게 알 수가 있습니까. 어쩌면 시각이 틀리지 않으니 귀신이 아니면 신령님이시지! 참 고맙습니다."

"허— 피 서방. 이게 웬일이야. 자— 그러지 말고 어서 이리 들어오라고. 무엇 내가 아는 게 있어 그런 게 아니야. 다 저 황 생원이 복이 있고 또는 이 김 좌수 댁의 운수가 좋아서 그런 것이지. 내가 무엇을 아누."

"아니외다. 새벽에 신령님을 뵙지 못했으면 어찌 오늘 이렇게 즐거운 일이 있었으리까. 참으로 고맙습니다. 황 생원님도 저 신령님께 인사드리시라요."

이와 같이 피준과 황 생원의 마음으로 치사하는 인사를 받으시고 주인 김 좌수에게 피준의 의협심이 풍부해서 이전 은인의 집안을 잊어버리지 않고 황 생원을 위하여 집안에 풍파가 일건만 끝까지 변치 않는 그 든든한 마음은 가히 사랑할 것이요, 또 그런 의리 있는 사람을 살기에 고통이 있게 하는 것은 사람의 차마 할 바가 아니니 저 피준과도 영원히 의초 좋게 지내도록 간곡히 훈계하신 뒤에 대군은 봉이 범이를 돌아보시며 가장 즐거운 기분으로,

"참 사람이란 좋은 일을 많이 할 것이다….."

하시고 주인 김 좌수와 피준 황 생원을 작별하신 뒤에 맛 좋은 감홍로와 제육 등을 준비해서 범이 봉이를 앞에 세우시고 다시 길을 떠나서 북을 향하여 걸음을 옮기셨다.

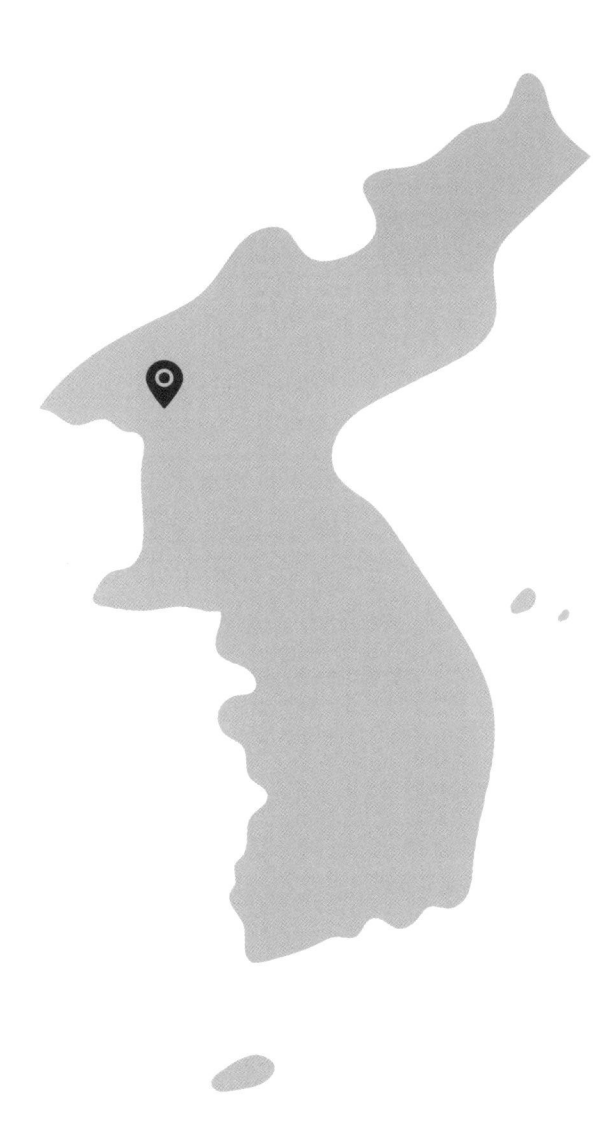

〔평안도 안주〕

양녕 대군은 평양의 경치 좋음을 아껴 서문 밖 마방집에 묵으시며 사주쟁이 관상쟁이 노릇을 하시면서 하루이틀 더 묵으시는 동안에 목수 피준이란 사람의 협기에 감심되셔서 의외에도 천진난만한 황 생원의 전정을 행복스럽게 만들어 주시고 길을 떠나서 안주 박천 정주 곽산을 거쳐 의주까지 돌아오실 작정으로 죽장을 끌고 앞서 걸으시던 대군은 봉이 범이를 돌아보시며,

"얘들아, 사람의 일이란 것은 알 수 없는 일이다. 그래, 그 돌덩이가 그런 보배 덩이인 줄 이야 누가 알겠니. 참 세상에 희한한 일도 많지 않으냐…."

"글쎄올시다. 처음에는 저희도 가슴이 달랑달랑했습지요. 그게 글쎄 그냥 돌덩이 같으면 어찌하시나 또 그 김 좌수인가 하는 늙은이가 만일 모르는 체하고 그대로 있으면 장차 어찌하시려고 목수 피준인가 하는 자에게 그처럼 쉽게 말씀하시나 해서 속으로 퍽이나 걱정이 되었습니다."

"그야 내가 짐작하는 바가 있어서 그런 것이지. 세상에 욕심 많은 늙은이로 그 돌덩이가 큰 보물이라 하면 반드시 욕심을 낼 것이지…. 그러니까 그 보배 덩이를 가져간다 하면 필연코 안 내놓을 것이 아니냐. 그러면 그 사위를 부르게 될 것이지. 그래서 그러한 것

인데 뜻밖에도 그것이 여러 만 냥어치 보배 덩이더란 말이야. 그것이 참으로 신기한 일이야….”

“그렇지요. 대체 그런 보배가 바닷속에 묻혀 있다가 하필 그 사람에게로 왔으니 이상한 일이지요.”

“그런 법이지. 그 사람이 보기에는 못생긴 사람 같으나 마음은 착하기가 한량없는 사람이야. 당초에 인절미 천 냥어치를 산 것은 어리석은 짓이라 하겠지만 그 인절미를 바다에 풀어서 물고기가 크게 포식했지. 그 덕에 고기잡이들이 큰 수가 났지. 그 공으로 황 생원이란 자가 뜻밖에 부자가 되었구나. 하니까 세상일이란 모두가 헛된 일이 없어. 어쨌든지 사람이란 첫째로 마음이 천진스러워서 욕심이 없어야 쓰는 법이다. 이런 일 모두 우리 인생에 적지 않은 교훈이야. 허- 참으로 이번 길에 배운 것이 많다.”

“네. 참 그 말씀을 듣고 생각하오니 과연 옳은 말씀이셔요. 사람이란 참으로 마음이 착해야 하겠사와요. 하느님이 무심치 않으신 것 같습니다. 아, 그런데 해가 벌써 한나절이나 되었는데 저 잔디밭에서 약주나 한 잔 잡수시고 좀 쉬어 가시지요.”

“오, 참 그래야 하겠다. 목도 마르고 다리도 좀 뻐근하다.”

이러해서 길가 잔디밭에 자리를 잡으시고 범이 봉이를 상대로 얼큰히 잡수신 뒤에 또 길을 떠나서 석양 햇볕을 바라보시며 이런 이야기 저런 이야기 하시면서 순천 지경에 이르자 해가 차차 기울어서 서산에 걸렸으므로 범이 봉이를 시켜 먼저 읍으로 들어가서 사처를 잡으라 하시고 대군은 홀로 산천의 저녁 경치를 바라보시며 서서히 순천[28]으로 가신다는 것이, 길을 잘못 들어서 숙천[29]으로 가는 산길로 가시다가 날은 저물어 어둑어둑해지는데 길은 점점 험한 산길이어서,

"아뿔싸. 이것 길을 잘못 들었군. 이것 안 되었는데…. 허- 이것 안 되었는데…."

혼자 산길에 들어 앞으로 나갈 수도 없고 도로 오던 길로 돌아갈까 주저주저하시는데 저편 수풀 속에서 7, 8명이나 되는 협수룩한 사람들이 칼과 몽둥이를 들고나오더니 앞장선 자가 손에 칼을 들고 대군의 앞길을 딱 막아서며,

"어디로 가는 손인가?"

"읍으로 가는 길이로세."

"무어 읍으로 어디 읍으로 가려는가?"

"순천읍으로 가려네."

---

28 순천(順川): 평안남도의 중심부에 위치해 있다. 남쪽은 평성시, 동쪽은 은산군, 북쪽은 개천시, 북서쪽은 안주시, 서쪽은 숙천군과 접해 있다.

29 숙천(肅川): 평안남도 서부에 있는 군이다. 평안남도 서부의 황해와 면하는 부분에 위치한다. 북쪽은 문덕군, 남쪽은 평원군, 동쪽은 안주시와 순천시, 평성시이다.

"순천읍. 순천읍은 이리 가서 안 되어….”

"아뿔싸. 길을 잘못 들었군. 그럼 도로 가려네….”

"어디로 가. 우리를 누구로 알고.”

"글쎄. 그렇지 않아도 물어보려는데 산중에서 이렇게 여럿이 몽둥이 들고 다닐 때에는 아마 곰이나 호랑이를 찾아다니는 사냥꾼 같은데….”

"야– 이놈의 늙은이. 정신없이 지껄이는군. 아– 여기가 어딘 줄 알고 왔는가?”

"글쎄. 순라[30]더러 물어나 볼걸. 무심히 오기에 못 물어봤구먼….”

"아– 무슨 잔소리야. 순라고 무엇이고 여러 말 할 것 없이 지옥 동구로만 알아.”

"하하– 지옥이야 그것참 잘 봤구먼. 절간에 가면 극락이니 지옥이니 그려 달았더라만 정말 지옥은 보지를 못 했는데 참 잘되었군. 그럼 자네들은 사제들인가.”

"사제보다 더 무섭지. 사제들도 진저리를 치는 대적 떼다. 길게 말할 것 없이 가진 것 있는 대로 다 내고 옷도 다 벗어 놓고 가소.”

"다른 것은 다 주어도 관계치 않아도 의복은 못 벗겠네. 아직 날이 추워서 벌거벗고야 길을 어찌 가누….”

---

30 순라(巡邏): 조선 시대에, 도둑·화재 따위를 경계하기 위하여 밤에 궁중과 장안 안팎을 순찰하던 군졸.

"무엇이야? 이것이 안 보이나. 한 번이면 그만 지옥으로 갈 것을 몰라?"

"아- 가만있어. 지옥으로 가면 죽지 않는다구. 아직 좀 더 살아야 할걸. 죽으면 술도 못 먹으라고. 아서, 그건 좀 안되었어."

"안되고 무어고 잔말 말아. 어서 벗을 터이야 안 벗을 터이야? 이 칼이 무섭지 않은가?"

"칼이 무섭긴 뭐가 무서워. 칼이 그렇게 무서우면 대장간 앞으로는 못 지나다니게. 그렇지만 재미는 없는걸."

이때 괴수인 듯한 자가 뒤에서 툭 튀어나오더니 팔 척 장금을 번쩍 들어 휘두르면서,

"이것들 무슨 수수께끼를 하느냐. 그 무슨 잔소리야. 이놈아, 선뜻 벗어. 안 벗으면 이걸로 한 번이면…."

하고 내닫는 서슬에 대군도 눈앞이 번쩍하며 몸서리가 쳐지는 김에,

"아- 가만있어. 벗어 줄게. 내 동행이 있었다면 돈 백이나 주고 갈걸. 그만 동행을 잃어버려서 안 되었군. 자- 옷밖에 없으니 이것이나 받으소."

대군은 의복을 다 벗어 놓으시고,

"자- 여러분네, 평안히들 지내소. 나는 갑네…."

"이놈아, 잔말 말고 오던 길로 도로 가 어서. 죽지 말고 어서."

늦은 봄 초여름인 4월 그믐께지만 가뜩이나 기후가 다른 평안도 지방인 데다가 밤이 차차 깊어 가는 때요, 산길 찬바람에 발가벗은 대군은 재채기를 연거푸 하시면서 오던 길로 도로 오시려니까 저편으로 협수룩한 사람 하나가 활을 들고 전통을 등에 지고서 털털거리며 오는 것을 보신 대군은,

"오, 저 사람이 의복은 매우 남루한 것 같으나 나이도 24, 5세밖에 안 되어 보이고 활과 전통을 가진 것을 보니 한량인 모양인데 이 산길을 갈 때에는 필연 급한 일이 있는 모양이야. 아니 이 길로 가다가는 그 도적놈들을 만날 테지. 안돼. 내가 일러 주어야지."

이처럼 홀로 생각하시고,

"여, 저기 가는 저 소년, 이 길로 가다가는 도적을 만날 터이니 가지 마소. 나도 멋모르고 가다가 이 모양이 되었어…."

"아- 노인장께서 도적을 만나셔서 의복을 빼앗기셨어요…. 그것 안되었구면요. 가만히 계시지요. 그 도적놈들을 잡아서 의복을 도로 찾아 드릴 터이니. 이리 오시오."

"아- 의복을. 그것참 고마운데 그러나 그 도적놈들 수도 많고 연장들을 가져서 좀 어려울 것이야. 그만두지. 저 우리 동행이 순천읍으로 갔으니까 그 동행을 찾아 주었으면 그편이 낫겠는걸…."

"아니올시다. 그놈들이 아무리 연장을 가졌기로 이 활이 있는 이상 조금도 겁날 게 없소이다."

"그럴까. 활 하나로 될까. 좀 생각해 보지."

"염려 마시라니까. 자— 어서 가십시다."

일변 활에 살 먹여 들고 가는 품이 그리 헛되어 보이지 않을 뿐 아니라 그 청년의 눈은 샛별 같은 광채가 어리어 보통 사람 같지 않게 보여서 대군도 얼마쯤 안심하시고 뒤를 따라가시며,

"아— 참, 소년을 만나서 지극히 다행이구면. 그러나 소년에게 위태한 일이나 없을까…."

"아무 근심 마시고 어서 오시기만 하시지요. 그놈들 열이나 스물이나 다 박살을 내지요. 그까짓 놈들을 겁낼 내가 아닙니다."

"그 좋은 말이로군. 그러나 소년의 말을 들으니 매우 장한 포부가 있는 것이로군. 대관절 추워서 못 견디겠어…. 아— 저기 저놈들이야."

이 말을 들은 청년은 걸음을 멈추고 활을 바로 잡아서 화톳불을 피우고 쭉 둘러앉은 도적들 중에 그중 큼직하고 불량하게 생긴 놈을 겨냥해서 깍지 손을 뚝 떼자 "에쿠" 하는 소리가 나며 도적놈들은 벌떡벌떡 일어서서 휘휘 둘러보는데, 청년은 재차 살을 먹여 쏘는 서슬에 도적들은 골패 짝 쓰러지듯 다 쓰러지고 화톳불빛만 활활 일어날 뿐이었다. 이때 청년은,

"자— 가서 보십시다. 아마 그놈들이 다 쓰러졌나 봅니다."

하고 앞장서서 그편으로 가는 청년을 따라가시는 대군은 그 청

년의 활 쏘는 솜씨에 탄복이 되셔서 그만 추운 것도 잊어버리고 계시다가 이때에야,

"허- 참, 소년 장하군! 그 제법 활을 쏘는데 언제 그렇게 활 공부를 잘하였누….”

"예. 차차 말씀하시지요. 대관절 옷이나 어서 찾아 입으시지요.”

"옳아, 나는 추운 것을 다 잊어버렸어. 어찌 소년의 활 쏘는 것이 재미있는지….”

"웬걸요. 활을 잘 쏜 게 아니지요. 그놈들이 못생기었지요.”

"아니야. 아, 아, 이것이 내 옷인 모양이야. 그런데 이 바지가 없으니 웬일이야. 오, 오, 이놈이 벌써 입었구나.”

화톳불 옆에 쓰러진 도적놈을 보니 대군이 벗어 주신 바지를 입은 모양이었다. 마음에 좀 누추한 생각도 없지 않았지만 할 수 없이 쓰러져 있는 도적놈의 바지를 벗겨 입고,

"오, 이제 살겠군. 자- 소년, 그 불 좀 잘 일으키소. 우리 이야기나 하지. 이제 밤도 깊고 길도 모르는 터에 어디로 가야 좋을지 모르겠으니. 그런데 소년은 어디로 가는 길인가?”

"예. 차차 말씀하지요.”

이때 봉이 범이는 순천읍으로 들어가서 사처를 정하고 문간에 사람을 내보내서 대군이 오시기를 기다리다가 밤이 깊어 가도록 아니 오시는 까닭에 범이 봉이는,

"이것 큰일이야. 어서 가 보세. 이게 웬일인가. 그렇기에 누구 하나는 모시고 있어야 해. 그저 그럴듯하던 것을. 허ㅡ 참, 큰일일 세. 어서 나가세."

이렇게 분주히 나가서 이리저리 찾아보았으나 대군의 자취를 볼 수 없었다. 그래서 봉이 범이는 두 주먹을 불끈 쥐고 대군과 헤 어지던 곳으로 와 본즉 길이 두 갈래로 갈렸다. 봉이가 손뼉을 치 면서,

"여보게, 범이, 이것 보게. 여길세. 이 고을로 가신 것일세. 이 리 가 보세."

"옳아, 이리 가셨을 걸세. 빨리 가 보세."

이렇게 쫓아 온 봉이 범이 화톳불이 활활 타는 불빛에 대군이 어떤 사람과 이야기하고 앉아 계신 것을 보고 한달음에 달려와서,

"이게 웬일이옵니까. 저희는 퍽 걱정을 했습니다. 어째서 여 기 계셔요."

하고 주위를 둘러보고는 더욱 놀란 것이 가슴에 화살을 꽂고 자빠진 사람들이었다. 봉이가 눈을 휘휘 두르며,

"아, 이게 웬일이옵니까. 이것들이 다 누굽니까."

"얘들아, 내가 도적을 만나서 옷을 벗어 주고 추워 죽을 뻔했 는데 이 소년이 활을 쏘아 모두 죽이고 이렇게 옷을 다시 찾아 입었 다. 너희도 인사나 해라. 여간 훌륭한 재주가 아니다."

그리하여 봉이 범이도 감심이 되어 그 청년 한량과 인사를 하고 순천읍으로 들어가 사처 잡은 집으로 들어가 저녁 겸 밤참 겸 재미스럽게 지낸 후에 그 청년 한량의 내력을 듣게 되었다. 이때 봉이는 청년 한량에게,

"여보슈, 자, 지금 와서는 한집안 같으니 말씀이오만, 이 어른은 다름이 아니라 양녕 대군이신데 누구더라 말은 마시고 그리 아시오."

이 말을 들은 청년 한량은 밖으로 뛰어나가서,

"아, 참으로 황송합니다. 알지 못한 죄를 용서하시옵소서."

"아니야. 그러지 말고 이리 들어오너라. 내 자식과 같으니 말이다만."

"황송하온 말씀입니다. 용서하십시오."

"어, 그러지 말고 어서 들어오너라."

"아니올시다. 소인은 안주읍에 사옵는데, 성은 안(安)가옵고 이름은 병만(炳萬)이옵니다. 꿈밖인지 대군을 뵐 기회를 얻사와 신분에 넘치는 영광이오나 말씀을 함부로 여쭈어 죄송한 말씀 무엇이라 아뢸 수 없사오니, 용서해 주시기를 엎드려 비옵나이다."

"허허허. 그런 말 말고 어서 들어오너라. 내야 벌써 세상을 버린 사람이요, 지금은 서울 사는 이 첨지다. 어서 들어오너라."

"예. 황송하옵니다."

"그런데 그래, 어디를 가는 길이냐?"

"예. 저 숙천 땅에 한 한량이라고 유명한 사람이 있다기에 한 번 만나 보고 내기 활이나 쏘아 보려고 가는 길이올시다."

"아- 그래. 그럼 나로 해서 훼방이 많이 되었는걸…."

"웬걸요. 천만의 말씀이지요. 소인이야 이제 가기로 무어 관계될 것 없지만 그 산중에서 못된 도적놈들로 해서 하마터면 큰 봉변을 당하실 뻔하셨지요."

"아니 이번에는 참 안 서방의 덕이 여간이 아니야. 그런데 참 이야기나 계속하지. 그래, 어째서 저렇게 돌아다니는가? 말을 해보아."

"예. 소인이 본디 안주에서 활이나 쏘고 여러 한량 틈에서 그래도 내로라하며 행세를 하고 지내다가 지금부터 삼 년 전 삼월 초입니다. 안주 백상루[31]에서 편사[32]를 쏘게 되었는데 소인이 나이도

---

31 백상루(百祥樓): 평안남도 안주시 안주읍에 있는 고려 시대 건축물로, 관서 팔경 중 하나이다. 고려 충숙왕 이전에 처음 세워진 백상루는 조선 시대인 1753년에 읍성의 면모가 완성되면서 고쳐 지었는데, '관서 제일루'라는 칭송을 받을 정도로 아름다운 경치를 자랑했다. 백상루란 여기서 백 가지 아름다운 경치를 한눈에 다 볼 수 있다는 데서 붙여진 이름이다.

32 편사(便射): 사원(射員)들이 자신이 속한 사정(射亭)에 따라 편을 나누어 활쏘기를 겨루던 일. 또는 그 사원.

연소하고 집안이 그리 넉넉지 못해서 의복을 선명하게 못 하였습지요. 그런데 그때에는 안주 병사가 이번에 일등 하는 한량은 특별상으로 초시를 시킬 뿐 아니라 향장 김 초시의 딸과 혼인하기로 작정이 되었었습니다."

"아— 그래. 그것참 재미있는 이야기다. 얘 봉아, 그 술상 여기다가 놓아라. 술이나 한 잔씩 먹으며 듣자. 그 이야기가 꽤 길 것이다."

그래서 술을 한 잔 잡수시고 봉이 범이와 안 청년도 한 잔씩 먹이신 뒤에 연하여 안 청년의 이야기를 계속하게 하셨다.

"그래서 어찌했단 말이야. 결국에 어찌 되었는고."

"그래서 편사를 쏘게 되었는데, 그 김 초시 생각은 아무쪼록 소인을 사위로 삼기를 원했던 모양이었습니다. 이것은 나중에 알았지만 그런데 그 안주읍에 소인과 함께 공부도 하고 함께 자라난 박창우라 하는 애가 있었는데 그 애는 저의 어른이 부자로 살고 또 한양 출입도 해서 이름난 집안이외다."

"그래서 그것참 재미있는 일이다. 그래, 어찌 되었어?"

"편사가 시작될 임시에서 별안간 박창우가 하루는 찾아와서 이런 말 저런 말 하다가 저의 어른이 좀 보자고 하더래서 무심히 찾아갔습지요. 그랬더니 소인을 보고 말하기를 이번 편사는 자기 집안에 대단한 관계가 있는 일이니 다른 사람은 다 볼 게 없어서 염려가 없다마는 네가 그저 우리 창우의 적수이니 그저 살 한 개만 헛 쏘아 주면 우리 창우가 장원이 될 것인즉 이번에는 꼭 장원을 창우에게 사양해 달라 했지요. 그저 그런 말만 하면 그것도 남 좋은 일이니까 관계없을 것이지만 그 말끝에 쌀 한 섬과 의복차[33]를 주마 하겠습지요. 그래서 슬그머니 더러운 그 말이 비위에 거슬리기에 그것 무슨 말씀을 그리하십니까. 원래 편사이니 과거이니 하는 것이 다 각각 그 사람의 재주와 힘을 시험하는 것인데 그날 당해서 지면 지고 이기면 이기는 것이지 내가 반드시 장원이 될지 또는 불급이 될지는 모르는 것이지만 그래, 아무리 내가 살기는 어렵지만 쌀섬이나 얻어먹자고 자기의 모자라는 힘과 재주를 억지로 남에게 잘 보이려 하는 사람을 위해서 장원을 사양하기는 가슴이 간지러워 못 하겠노라고 했습지요. 그랬더니 그 창우의 어른이 노발대발하며 고놈 어른의 말에 번지르르하게 말대답한다고 야단을 하더군요."

"허허허. 그래, 어찌 되었는고. 그것참 상쾌한 말이야. 제법인걸…. 그래서…."

"그런데 나중에 알고 보니까 창우 어른이 김 초시 딸을 자기 아들과 혼인을 하자고 여러 번 졸랐다더군요. 그러다가 김 초시가 창우를 사위 삼기는 재미없이 생각되어서 허락지를 않고 소인도 몰

---

33   의복차(衣服次): 옷을 지을 때 사용되는 피륙.

랐더니 소인의 어른이 살아 있을 때에 김 초시와 상약이 있었던 것 같습니다. 그래서 김 초시도 박 씨에게 하도 졸리니까 필경은 소인과 약혼이 있어서 못 한다고 했대요. 이 말을 들은 박 씨는 재물을 가지고 또는 안주 병사를 사이에 넣고 여러 가지로 김 초시를 못 견디게 조르다가 필경은 안주 병사와 계교를 내어 가지고 편사를 보이게 되었던 모양이외다."

"허─ 그래. 대관절 편사는 어찌 되었노?"

"예. 차차 말씀 들으소서. 그래, 편사 날짜를 정해 놓고는 소인을 불러 여러 가지로 말을 하옵는데, 당초에 그런 문제가 있는 줄 알았다면 슬그머니 장원을 시켜 주어도 좋을 것을 그런 줄이야 누가 알았습니까. 그래, 끝끝내 말을 아니 듣고 내버려두었더니 그 후부터는 못된 한량들을 모아 가지고 활터에 날마다 모여서 창우만 연습을 시키고 소인은 활 한 번을 못 쏘게 해서 할 수 없이 벌터질만 하고 지냈지요. 그런데 내일이 편사 날이면 오늘이올시다. 저녁때에 별안간 어떤 사람이 찾아와서 잠깐 할 말이 있다고 청천강 모래밭으로 끌고 가더니 거기는 벌써 십여 명이나 되는 못된 놈들이 몰려 있다가 소인 오는 것을 보고는 잡담 제하고 덤벼들어 두들기겠지요. 그래, 할 수 없이 흠뻑 얻어맞고 나니 정신을 잃었다가 얼마만에 눈을 떠 보니 날은 어느 때나 되었는지 하늘에는 별이 총총하고 청천강 푸른 물만 출렁출렁 흐르는데 그놈들은 다 어디로 도망

갔는지 한 놈도 없습니다그려. 그때에 정신을 차려 집으로 돌아와서 어찌어찌 한잠을 자고 나니까 온 몸이 불똥같이 덥고 오른편 팔을 쓸 수가 없이 아파서 도무지 활을 쏠 수가 없어요."

"그렇지. 그래, 그놈들이 누구들이란 말이야. 그런 못된 놈들이 세상에 있단 말이냐. 허- 그놈들을 그냥 두냔 말이냐…."

대군은 어찌 분하게 생각되셨는지 앞에 놓인 술상을 밀치시며 앞으로 다가가 앉으시면서,

"그래, 범아, 그놈들 그 괴악한 놈들을 단단히 버릇을 가르쳐야 하지. 그런 법이 어디 있단 말이냐. 그래, 어떻게 했니. 어서 말해라. 허!"

"예. 소인도 곰곰이 생각해 본즉 이날을 당해서 몸이 불편하니 어쩌니 해 봤자 소인에게 허락할 이도 없고 또 집에 홀로 있어 이런 일 저런 일 알지 못하고 그저 이번 편사에 장원 되기만 밤낮으로 축수하는 과모의 마음을 상할까 해서 이를 깨물고 일어나서 편사장으로 나갔습지요."

"그래. 허- 그것 장한 마음이로군. 그래서."

"그럭저럭하는 사이에 병사가 나오시고 편사가 시작되었는데 활을 들고 나서니까 눈앞이 아물아물하고 오른편 팔이 떨려서 도무지 쏠 수가 있어야지요. 그래서 첫 순을 근근이 쏘고 보니 삼중밖에는 못 했습니다."

"흐음. 그래도 삼중을 했어. 그것 제법이지. 그런데 그놈은 그 무엇이 박가란 놈은 몇 대나 쏘았니."

"예. 그 창우란 놈은 겨우 이중밖에는 못 했습지요."

"그렇지. 그래야지. 그래, 어찌했니."

"그래서 몸이 떨리고 팔이 떨어지는 것 같은 것을 억지로 참고 두 순째 쏘는데 그래도 두 순째는 사중을 했습니다."

"허- 참 장할시고. 용하다. 그래, 그놈은 어찌 쏘았나."

"그 창우란 놈은 한 개밖에 못 맞췄습니다. 그런데 이것 보십시오. 세 순째 쏠 때에는 밤이 되어서 과녁 앞에 화톳불을 피고 쏘는데 창우가 쏠 때에는 과녁 양옆으로 화톳불을 밝혀서 오중을 했고, 소인이 쏠 때에는 이놈들 심사 보십시오. 화톳불을 다른 데로 옮겨서 과녁이 보이지 않게 해서 한 대도 못 맞췄습니다."

"원, 저런 놈들이 세상에 있단 말이냐. 그래, 안주 병사가 그걸 보고도 모른 체하더란 말이냐."

"아니외다. 병사께서는 두 순 쏘는 것만 보시고 관가로 돌아가셨답니다."

"암, 그렇다면 모르거니와 그렇기로 거기 아무도 없었더란 말이냐."

"웬걸요. 있기야 많이들 있었지만 다들 박 씨네와 부동이 되어서 그날 장원을 박창우라고 떠들어 대서 창우가 장원이 되었지요.

그러고만 말았으면 무슨 한탄할 게 있습니까마는, 그 이튿날 장원 례 겸 큰 잔치를 차리고 김 초시를 졸라 대는데 자, 이제는 혼인하 자고 야단이 되었더랍니다."

"그래, 어찌 되었니?"

"김 초시도 전후 곡절을 다 알고 생각하니 결코 그리 딸을 줄 수 없다고 하였지요. 그러나 병사가 이번 일은 이미 작정된 일이 요, 겸하여 이번에 장원한 박 초시 같은 사위를 얻게 됨은 양가에 큰 경사이니 고집하지 말라고 한편 위협으로 내리누르는 바람에 김 초시도 할 수 없이 주저주저하는데 이 소식을 들은 김 초시의 딸이 목을 매서 자결하려 들었더랍니다. 그래서 별안간 김 초시가 집으 로 달려가서 딸을 겨우 진정시키고 다시 한번 편사를 보여서 이번 에 장원 되면 허락하겠노라고 전후 전말을 병사께 고하고서 기어 이 편사를 다시 보지 않으면 혼인도 못 할 뿐 아니라 생사람의 죽음 나겠다고 애걸을 해서 다시 편사를 보기로 작정이 되어서, 그해 사 월 초중으로 날짜를 정해 놓고 역시 소인은 활터에 발그림자도 못 들여놓게 해서 할 수 없이 소인이 원정을 지어 병사께 바치고 집을 떠나서 각처에 활쏨이나 쏜다는 사람을 찾아다니면서 눈을 감고도 쏘고 어두운 밤에 보이지 않는 것을 쏘아 보기도 해서 이제는 화톳 불이 없더라도 쏠 만하게 되어서 집으로 돌아가는 길인데, 숙천 땅 에 한 한량이라고 유명하다기에 한 번 내기 해보려고 가던 길이온데, 천만뜻밖에 이처럼 대군을 모시게 되어 황감하옴을 무어라 말씀할지 모르겠습니다.”

안 청년의 일장 설화를 다 들으신 대군은 봉이 범이를 돌아보시며,

“얘들아, 이런 세상에 못된 놈들이 있단 말이냐. 얘, 이것 한번 구경거리가 또 생겼다. 자- 이제 고만하면 넉넉하니까 숙천으로 갈 것 없이 바로 안주로 가자. 그래서 내가 이리이리 할 터이니 너는 저리저리해서 한 번 재미있는 편사를 쏴 보자.”

“예. 황송하온 처분이십니다만, 그 불량한 자들의 누추한 꼴을 어찌 보시오리까? 소인이 죽으나 사나 해보겠사오니 귀중하오신 터에 행여나 어떠할까 염려됨이 적지 않사옵니다.”

“음, 천만에. 아무 염려 말고 내 말대로만 해라.”

이렇게 말씀하시고 그 이튿날 봉이 범이와 안 청년을 데리고 길을 떠나신 후 며칠 만에 안주성 내에 당도하신 대군. 일부러 마방집에 들러 하룻밤을 지내신 후에 다음날 봉이 범이만 데리고 안주성 내를 이리저리 다니시며 구경도 하시고 백상루에 올라서 청천강을 내려다보시다가,

“얘들아, 저 모래사장에서 그놈들이 그 애를 뚜드려 주었구나. 에- 괴이한 놈들이다. 자- 슬슬 내려가서 어디 좀 형편을 들어 보자. 아마 이 근처에 술집이 있겠지. 무슨 소문을 들으려면 술

집이 제일이야. 오- 저기 무슨 술집이 있나 보다. 봉아, 먼저 가 보고 오너라."

이렇게 봉이를 먼저 보내시고 범이와 같이 슬슬 내려오실 때 마침 젊은 사람 네다섯 사람이 저편 언덕길로 내려오면서 지껄이는데, 그중에 한 사람 말하기를,

"아, 그런데 창우 종장 때리기는 엔간히 힘든데 아, 그놈의 자식은 영영 어디를 가서 죽었단 말인가. 도무지 삼 년이나 되도록 소식이 없다니….."

"글쎄 말이야. 그놈이 우리 솜씨에 여간 혼이 났나. 조금 웬만하면 그때 죽었을 걸세."

"아니 그놈도 꽤 단단하더라. 그만큼 경을 치고도 여전히 활을 쏘다니….."

"아- 쏘면 이만저만이 쏘았나. 그때 화톳불만 옮기지 않았으면 박 초시가 코가 납작했을 걸세. 그런데 초시 그래, 언제나 장가 맛을 본단 말이야."

"이 사람들아, 듣기 싫어. 남 화나는데 그까짓 계집애 하나로 여간 속이 상하지 않네."

"그래, 그놈이 안 돌아오면 총각으로 늙어 죽는단 말이야. 말 들으니까 김 초시 딸은 다 죽게 되었다대….."

"왜. 그놈의 계집애 얼른 죽기나 했으면 좋겠네….."

"그런데 창우 그럴 것 무엇이야. 그래, 그 색시 아니면 색시가 없단 말인가. 지금 창우가 장가를 간다면 색시는 벌떼같이 덤빌 걸세."

"그야 저기 누가 계집애 주려 그러나. 집의 아버지도 고집이 세서 그래. 사내자식이 한 번 하려던 일을 못 해 본단 말이냐고. 하루를 데리고 살다 버리더라도 기어이 그놈의 딸년을 빼앗아 오고 말겠다고만 하시지. 대관절 그놈의 자식이 언제든지 들어설 걸세. 며칠 전에 순천 땅에서 만나 보았다고 왜, 저 삼철이가 안 그러던가. 그저 그놈이 이 안주 땅에 들어만 서거든 곧장 행동하란 말일세. 이 사람들아, 그저 그때에 단단히 했으면 이러니저러니 말이 없을 걸 공연히 자네들이 섣부르게 해서…."

"아따, 이 사람들아, 지난 말 할 것 있나. 이제야 우리 솜씨에 못 배기지. 대관절 그놈의 새끼가 들어와야지. 에, 참 이게 벌써 삼년째지. 엔간히도 참아 왔네."

이렇게들 지껄이고 지나가는 그 패가 어떤 술집으로 들어가는 것을 보신 대군은 범이를 꾹 찔러 눈으로 가리키시고 봉이를 만나서 그 패들이 들어간 술집으로 들어가 한 편에 술상을 청해 놓고 한 잔 두 잔 잡수시니까 그 패들은 벌써 취기가 돌아서 주먹으로 마룻바닥을 치는 자, 소리소리 지르며 떠들어 대는 자, 야단법석이 되어 가는 판에 대군은 봉이 범이를 보시고,

"허허. 그것 말 듣기에는 안주란 데가 말 못되게 잔약하고 교사한 사람들만 사는 줄 알았더니, 엔간히 그 큰소리들을 하는데…. 술이란 워낙 사람이 먹으면 헛기운을 내는 것이지만. 허허허허허."

범이 봉이는,

"참 그러와요. 듣기보다는 딴판인걸요. 그러나 어린 것들이 점잖은 것을 먹으면 저만큼은 떠들어 댑지요."

"글쎄. 아마 그렇겠지. 얼굴에 노랑꽃이 피었고…. 여북해야 활 한 대를 당당히 못 쏘고 편사 쏘는 마당에 못된 놈들이 숨어 있어서 상대자를 뚜들겨 준다, 화톳불을 다른 데로 옮겨 놓고 야단을 하는 변변치 못한 자들이 그래도 술잔이나 먹으면 큰소리를 하는 모양이야. 참 가관이다. 허허."

이때 그 패 중에 가장 뚝심 꽤나 있어 보이는 한 자가 썩 나서면서,

"여보소, 댁들은 누군데 안주 사람 욕을 그렇게 하는가요."

이때 봉이가 슬그머니 손을 내밀어 그자의 발꿈치를 탁 잡으며,

"누군 알아 무엇에 써. 우리는 지나가는 사람이다. 변변치 못한 아이놈들이 무어 어쨌다구."

하는 동시에 번쩍 들어 던지니까 술상 한복판에 가 거꾸러졌다. 이것을 본 여럿이 일시에 일어나 덤벼드는 것을 범이가 벌떡 일어나더니 번쩍 들어다 대문 밖으로 휙 내던지고 홱 내던지는 바람

에 나머지 자들은 다 도망가 버렸다. 이자들이 도망만 안 갔으면 좋으련만 창우 어른에게 일러서 말을 한 까닭에 즉시 영문에 알리게 되어, 영문에서는 사령[34]들이 풀려나와서 대군과 봉이 범이를 결박해 끌어다가 옥에 가두었다.

그 이튿날 대군이 사령을 불러 술잔거리나 주신 후에 조그마한 종잇조각에,

"지나다가 우연히 봉변이 되었는데 병사는 특히 사하여 주기를 바라노라."

하는 뜻을 써서 사령에게 주시고 사또에게 전하라 하신 뒤에,

"얘 봉아 범아, 너희 덕에 좋은 곳을 구경하는구나."

"황송하옵게도 그렇게까지는 말걸요. 몸 둘 곳을 모르겠사오니 그저 이제는 그만 환궁하심이 좋습니다."

"아니다. 이런 일도 다 지내보아야 하는 것이야. 그래야 유죄무죄 간에 옥중에서 고생하는 사람들의 정경을 알게 되지 않느냐."

이때 별안간 사령들이 긴 대답들을 하며 왔다 갔다 야단들을 하더니 병사와 하인들이 거적자리에 대죄를 드리며 옥문을 열어젖히고 병사가,

"원, 이런 황송하올 데가 없습니다. 어서 나오십소서. 대관절

---

34 사령(使令): 조선 시대에 각 관아에서 심부름하던 사람.

어찌 된 일이온지 차차 사실해서 무례히 한 놈들은 극형을 주겠습니다마는 이런 황송할 데가 없습니다."

이와 같이 병사의 사죄함을 들으시고 대군은 껄껄 웃으시며,

"아니, 무엇 그렇게까지 할 게 없어. 자- 범아 봉아, 어서 나가자."

이렇게 금지옥엽의 귀하신 몸으로 잠깐 동안이라도 차마 견디지 못할 옥중까지 시찰을 하시고 병사의 안내로 대청에 오르사, 병사와 여러 가지 담화를 하시다가 병사에게,

"그런데 들으니 지금부터 삼 년 전에 향장 김 초시의 딸을 걸고 편사를 쏜 일이 있었다지."

"예. 그렇습니다. 그런 일을 어찌 들어 계시옵니까."

"내가 여기까지 오는 동안에 일부러 천인들이 묵는 마방에서 많이 묵어 보았는데 그런 곳이란 여러 곳 사람들이 모여드는 데라 별별 재미있는 이야기를 다 들어서 참 신기하게 생각되는 일이 많은걸."

"참으로 황송하는 일입지, 어찌 그런 곳에서 거처하실 수가 있습니까."

"무엇 관계치 않더군. 그런데 그 편사에 누가 장원을 해서 그 김 초시의 사위가 되었는가? 아마 관서 명궁일 테지."

"웬걸요. 이 고을에 박장의란 사람의 아들 창우란 애가 활을

엔간히 잘 쏘지요. 그런데 그 내용을 몰랐더니 나중에 알고 본즉 김 초시란 자가 역시 이 고을의 안모라는 자의 아들과 혼약이 있었던 고로, 김 초시도 박장의 아들과 혼인할 생각이었으나 그 딸이 듣지를 않아서 할 수 없이 편사 쏘게 했지요. 그래서 필경은 박장의 아들이 장원을 했으나 그 여자가 듣지 않아서 다시 편사를 쏘게 했더니 그 안가란 애가 부지 근처로 도망하고 없어져 지금까지 중지가 되어 있습니다."

"허– 그것 별일이로군. 그 여자가 말을 아니 듣다니. 그래, 자식이 되어 부모의 말을 아니 듣다니 그게 말이 되나. 그래, 김 초시가 이 고을에 있나?"

"예. 있을 것입니다."

"그 어떠한 자인가. 한번 불러 보고 싶구면."

"그 무엄한 상것을 불러 보실 게 없지요. 집안일 처사 하나를 변변히 못 하는 자이니 만일에 황송한 행동이라도 있으면."

"아니, 관계없어. 좀 불러 주었으면. 어떻게 생긴 자인가 한번 만나 보게."

병사는 아무쪼록 대군에게 김 초시를 보이지 않기로 방패막이를 하다 어른 앞이니 공연히 쓸데없는 말 하지 말라는 당부를 하여 불러들였다. 대군이 한 번 김 초시를 보시매, 사람됨이 점잖고 나이도 상당히 늙은 터에 집안 근심으로 미간에 주름을 펴지 못하였으나 매우 인자한 사람이어서 공손히 대군께 읍하고 엎드려 있었다.
대군 천천히 말씀하시기를,

"들으니 너는 딸자식을 참 못 가르쳐 부모의 명을 듣지 않는다
하니 그럴 도리가 있는고…."

"예. 황송하오나 철없는 딸자식이오라 아비의 명을 잘 순종하
는 터인데 다만 혼사에 대하여는 정당치 못한 일이 있어 그러하
오니, 하문하심이 지당치 못하신가 하옵니다."

이때 병사가 호령을 하여 더 자세히 말을 못 하게 하였다. 이
눈치를 알아채신 대군은 다시 길게 묻지 않으시고,

"그러면 다시 편사를 쏘아서 이번에 결정이 되면 다른 말이 없
으렷다."

하는 말씀으로 다시 편사 쏘는 일을 병사에게 말씀하시려 할
때, 김 초시는,

"황송하오나 급히 편사를 쏘게 하시고 그저 딸자식을 살게 해
주시면 높으신 은혜는 백골난망이겠사오나, 그 안 서방 애가 없어
서 걱정이올시다."

"안 서방이란 누구 말인고."

"삼 년 전에 편사를 쏠 때 너무도 원통히 지고서 도망간 애올
시다."

이때 병사는,

"원통히 지다니. 그 무슨 무엄한 소리를 하느냐."

하는 호령으로 김 초시의 말을 막았다. 대군은 다시 김 초시를 보시고,

"그래, 안주 바닥에 그 안가밖에 사람이 없단 말이냐. 아무튼지 장원만 되면 그만이지."

"아니올시다."

이때 병사가 또 김 초시의 말을 못 하게 하고,

"너, 들어 보아라. 지금 이 어른의 말씀이 지당하신 말씀이야. 내일로 곧 편사를 쏘게 할 테니 그리 알고 대령하여라."

이처럼 소위 장비 군령[35]이란 말과 같이 그 이튿날 백상루 앞에 자리를 정하고 편사 쏘게 되었는데 박창우 부자는 이번이야말로 저의 독판이라 장원은 떼어 놓은 당상이라 생각하고 의기가 양양해서 활터로 와서 때를 기다렸다.

편사는 시작되어 첫 순에 창우가 이중을 하고, 둘째 순에 삼중을 했고 셋째 순에 이중을 해서 장원이 되었다. 이때 대군은 병사를 향하여,

"이번 장원은 참 활 줌이나 쏘아 본 모양이나, 이, 삼중밖에 못 쏘아 가지고 장원이란 것은 도무지 활 쏠 줄 모르는 사람 중에서 힘

---

35 장비 군령: 성미 급한 장비의 군령이라는 뜻으로, 별안간 일을 당함을 이르거나 혹은 몹시 급하게 서두르는 일을 이르는 말이다.

아니 들이고 마는 장원이라 재미가 적어. 내가 데리고 온 동행이 하나 있으니 또 그 사람이 마침 장가가기 전의 젊은 사람이니 한 번 시험을 해 보아서 장원을 내는 게 좋겠는데 어떨꼬?"

병사는 좀 재미 적게 생각이 되나 못 되리라고 거절하기도 안 되어서 그것도 무방한 뜻으로 대답하매 대군은 봉이를 불러 안 청년을 부르게 하시고 잠깐 휴게를 명하였더니 미구에 협수룩한 머리에 의복을 남루한 사람 하나를 봉이가 데리고 와서 대군께 거래하였다. 대군은 그 사람을 대하여,

"얘, 너도 아직 장가도 못 간 터인데 좋은 기회다. 활 줌이나 쏘아 보았지. 한 번 쏘아 보아라. 그런데 너 삼 순에 15중을 다 하겠니? 만일 그렇게만 되고 보면 너 이길 사람은 없다."

"예. 황송하오나 한번 시험해 보겠습니다."

이렇게 공손히 읍하고 나서서 활을 들고 쏘는데 삽시간에 과녁 네 귀에 한 대씩 박고 한복판에 한 대를 박았다. 이것을 보신 대군은 손뼉을 치시며 칭찬하시고 김 초시는 처음부터 한숨만 쉬고 종일토록 근심으로 지내다가 어떤 젊은 사람이 들어오는 것을 볼 때 안 청년이 분명함을 알고서야 비로소 대군의 향의하하심을 깨닫고 손에 땀을 쥐며 아이를 보다가 이러한 명궁이 되었음을 알고 급히 집에 사람을 보내어 딸에게 알게 하였다.

창우 부자와 그 외에 여러 사람도 주먹을 쥐고 벼르던 안 청년

인 줄을 알았으나 그 자리에서 감히 손을 대지 못하고 수군거리기만 하는 중에 안 청년은 세 순을 내리 처음과 같이 과녁이 깨어지도록 15중을 쏘았다. 이리하여 대군은 김 초시를 불러 보시고,

"자, 이제는 네 마음에 맞는 사윗감이 생겼으니 여러 말 없이 곧 혼인하게 해야지."

"예. 황송하옵니다. 곧 택일하겠사오니 너무도 무엄한 말씀이오나 이 천한 놈의 혼인을 구경하옵시기를 엎드려 바라옵나이다."

"오- 그렇게 하지. 내가 중매가 되었으니 어찌 술 석 잔을 안 먹으리."

이리하여 파란 만첩하던 김 초시 딸의 혼인은 즐겁게도 양녕대군의 덕택으로 성대히 지내게 되었다.

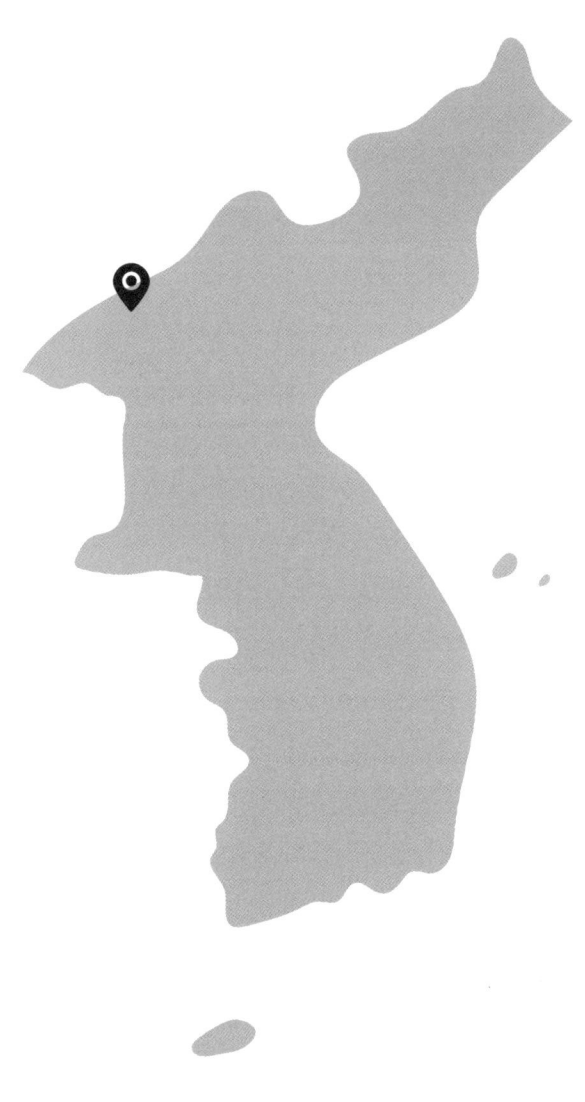

〔평안도 의주〕

　평생에 처음으로 금지옥엽 같으신 몸이 하마터면 도적들에게 큰 봉변을 당하실 뻔하다가 뜻밖에도 이상스러운 인연으로 안 청년을 만나 봉욕을 면하시고 그 대신 안 청년의 분풀이를 톡톡히 해 주신 덕에 안 청년과 김 초시의 딸은 즐겁게 백년가약을 성취하게 되었고, 대군도 가장 만족하신 안색으로 다시 길을 떠나사 의주로 향하여 걸음을 옮기시는데 봉이 범이가 뒤에 따라오다가 자기네끼리,

　"여보게 범이, 그것참 좋은 구경했네. 그 안 서방이 들어서니까 병사의 얼굴이 핼쑥해지네그려."

　"그야 으레 그럴 게지만, 까딱하면 이번에 사람이 여럿 죽을 뻔했지."

　"그래, 그 박장의네 패가 불끈불끈 당장에 무슨 야단이 생길 것 같데그려. 만일에 그놈들이 왈칵 일어나고 보면 어쩌나. 우리가 한 번 또 덤벼들어야지. 어쨌든 생각하면 아슬아슬해…."

　"그렇고말고. 어쨌든 그놈들의 운수가 좋았느니 그놈들뿐만 아니라 그 안 서방의 운수가 좋았어…. 그 신부도 여간 좋아하지 않데그려."

　이렇게 주거니 받거니 이야기하며 성큼성큼 따라오는 범이 봉이를 돌아보시고 대군은 "허허허허." 너털웃음을 웃으시며,

"얘들아, 그래, 그놈들이 백상루 앞에서 무어라 하더냐."

"예. 무어라가 무엇이오. 여간이 아니었습니다…. 곧 그놈의 안가를 없애 버리자는 둥 김 초시 집을 뚜들겨 부수자는 둥, 참으로 가관이었답니다."

"하하. 괴이한 놈들. 얘, 이 지방만 해도 한양과는 판이하게 다른 풍속이 많더구나."

"예. 그렇더군요. 말도 아주 못 알아듣겠던걸요. 자기네끼리 무어라 무어라 지껄이는 것은 참으로 못 알아듣겠어요."

"그럴 것이다. 그래서 한양 말을 표준으로 삼아 온 나라 백성들이 공부하도록 배우기도 쉽고 알기 쉬운 글을 만들어야 해."

"예. 참으로 그런 글이 있으면 좋겠습니다. 원 편지 하나 쓰려면 꼭 죽겠어요."

"오– 그러리라. 우리나라도 차차 그런 좋은 글이 생길 터이지. 아마 너의 후대에는 쓰게 될 것이다."(아우님 세종 대왕이 성삼문, 박팽년 같은 명신들과 함께 한글을 만드실 것을 짐작하신 말씀이다)

이런 말씀 저런 말씀으로 대군은 길 걷는 괴로움도 잊어버리시고 몇 날 동안 아무 변함없이 의주에 당도하셨다. 이 땅은 지금도 그러한 곳이지만 압록강 하나를 격해서 외국 지경이 가까이 접한 곳이라 아침저녁으로 내왕하는 외국 사람들이 많은 중에, 조선 사람들도 그 외국 사람들의 풍속을 닮아서 여간 서투른 점이 많지 않았다. 대군은 봉이 범이를 데리시고 날마다 압록강에 가서 모든 형편을 살피시고, 또는 이곳 인정과 풍속에 대해서도 가히 권장할 것과 개량할 점을 주의하여 두루 살피시는데, 하루는 온종일 이리저리 다니시며 구경을 마치시고 주막으로 돌아오셔서 저녁상을 물리시고는 범이 봉이를 상대로 보고 들은 여러 가지 이야기를 하시려니까 건너편 방에 있는 사람들이 무어라 무어라 지껄이는데, 귓결에 가끔가끔 들리는 말이 한 이상한 대문이 있는 모양 같아서 귀를 기울여 자세히 들으신즉 한 사람이 말하기를,

"여, 이보게. 그 희한하지 않아? 이번 새로 오신 사또님은 제사를 지내는데 피 묻은 몽둥이를 상자에 넣어서 신주 대신으로 모셔 놓고 제사를 드리더라니 그 무슨 일이리까. 그리고 내일 서낭당에서 잔치를 하는데 저- 아랫마을 최 부자네도 간다대…."

"아따, 그 사람 남의 일 말할 것 있나. 몽둥이를 놓고 제사를 지내거나 방망이를 놓고 지내거나 다 제 집 가례지. 그리고 최 부자 같은 이야 이번뿐인가. 동네방네 늘 드나드는 인데 무어 희한하단 말이야."

"아, 글쎄 이 사람아, 말을 채 듣고 말을 해."

"무슨 말인가 어서 하소. 또 무슨 희한하게 생각하는 게 있거든 더 말하게."

"아니야. 그럴 게 아니라. 내 이상한 말을 들었어."

"무슨 이상한 말이야."

"지금 사또가 그 최 부자에게 머슴살이했던 딱쇠라네."

"에이. 미친 소리 마소. 그 딱쇠가 없어진 지가 벌써 30년인가 40년인가 되고, 그 최 부자가 어렸을 때 아따 그 최가의 성미가 오죽한가. 그 무슨 일인가 돌로 쳐서 반죽음이나 만들었다대. 지금은 딱쇠가 죽었을 걸세. 공연스레 그런 소리 함부로 하고 다니지 말어. 혼날 테니….”

이러한 말까지 건성건성 들리더니 다시는 소리가 없이 조용해지며 다른 사람들의 무어라 무어라 지껄이는 소리가 들릴 뿐이었다. 대군은 혼자 생각하시기를,

'가만있자. 이번 내려온 의주 부윤은 재작년 봄에 과거 한 김 모란 사람으로 나이 50여 세요, 기력이 또한 장골이란 말을 들었는데. 그럼 그 사람이 의주 지방 사람이었던가. 한 번 찾아보고 그 내력을 한 번 알아보아야 하겠군.'

이처럼 생각하신 대군은 그 이튿날 범이 봉이를 데리시고 부윤을 찾아가셨다. 부윤은 뜻밖에 대군이 오심을 맞아 황공한 인사를 마치고,

"참으로 황송하오니, 이처럼 원로에 행차하옵시기가 천만뜻밖이옵고, 마침 오늘은 소인이 도임한 후 얼마 되지 못하여 여지껏 공

사를 정돈하느라고 분주히 지내옵다가 소인에게 적지 않은 은인이 한 분 이 근처에 사시는데, 오늘에야 청해서 대접이나 하옵고 그 은혜를 감사하자고 하는 중이온데 이처럼 행차하셔서 어찌나 황공하온지 모르겠사오니 비록 누추하오나 서서히 쉬시도록 하옵소서."

"고마운 말씀이오. 내야 그저 산천 구경을 나선 한사인지라, 이곳을 지내면서 어찌 무고히 과문불입하기가 어려워 잠깐 인사나 하고 가쟀더니 이외에 그런 대사가 계시다면 오히려 미안하지 않겠소."

"아니올시다. 천만의외의 황송하온 처분이시지 소인이 바라온들 어찌 얻을 수 있는 일이옵니까. 과연 천만뜻밖이올시다. 변변치 못한 일이오나 소인의 지난 경력을 들으시면 만만 영광일까 합니다."

"너무 과도한 말씀이오. 그러나 영감의 귀중한 경력담을 들으라 하시니 그것은 참으로 적지 않은 훈계가 될 터이니 불가불 듣고야 가겠는데 지금 다행히 조용하니 영감의 경력담이나 말씀하시오."

"예. 그러지 않아도 말씀하겠습니다마는 조금 있으면 소인의 은인 되는 사람이 올 것이올시다. 그 사람과 함께 들으시면…. 아니올시다. 나중에 아실 것이오니 우선 약주나 한 잔 드시지요."

마침 준비했던 주안상이 나오고 차차 청함을 받은 손들도 모여들어 배반[36]이 낭자하였다. 대군은 오랫동안 마방 잠과 소식으로 객지 고통을 많이 받으신 끝에 성비한 음식을 맛있게 잡수시고 주객의 취흥이 도도하여 한바탕 즐거움을 다 한 후에 한 사람씩 두 사람씩 돌아가는 때에 최 부자는 부윤의 만류로 대군을 모시고 세잔갱작[37]으로 밤이 늦도록 즐기다가 상을 물리고 부윤은 새삼스럽게 하인을 시켜 안으로부터 거무스름한 보에 싼 무엇을 내다가 최 부자 앞에 놓고 다시 일어나 최 부자에게 절을 한 번 하였다. 최 부자는 황송해서 부윤의 손을 붙들고,

"사또, 이게 웬일이옵니까. 무슨 잘못이 있으면 죄로 다스리실 것이지 이처럼 황송한 일을 하시니 웬일이옵니까."

"아니요. 최 생원님…. 최 생원님은 나의 은인이올시다. 이 은혜를 갚자면 백골난망이외다."

"아- 이러지 마시게요. 이런 황송한 말씀이 어디 있습니까. 민(民)에게 은혜가 무슨 은혜옵니까. 무슨 말씀인지 알 수가 없습니다."

"아마 잊으셨을지 모르지요. 그러면 이 내력을 말씀하오리다."

하더니 앞에 놓인 보자를 푸르고 그 속에 싸인 상자를 집어 뚜

---

36 배반(杯盤): 술상에 차려 놓은 그릇. 또는 거기에 담긴 음식.

37 세잔갱작(洗盞更酌): 잔을 씻어 몇 잔을 따름.

껍을 열어젖히자 그 속에는 조그마한 참나무 몽둥이가 들어 있었다. 부윤은 그 몽둥이를 집어 들고,

"이것 보십시오. 여기 무슨 피가 아직도 그 흔적이 남아 있습니다."

이 거동을 바라보던 최 부자의 홀딱 벗겨진 머리에서 김이 무럭무럭 나고 주름살 잡힌 이마에서는 구슬 같은 땀이 뚝뚝 떨어진다. 부윤은 다시 말을 이어,

"최 생원님! 아마 이 몽둥이를 보시면 생각하실지 모르겠습니다. 이것으로 나는 오늘날 이렇게 천은이 망극하신 분수에 넘치는 처지에 앉게 되었으니 얼마나 큰 은혜옵니까."

이 말을 듣는 최 부자 아무 말 한마디 하지 못하고 옛날 기억을 돌아보아 자기의 과한 잘못을 뉘우치는 듯이 눈가에 눈물 자취까지 어리어 다만 고개를 숙이고 잠잠히 앉았을 뿐이었다. 이때 대군은 부윤을 향하여,

"여보, 영감. 지금 두 분의 말씀을 듣고 보니 필경은 그 가운데 훌륭한 훈계가 있는 듯하오. 그러니 그 내력을 한번 자세히 말씀해 주시면 어떠하겠소."

"예. 그러하겠습니다. 저 최 생원님도 하도 오래된 일이어서 혹 잊어버리셨는지 모르겠고 오늘은 만행으로 귀하신 대군의 행차를 맞아 소인의 내력을 말씀하게 되었으니 이런 영광이 다시 없을

줄 압니다."

　의주 부윤이 피 묻은 몽둥이를 상자에 넣어서 비단보에 싸서 두고 제사 때를 당하면 반드시 신주와 함께 나란히 놓고 제사를 지내며 오늘날 최 부자의 앞에 내어놓고 은혜가 많다고 말하게 된 이유는 이러하였다.

　때는 이때로부터 40년 전 어느 해 겨울이었다. 의주 땅 어느 촌에서 탄생한 딱쇠란 아이는 어려서 부모를 여의고 의지할 곳이 없어 근근이 자라서 나이 18세 되던 해에 의주읍 근처에 사는 최 부자 집 하인으로 들어가 살게 되었는데 그해 겨울 추운 날 밤이었다. 최 부자의 아들, 그러니까 지금 의주 부윤 앞에 앉아서 감개무량한 듯이 후회의 눈물을 흘리는 최 부자가 15세던 소년 시대였다. 이 최 부자의 아들은 어려서부터 부자의 귀한 아들로 그야말로 안하무인으로 저밖에 사람이 없는 줄 알고 자행자지[38]하는 방자스러운 행동이 많은 터에 자기 집 하인으로 더욱이 어떠한 촌에서 걸인과 같이 지내던 딱쇠를 사람으로 알지 않고 지냈던 것은 다시 말할 것도 없었는데 세상일이란 이상스럽게 기회를 만드는 것이라 마침 사랑에서 글을 읽고 있던 최 부자의 아들은 딱쇠를 불러 더운물을

38　자행자지(自行自止): 스스로 행하고 스스로 그친다는 뜻으로, 자기 마음대로 했다 말았다 함을 이르는 말이다.

떠오라 하였는데 딱쇠는 들어온 지 얼마 안 되는 데다가 여러 달 입은 바지저고리에 온종일 그 추운 곳에서 떨고 있던 터라 온몸이 꽁꽁 얼고 손발이 얼어서 나무 같은 살갗이 되어 물대접을 들고 들어오다가 공교히도 최 부자 아들의 등덜미에다 떨어뜨려서 최 부자 아들은 목을 데고 옷을 흠뻑 적시었다.

"에크, 뜨거워라. 이놈이….."

하며 벌떡 일어난 최 부자의 아들은 벽에 걸린 참나무 몽둥이를 집어 들고 딱쇠의 머리를 내리 때렸다. 딱쇠는 그 자리에 푹 거꾸러지고 머리에서는 피가 콸콸 쏟아졌다.

얼마 만에 정신이 회복된 딱쇠는 옆에 놓인 몽둥이를 집어 보니 시뻘건 피가 묻었고 입은 옷은 피투성이가 되었다. 딱쇠는 그제야 머릿골이 휑하고 아픈 것을 깨닫자 우선 방바닥을 대강대강 걸레로 훔친 뒤에 옆에 놓인 몽둥이를 집어 들고 행랑방으로 나가서 깨어진 머리를 옷에 솜을 뜯어 손으로 지지고 그 길로 그 집을 나와 근처 아는 집에서 그날 밤을 지낸 뒤에 곰곰이 생각해 보니,

'세상에 사람이 생겨나면 어찌하여 빈부귀천이 이와 같이 현격히 다를 수가. 아- 나도 공부 좀 하여 양반도 되어 보고 돈도 벌어 부자도 되어 보았으면. 어젯밤 일로 말하면 제가 잘못하려 한 것이 아니오. 손이 얼어서 그만 쥐었던 물그릇이 떨어진 것이니 설령 주인이 옷을 적셨고 목덜미를 좀 데었다 하더라도 이처럼 사람을 쳐!

아니다. 내가 못나서 그렇지. 내 장차 어찌 될지 모르나 죽더라도 한양과 같은 큰 곳에 가서 한번 소원을 이루어 보리라. 한 번 죽기는 마찬가지야. 여기서 더 무서운 곳이 또 어디 있으리.'

이렇게 생각한 딱쇠는 그 길로 발감개[39]를 하고 길을 떠났다. 거리거리마다 걸식해 가며 여러 날 만에 경기 지방에 들어서는 글방 있는 데를 찾아가서 걸식하며 글 읽는 아이들 앞에 우두커니 서서 들여다보고 있었다. 하루는 고양읍에 들어가서 역시 어떤 글방 집을 찾아가 밥을 얻어먹고 글 읽는 소리를 정신없이 듣고 있으려니까 그 집 주인이,

"얘 이놈아, 밥을 먹었으면 어서 다른 데로 가 봐라. 왜 우두커니 섰느냐."

"아니라요. 밥은 한 번만 먹으면 살아요. 글 읽는 소리가 너무 좋아서 그래요….."

"하, 그래. 그놈 쓸만하고나. 그래, 너 어디서 왔니?"

"저 의주서 왔어요."

"의주…. 그것 퍽 멀리서 왔구나. 그러면 집에 일이나 하고 있으려느냐."

"그러합지요. 그러면 글 좀 배우게 해 주시려우?"

---

39 발감개: 버선이나 양말 대신 발에 감는 좁고 긴 무명천. 주로 먼 길을 걷거나 막일을 할 때 쓴다.

"그러지. 네가 일할 것만 다 하면 선생님께 좀 가르쳐 달라려무나."

"에구, 좋아라. 그러면 집에 두시려우."

"오냐. 그래라. 하루에 나무나 한 짐씩 해 오고, 방에 불이나 때고 밥상 심부름이나 하면 그만이야. 자- 우선 나무 한 짐 해 오너라. 저 뒷동산에 나무가 많으니."

이리하여 딱쇠는 고양읍에 머물러 있게 되었다. 하루 이틀 일 년 이태 지내는 동안 딱쇠는 맡은 일도 부지런히 하고 틈틈이 글자나 배워서 『천자』, 『동몽선습』을 외우게 되었으나 글씨를 좀 익혀 보아야 하겠는데 붓과 먹 또는 종이를 살 수가 없으니까 아이들 쓰다 내버린 붓 한 자루를 주워다가 밤중이면 바가지에 물을 떠다 놓고 물을 찍어서 널판 조각에다 쓰기 시작하여서 고양 땅에 온 지 다섯 해 되던 해 정월에는 제법 글씨 모양이 바로 써지는 것 같아서 홀로 싱글싱글 웃으며,

"이런 젠장. 정말 글씨 한 자 써 보았으면 좋겠다. 물이 마르면 글씨도 없어지니 모처럼 써 놓은 글씨가 어떤지 알 수가 있어야지."

이처럼 홀로 중얼중얼하면서 연해 물을 찍어 글씨 공부를 하는데 그때 마침 주인이 밤뒤를 보고 들어가다가 딱쇠 방에서 중얼중얼하는 소리가 들려서,

"어- 얘가 이때까지 안 자는가. 누가 왔는가. 그게 무슨 소리

인가."

하고 창틈으로 들여다본즉 딱쇠는 홀로 싱글벙글하면서 모지라진 붓에다 물을 찍어 널판 쪽에다 글씨 공부를 하는 모양인데 글씨 모양이 제법 되는 것같이 보이니까 주인 생각에 더욱 감동되어,

'허- 그놈 맹랑한데. 그놈을 공부가 되게 해 주었으면 제법 될지 몰라. 오냐. 내일은 시험을 한번 해 보아야 하겠군.'

이러한 생각으로 들어가 자고 나서 그 이튿날 아침에 딱쇠를 불러서,

"얘 딱쇠야, 오늘은 땔나무도 많고 하니 나무하러 가는 건 그만두고 글씨나 좀 써 보아라. 너 그새 공부가 얼마나 되었는지 좀 보자."

"어떻게요. 글씨를 어찌 써요. 못 써요."

"아니다. 좀 써 보아라. 선생님께서도 네가 요새는 제법 글자를 붙여 읽을 줄 안다고 말씀하더라."

"웬걸요. 공연한 말씀이시지요."

"아니, 그리 말고 내 말대로 해 보아. 만일 공부가 될성부르면 일은 좀 덜 하더라도 공부를 좀 되게 해 보아야지."

주인은 종이와 붓을 주며 써 보라고 할 때 마침 선생님이 설 지내러 집에 갔다가 돌아오는 길이었다. 주인과 딱쇠는 벌떡 일어나서 선생님을 맞아 정초 세배를 하고 주인이 딱쇠의 이야기를 하며

글씨 쓰게 해 보는 중이니 선생님이 평가해 달라고까지 말하였다. 딱쇠는 그러지 않아도 정말 글씨를 한 번 써 보기를 원하던 차라 처음에는 사양하였으나 선생님까지 권하는 바람에 붓을 들어 먹을 흠뻑 묻혀 가지고 천지현황, 네 글자를 썼는데 과히 서투르지 않을 뿐 아니라 장래성이 있어 보였다.

그 후부터는 주인도 딱쇠를 돌보는 마음이 간절하고 선생도 틈틈이 정성스럽게 가르쳐서 그 후 10년 동안 딱쇠가 고양 땅에 들어온 지 15년 되던 해에는 사서삼경을 다 읽고 글씨도 남 부끄럽지 않을 만큼 되었는데 호사다마라 하는 말과 같이 그 집주인이 세상을 떠나 버렸다. 그래서 딱쇠는 참으로 마음에서 솟아 나오는 눈물로 장사를 치르고 나서는 불가불 그 집을 떠날 수밖에 없었다. 원래 그 집주인은 그리 넉넉지도 못한 살림에 마음이 또한 유달리 착해서 땅마지기나 있는 것으로 근근이 집안 식구가 살아가는 터에 어려운 사람을 구제하고 딱쇠에게만 하더래도 지필묵을 대 주며 일은 적게 시키고 공부를 되도록 시키는 성미여서 그 주인이 죽고 난 즉 남의 빚을 청장하고 나니 집안 식구가 살아 나갈 수도 없게 되어 부득이 글방도 치워 버리고 딱쇠도 이 집을 떠나게 된 것이었다.

딱쇠는 할 수 없이 주인 묘소에 올라가 뜨거운 눈물을 흘리며,

"주인 샌님! 샌님의 은혜에 비하면 태산이 가볍습니다. 내 어찌하든지 내 부모의 대신으로 주인님 은혜는 갚고야 말겠습니다.

아무쪼록 기다려 주십시오."

　　이렇게 산 사람의 작별하듯이 따뜻한 작별을 고한 뒤에 주인 집안에도 다시 돌아오기까지 기다려 달라고 눈물을 흘려 가며 부탁하고는 그만 그 집을 떠나서 한양성 내에 들어가서 이리저리 다녀 보니 누구 아는 사람 하나 없고 어디 가서 어찌해야 좋을지 몰라서 2, 3일 동안 두루 다니며 구경만 하다가 아무리 생각해도 성내에서는 무슨 변통이 없을 것 같아서 묵고 있던 주막집 주인에게 사정을 해서 용산 어느 집에 글 선생으로 있게 되었다.

　　아이들 글 가르치는 여가에 자기는 쉬지 않고 공부를 게을리 아니하고 또 글씨 공부도 열심히 하는 사이에 차차 한 사람 두 사람 사귀어서 틈 있는 때면 사정에 나아가 활쏘기를 시작하였는데 원체 딱쇠는 기운이 범상치 아니하였으나 그만 고생에 얽매여 그 기운을 시험해 볼 여가도 없었다가 나이 40이 넘은 이때에야 완력을 시험해 보게 되어 일 년 이태 지내는 동안 강궁을 능히 이루게 되었으며 또한 백발백중하는 명수가 되었다. 이렇게 지내기를 10년, 딱쇠의 나이 51세 되던 해에 과거를 보아서 문무 양 과에 모두 급제가 되어 과거 한 지 3년을 지낸 54세 되던 해에 의주 부윤을 한 것이었다. 의주 부윤으로 도임하는 도중에 고양에 있는 이전 주인 산소에 소분을 간 것은 물론이요, 그 집안에 넉넉한 부조를 하고 의주로 부임한 후에 대강대강 급한 공사를 처결한 뒤에 자기 머리를 몽둥이로 쳐서 깨뜨리던 이전 주인을 찾아, 자기가 그때 그렇게 얻어맞지 않았다면 오늘날 이런 영광을 얻지 못하고 아마 의주 한구석에서 최 부자 집 하인으로 이 세상을 마쳤을 터인데 그때 지금으로부터 40년 전 추운 겨울날 밤에 최 부자의 아들이 몽둥이로 쳐서 머리를 깨뜨린 덕택으로 오늘날 의주 부윤이란 이 영광을 얻게 된 것이니 그 은혜는 태산같이 생각하는 동시에 그 피 묻은 몽둥이 역시 자기에게는 영원히 잊지 못할 보물이라 자기 조상께 제사할 때는 반드시 조상의 신주와 나란히 놓고 제사를 지내는 것이었다.

이 일장 설화를 듣고 있던 최 부자는 감개무량해서 한 편으로는 부끄럽기도 하고 한 편으로는 신기해서,

"하- 참 장하시외다. 그때 그 일을 생각하니 다시 성주 뵐 낯이 없습니다만 역시 어렸을 때 철모르고 한 일이니 다 잊어버리시고 민의 그 잘못한 일을 용서하소서."

고개를 숙여 들지 못할 뿐인데 대군께서는 마음에 크게 감동되신 바가 적지 아니하사,

"아- 참으로 장하시오. 영감의 그 내력은 이 후세에 영원토록 산 교훈이 될 것이요, 영감 말씀대로 만일 그때 그처럼 마음에 격분됨이 없었던들 오늘날 영감의 이 자리를 얻기 어려웠을 것이오. 그런데 그때의 격분됨에 실망하거나 낙담이 되지 않고 어디까지든지 천신만고의 괴로움을 이기고서 오늘날 이 자리를 얻게 된 것은 과

연 훌륭한 일이오. 영감 대단히 유익한 교훈을 많이 받았소. 자- 이 내력을 널리 세상에 전해서 사람을 부리는 자로 하여금 깨달음이 있게 하고 또 실망낙담 가운데서 천지를 원망하는 자로 하여금 또 한 깨달음이 있게 합시다.”

"황송한 처분이시지 어디 그렇게까지 할 것이야 됩니까. 다만 소인의 박복한 과거를 말씀하자니까 그러합지, 남에게 말할 것까지야 되오리까.”

"에- 천만에 그렇지 않소…. 자, 우리 이처럼 경사로운 자리에서 또 이처럼 좋은 교훈을 받았으니 우리 축하하는 뜻으로 술 한 잔 나눕시다.”

이리하여 다시 주안을 내어 밤이 샐 때까지 즐겁게 지내다가 각각 숙소로 헤어져 그날을 지낸 후에 대군은 의주 부윤의 안내로 의주 일경을 자세히 구경하시고 다시 길을 떠나사 한양으로 돌아오셨는데, 며칠 동안 고단하신 노독을 푸신 뒤에 다시 영남 지방으로 길을 떠나시기로 하였다.

범이 봉이로 하여금 술과 안주를 지워서 다시 남쪽 편을 향하여 길을 떠나신 대군은 노들나루를 건너 관악산 염불암을 찾아가셨다. 둘째 아드님 효령 대군이 염불 공부하시던 자리를 새삼스럽게 둘러보시고 준비해 오신 술병을 기울여 마시며 지나간 일을 감개가 깊으신 듯이 산천의 경개를 돌아보시며,

"얘들아, 너희도 한 잔씩 먹어라. 이제 몇 달 몇 해 동안을 타향에서 지낼지 모르는데 너희도 미리 잔뜩 먹어서 배를 불려야 하지 않겠느냐."

"원, 별말씀을 다 하십니다. 지금 잔뜩 먹는다구 그게 언제까지 남아 있습니까. 저희야 아무렇게 먹으면 어떻습니까. 대감마님께서 노래(老來)에 그처럼 고생을 하시는데, 저희야 아무러면 어떻습니까. 어서 천천히 잡수시고 가시지요."

"오냐. 내 염려는 말고 너희나 싫증 나지 않아야 하겠다."

"황송하온 말씀이시지, 저희가 이처럼 모시고 다니는 것만 해도 황감하옵지, 싫증이 나다니요. 그런 법이 어디 있겠습니까."

"오냐. 너희가 그렇게 생각하니 천만다행이다. 자- 오늘은 날도 반나절이 기울었으니 여기서 쉬고 내일 떠나기로 하자."

이렇게 말씀하신 대군은 손수 술을 부어 봉이 범이를 먹이시고 그날을 쉬신 후 그 이튿날 길을 떠나서 남태령을 넘어 과천 땅에 이르자 그때는 과천이 한양 가까운 고을이요 겸하여 남태령을 겸한 곳이라 주막거리가 매우 번창한 곳이어서 대군은 봉이 범이를 돌아보시며,

"범아! 봉아! 여기가 매우 번창한 곳이로구나. 해는 아직 멀었다마는 그냥 지나기가 어려우니 하룻밤 쉬어 가자. 어디 주막집 하나 골라 보아라."

"예. 아무쪼록 조용한 곳으로 찾게. 범이, 저기 저 집이 그중 깨끗해 보이네."

"얘, 아서라. 그중 사람 많은 주막을 찾아라."

"너무 분주하면 주무시기에 괴로우실 터니까요."

"아니다. 객지에 나오면 여러 사람의 말도 듣고 또 각처에서 모여드는 사람들이니 여러 고을 풍속도 알 것 아니냐."

"예. 그렇지요…."

이리하여 과천읍 한복판에 그중 손 많이 들은 집을 찾아 들었다. 우선 술을 가져오라 해서 주위에 있는 손들에게도 한 잔씩 권하며 대군은 범이 봉이와 한 잔 잡순 후에 여러 사람과 인사를 마치고 일부러 이런 이야기 저런 이야기로 여러 사람의 흥미를 일으키게 하셨다. 여러 사람은 이것 참 좋은 늙은이 만났다고 서로서로 저의 고향 이야기를 자랑삼아 하기 시작하는데, 그중에 한 젊은 사람이 앞으로 닦아 앉더니,

"저는 전라도 영암 삽니다. 그런데 어르신네는 한양 사신다니까 아마 아시는 게 많겠습지요."

"허– 알기야 무엇을 알리마는 나잇살이나 먹어서 지낸 일은 더 많겠지."

"네. 그러시고말고요. 제가 나이는 몇 살 안 되었어도 팔도강산을 다 돌아다녀 봤습니다마는 똑 한가지 모르는 것이 있어 답답

하게 지내옵는데 어르신에게 한 번 물어보려고 합니다."

"그래, 무슨 말인고. 해 보소…."

빙글빙글 웃으시며 말하기를 재촉했다. 젊은 사람은 한편 무릎을 일으켜 세우고 무척 앞으로 다가와 앉으며,

"어르신네, 말씀 들으셔라우. 저희 집에 대대로 전해오는 글씨가 한 장 있는데, 저희 고을에는 아는 사람이 없어라우. 그래서 서울에나 가지고 오면 아는 이가 있을까 하고 가지고 오는데, 여기까지 오도록 글 잘하는 이를 찾아서 물어보아도 아는 이가 없어서 지금 큰 걱정이라우. 그런데 어르신네는 참 장하셔라우. 이 글씨가 무엇인지 아실 것 같아서 말씀이지라우. 좀 보아 주시게라우…."

"하, 그래! 그게 무슨 글씨란 말인고. 어디 좀 보여 보소. 내 무엇을 알 리만 그래도 글씨라 하면 무슨 글 뜻이겠지…."

"아무렴요. 글이지라우. 그리 어렵지도 않은 글인데 뜻을 알 수가 없을라우? 조금 계셔라우. 곧 가져올 테니…."

하고 자기 방으로 가서 보퉁이를 끌러 웬 기름에 젖고 먼지로 더러운 종이 쪽 하나를 가지고 오더니 대군 앞에 펴놓고,

"이것 보셔라우. 어른들이 말하기를 귀물은 귀물이라도 무슨 뜻인지 알 수가 없다고 말씀하셨어라우. 무슨 '충충(虫虫)'이라 하든가 벌레 충 두 자라 하든가 그것만 알고 그 뜻이 무슨 말인지 몰라라우. 그런데 이 글씨를 우리 집에서 오 대째 내려오며 잘 간수하

라고 전해 오는데, 우리 아버지가 돌아가실 때에도 우리 형님을 불러서 이 글씨를 잘 간수했다가 이 글 뜻을 알아보는 자식이 나거든 땅섬지기나 더 떼어 주라고 했대요. 그래서 내가 이것을 가지고 서울로 가는 길이옵지. 하하하하. 어르신네, 그저 이 뜻을 좀 알려 주시면 곧 시골로 돌아가겠소이다. 어르신네께서 영암 땅에 오시면 닭 한 마리나 잡아서 대접하지라우….”

대군께서는 일변 그 청년의 지껄이는 것이 우습기도 하고 또는 글씨가 하도 이상해서 한참 동안 그 글씨를 들여다보시더니 봉이를 흘깃 쳐다보시며,

“얘 봉아, 너 이 글 뜻이 무엇인지 알겠니? 참 잘도 썼다.”

“네. 황송하옵지만 어찌 저희가 알겠소이까….”

“음, 이것이야말로 참 이 세상 보물이라 하겠다. 그런데 이 글씨가 어째서 이렇게 굴러다닐고, 흠….”

무식한 봉이와 범이의 눈에도 그리 잘 쓴 것 같지도 않고, 또 ‘충충’이라 ‘벌레 충’ 자를 거푸 써 놓았으니 그 뜻이 별양 신기할 것 없어 우두커니 앉아서 볼 뿐이요, 또 주위에 둘러앉은 사람들도 다만 이상하다는 눈치로 대군이 말씀을 어떻게 할까 하는 것만 기다리고 있을 뿐이었다. 대군은 더욱 신기한 무엇을 보시는 듯이 그 글씨를 이리 보시고 저리 보시며 연해 “흥…. 참…. 잘 되었는 걸….” 하시며 한참 보시다가 그 젊은 사람을 쳐다보시고는,

"여보소, 이 글씨가 자네 집에 세전지귀물(世傳之貴物)이라니 더 할 말이 없지만, 이 글씨야말로 참 귀한 보배일세. 이 글씨는 뉘 글인고 하니, 옛날 소동파의 글씨요. 자신이 좋아하고 귀하게 여기던 것을 이 두 글자로 다 담아낸 것일세…."

"아, 그러하와요. 그러면 그 충충이란 것이 무슨 말일까요?"

"허 그 충충이란 것이 알고 보면 훌륭한 말이지…."

젊은 사람은 참으로 마음이 기쁘기도 하나 또 속마음엔 너무 쉽사리 말하는 대군의 말씀이 허풍선이 아닌가 하는 생각에 어이없이 대군의 눈치를 살피는 모양이었다. 봉이와 범이는 가슴이 간질간질하여서 속마음으로,

'이 어른이 또 무슨 말씀을 꾸며 대시다가 말이 맞지 않으면 어찌하나? 원 세상에, 별일도 다 보지. 벌레 충 자들을 거푸 써 놓고 그것이 무슨 뜻이며 훌륭할 게 무엇이야….'

서로 웃으며 눈짓을 하는데, 대군은 범이 봉이를 번갈아 쳐다 보시며,

"얘들아! 너희는 그래, 이 글 뜻을 모른단 말이냐. 원, 이런 글을 모르고서야 어디 글자나 배운 사람이라 할 수가 있니…."

"예! 황송하옵니다. 어디 이런 글이야 『맹자』에 있습니까, 『논어』에 있습니까? 또 『삼국지』, 『수호지』에서도 못 보았으니까요…."

"하하하하. 『논어』, 『맹자』, 『삼국지』, 『수호지』만 글이오?

『고문진보』[40]는 글이 아니냐?"

"글쎄 말씀이지, 『고문진보』엔들 그런 글이 어디 있어요?"

"에잇, 못난 놈들. 내가 그렇게 힘써 가르쳐도 아직 멀었구나. 가만있거라. 내가 여기 글 한 구를 쓸 터이니. 그리해도 관계없을까?"

"예. 아무렇게 하시더라도 이 글 뜻만 알게 해 주시면 참으로 은혜가 백골난망이외다….”

"그러면 그리하지…."

하시고 황모무심[41]에 먹을 흠뻑 묻혀서 '충충'이라는 글씨 옆에 '강상지청풍(江上之淸風)이요, 산간지명월(山間之明月)이라.' 하는 한 구의 글을 쓰시고 다시 젊은 사람을 쳐다보시며,

"자, 이래도 모르겠는가. '강상지청풍이요, 산간지명월이라.' 이것은 소동파가 적벽강에 뱃놀이하던 글 가운데 한 말인데, 강 위에 맑은 바람과 산골에서 바라보는 밝은 달은 참으로 무가지보(無價之寶)요, 무쌍지귀물(無雙之貴物)이라고 칭찬한 글이다. 소동파는 원래 글도 문장이거니와, 풍치가 좋은 선비라 친구들과 뱃놀이하고 놀 때에도 이렇게 맑은 바람, 밝은 달을 찬양한 것이야. 그런데 이 '풍월(風月)'이란 것을 그대로 써 놓으면 재미가 없으니까 '풍

---

40 『고문진보(古文眞寶)』: 송나라 말기의 학자 황견이 전국 시대부터 송나라까지의 고시와 산문 등을 모아 엮은 시문집.

41 황모무심(黃毛無心): 족제비의 꼬리털로 맨 무심필.

(風)' 자의 가장자리를 떼어 '충(虫)' 자만 쓰고 '월(月)' 자의 가장자리를 떼어 '이(二)'만 쓴 것인데, 이것을 얼른 알아보지 못하는 것은 소동파의 뜻을 알지 못하는 사람들이기 때문이지. 허허허허….”

하시고 붓을 놓으신 뒤에 젊은 사람을 대하여 하시는 말씀이,

“여보소, 어떤가. 이만하면 알겠지….”

채 젊은 사람의 대답이 나오기도 전에 주위에 둘러앉은 여러 사람 가운데 한 늙은이가 팔을 걷어붙이고 쑥 앞으로 나와 앉으면서,

“참 용하시군. 참으로 잘 풀어내시는군. 이것은 여간 백 냥이나 천 냥으로는 풀 수 없는 대문(大文)이야….”

이 말을 들은 사람들은 일제히 깔깔 웃었다. 이때에 젊은 사람은 감개무량한 듯이 공손하게 꿇어앉아서,

“이보시오, 어르신네. 저는 인제 살았습니다. 이 은혜는 백골난망이외요….”

“허, 그 사람 별말을 다 하는군. 살다니, 언제는 죽었더란 말인가? 인제는 사는 것이 무엇이야….”

“예. 어르신네께서 저를 살려 주셨습니다. 말씀 들어 보셔라우. 제가 어려서 막내 자식이라고 너무 귀하게 자랐기 때문에 글 배우라는 것은 아니 배우고 장난질만 했지요. 그러니 아는 것이라고 못된 짓만 알지라우. 노름하기, 술 먹기. 그래, 우리 아버지가

굿긴[42] 뒤에 땅마지기나 차려 온 것을 다 팔아먹고 죽을 지경인데, 가만히 생각하니까 이 글씨 뜻을 알면 땅마지기나 더 얻어 가질 것 같아서 이걸 가지고 전라도 내에 유명하다는 학자님을 찾아다녔으나 누가 알아내야지라우. 그러니 한양에는 넓은 천지에 아마 알아낼 이가 있겠거니 하고 왔더니 참 어르신네를 만나서 인제는 살게 되었습니다. 부디 영암 땅에 한번 오셔라우….”

대군은 한참 동안 젊은 사람의 말을 들으시고는 여러 가지로 사람의 참된 도리를 알기 쉽게 고래(古來) 역사 가운데 효자와 열녀 이야기를 하였다. 이후로는 마음을 닦아서 그런 참스럽지 못한 행동은 하지 않도록 일러서 그 이튿날 젊은 사람도 떠나보내시고 대군도 길을 떠나시려 하는데, 여러 사람이 한사하고 만류하여서 2~3일 더 묵으시기로 하시고 여러 가지 옛날이야기를 계속하셨다. 듣는 사람들은, 물론 재미도 있어서 그러하겠지만, 처음 듣는 고금 역사에 유명한 『사기(史記)』를 알기 쉽게 해석해서 들려주시는 말씀이라 한마디 한마디가 다 들음직하고 유익한 이야기인 고로, 과천 일경에서는 자질(子姪)들을 데리고 와서 대군의 말씀을 정성스럽게 듣고 있었다.

그런데 어느 날 늙은이 젊은이 40~50명이 대군의 주위에 둘

---

42 굿기다: (완곡하게) 윗사람이 죽다.

러앉아 한참 재미있게 이야기를 듣는 판인데, 별안간 "쉬-" 소리가 나며 어떠한 행차가 들어오니, 늙수그레한 재상이 가마에서 내려 방으로 들어가려 하다가 여러 사람이 깔깔 웃고 야단인 대군의 방을 흘깃 보더니,

"이리 오너라. 게 누구 있느냐. 저 사람들이 웬 사람들인가 알아보아라…."

분부를 들은 하인은 그 방을 기웃거리며 들여다보고는 깜짝 놀라며 물러가서 조용조용히 무어라 무어라 하더니 하인은 주막집 주인을 불러 분부하되,

"주인, 들어 보아라. 너는 아마 알지 못하였는가 보다마는 저 방에 계신 어른은 지금 상감님의 형님 되시는 양녕 대군이신데, 미행으로 다니시나 저렇게 무엄히 해서는 못 쓰는 법이니, 빨리 잡인들을 물려 치워라. 그렇지 않으면 네 놈의 죄는 죽고 남지 못하렷다…."

하는 뜻밖의 놀라운 명령이었다. 주막집 주인은 눈이 휘둥그레지며 어찌할 줄 몰라서 손만 싹싹 비비고 있는데,

"썩 물러가! 어서!"

하는 호통 소리에 다시 정신을 차려, 그중 한 늙은이를 손짓해 불러 가지고 떨리는 목소리로 겨우

"양, 양, 양, 양, 양 대군이시라오…."

"응응. 양양양 대군이라니 그게 무슨 소리야!"

"아니, 상감님 형님이시래…."

"응, 누가…."

"저, 저, 저 이야기꾼이…."

"응? 양녕 대군? 어, 이거 큰일 났군. 여, 이 사람들 빨리들 나와서 엎드리게. 어서들 나와. 목 달아나지 말구…."

사람들은 한참 재미가 나서 대군 앞으로 바싹바싹 다가들어 우스워서 죽겠다고 깔깔들 대다가, 별안간 동네 존위[43] 영감이 소리를 꽥 지르는 바람에 깜짝들 놀라서 우르르 몰려나왔다. 존위 영감은 마당에 거적을 펴고 엎드려서,

"그저 죽을 때가 다 되어 잘못 행동하였사외다. 어디 존전이라고 이런 무엄한 행동이 어디 있으오리까. 그저 눈들은 있어도 눈망울이 없는 촌 농민들이올시다. 그저 목숨만 살려 주소서. 모든 죄는 이 집주인 놈에게 있사오니, 이 주인 놈 목을 베오리까? 엎어 놓고 볼기를 치오리까? 처분대로 하겠습니다…."

곁에 엎드렸던 주막 주인은 존위의 말에 혼비백산이 되어 부들부들 떨면서,

"아니외다. 모든 죄는 존위 영감에게 있사오다. 존위 영감이

---

43   존위(尊位): 예전에 한 면 또는 마을의 어른이 되는 사람을 이르던 말.

진작 말씀을 했다면 씨암탉도 잡아 드리고 그 시골 젊은 놈도 가깝
게 못 가게 했을 것인데…. 아따, 그놈의 시골 놈 때문에…. 아, 그
놈이 얼마나 갔을까. 그놈을 잡아다가 바치오리다…. 그저 이놈의
목숨만 살려 주소서….”

이 광경을 바라보시는 대군은 범이와 봉이를 쳐다보시며,

“얘들아, 이게 웬일이냐? 눈치를 챘나 보구나…. 그건 그런데
누가 말을 했을까? 그것 이상하다…. 응…. 공연히 재미있게 이야
기하는 판에…. 음….”

“아니올시다. 아까 흘깃 보니까 황 정승 대감 행차가 드시는 것
같더니, 아마 그 대감께서 말씀하신 것인가 봅니다….”

“오, 황 정승 행차가 들더냐…. 얘, 그거 귀찮게 되었구나. 우리
곧 떠나자. 또 만나면 이러니저러니, 말 듣기 싫다….”

뜰에 엎드려 있는 존위와 주막 주인을 내려다보시며,

“그것 무슨 일로들 그리하는지 모르겠다마는, 아무 걱정들 말
아라. 너희를 누가 죽인다거나 살린다거나 말한 일 없으니 아무 걱
정 말고 물러들 가거라….”

온화한 음성으로 이처럼 하시는 말씀을 듣고서야 “휘-” 한숨
을 내쉬는 존위와 주인은,

“네, 황송하옵니다. 그저 이놈들의 죄를 용서하신다니 그 은
혜는 백골난망이올시다. 안녕히 행차… 아차…. 그저 말이 헛나와

서 그랬습니다. 안녕히 앉아 계소서. 오늘 저녁상에는 닭도 잡아 바치오리다….”

　“오냐. 고마운 말이다. 그러나 갈 길이 바빠서 곧 떠날 테니 그리 알아라….”

　“아니, 떠나시다니. 지금 해가 아직도 퍽 남았는데, 어디를 떠나시다니….”

　“해가 아직도 많이 남았기에 떠나는 것이야. 아무 염려 말아라…. 얘 봉아 범아, 행장 가지고 나오너라. 어서 가자.”

　이렇게 재촉하셔서 봉이 범이를 데리시고 급급히 과천을 떠나셨다. 범이 봉이는 하도 어이가 없어서,

　“왜 이렇게 급히 떠나셔요. 해도 얼마 아니 남았는데, 천천히 쉬고 내일 떠나시지요. 저희는 정신이 얼떨떨합니다. 그리고 오래간만에 황 정승 대감도 만나 보시지요….”

　“얘들아, 그 철없는 소리들 말고 어디 다른 주막으로 가자….”

　“다른 주막으로 가면 모릅니까? 이 과천 땅에는 모를 사람 없이 소문도 났고, 또 황 정승 대감도 여기서 묵으시나 봅니다.”

　“그래! 그럼 안 되지. 어서 가자. 어디 멀찌가니 가서 또 어디 가서 며칠 이야기나 하고 놀아 보자! 원, 그놈의 황 정승 때문에 남 재미있게 노는 걸 파흥시켰구나. 음, 분하게 되었어…. 그렇지. 너희는 어떻게 생각하니?”

"저희도 분하긴 분해요. 한참 재미있는 판인데, 그만 그렇게 되었어요…."

"그래! 그렇기에 한군데 너무 오래 있으면 안 되겠더라. 그리고 한양 가까운 데는 아무리 해도 그렇게 되기가 쉬운 일이야…."

"예. 그러와요. 아는 이가 있으면 아무래도 그리될 것이니까요…."

이처럼 대군은 봉이 범이와 말씀을 하시며 그럭저럭 해 질 무렵에 안양 땅에 당도하사 하룻밤을 지내시고 그 이튿날 안양을 떠나서 수원 땅에 당도하였다. 대군 일행은 수원의 경치를 구경하시려고 역시 어떤 마방집에 들러서 묵고 있는 여러 손의 이야기를 들으시는데, 그중 한 사람의 이야기가 매우 신기할 뿐 아니라 그대로 지나칠 사건이 아니었다. 그래서 대군은 그 사람을 가까이 앉히시고 초면 인사를 마친 후에 자초지종의 사건을 자세히 이야기하도록 하였는데, 그 사건의 내용은 다음과 같은 이야기였다.

수원 남천리 근처에 황 진사라는 이가 살았는데, 그 사람됨이 점잖고 부지런하여서 자수성가로 재산도 상당히 모으고 글공부도 부지런히 하여 진사까지 한 터인데, 나이 50을 넘지 못하고 중년의 부인과 아들 형제를 남겨 놓고 우연히 병이 들어 이 세상을 떠났다. 부인과 아들은 애통망극한 중에 장사를 지내고 지성으로 조석상식[44]을 지내며 살았다. 그럭저럭 세월은 물 흐르듯 지나, 소상[45]을 지낸 후 며칠 되지 않은 어느 날, 아들 형제는 자다가 꿈을 꾸었는데, 그 아버지 황 진사가 와서 "내가 살아났으니 속히 무덤을 파고 묶은 것을 풀어 달라."는 것이었다.

꿈을 깬 아들 형제는 이상하다 생각하여 의논을 하고 그 어머니께 꿈 이야기를 하였다. 어머니 역시 아들의 꿈 이야기를 듣더니,

"얘들아! 그렇지 않아도 내가 너희더러 이런 말을 하려고 하던 차다. 내 꿈에도 너희 아버지가 역력히 보이면서 너희들에게 하시던 말과 같이 살아났다고 하시더라. 그거 이상한 일이지 않느냐…."

"글쎄요. 그것참 이상한 일이올시다. 아무렇든지 저희 형제와 어머님께 그렇게 일시에 뵐 때에는 결코 허사 같지는 않습니다. 어쨌든지 산소를 파 볼 수밖에 없소이다…."

이처럼 의논을 하여 아들 형제는 급히 일꾼을 시켜 산소를 파헤치고 보니 과연 시체는 조금도 변함없이 장사 지내던 때와 조금도 다름이 없었다. 그래서 아들 형제는 일변 신기하기도 하고 일변 기쁘기도 해서 고이고이 묶은 것을 풀고 집으로 옮겨서 방을 덥게

44　조석상식(朝夕上食): 상가에서 죽은 사람의 혼백이나 신주를 놓은 상에 아침과 저녁에 차리는 음식. 또는 그런 의식을 의미한다.

45　소상(小祥): 사람이 죽은 지 1년 만에 지내는 제사.

하고 미음을 달여 입에 흘려 넣으며 다리와 팔을 주물러서 아무쪼록 회생되기를 축원하며 주야 3~4일 동안을 지성으로 애를 썼더니 과연 나흘이 되던 날 저녁에는 "휘-" 한숨을 쉬고 돌아누우며 "어, 잠도 곤히 잤고" 하는 소리를 분명히 하였다.

그 부인과 아들은 대단히 기뻐서 더욱더욱 다리와 팔을 주무르고 미음을 끓여 흘려 넣었다. 그날 밤을 꼬박 새우며 야단을 친 결과 그 이튿날 아침엔 벌떡 일어나서 두 눈을 쓱쓱 비비며 마치 곤하게 자다가 깬 사람처럼 좌우를 둘러보더니,

"오, 너희가 다 여기 있구나. 나는 잠을 어찌 곤히 잤는지 정신이 다 띵하구나…. 음, 꿈도 이상한 꿈을 꾸었어. 내가 아마 퍽 오래 잤지…. 음…."

이 광경을 본 그의 부인과 아들은 다만,

"예예. 그만 정신 차리시지요…."

할 뿐이었다. 황 진사는 얼마 있다가 물 한 그릇을 벌컥벌컥 들이마시고 나서는 그제야 정신이 좀 드는 듯이,

"여보, 마누라. 내가 이상한 꿈을 꾸지 않았겠소. 허… 참! 별 이상한 꿈도 있어…."

"에그! 무슨 꿈을 꾸셨길래 그러시우…."

"하, 참! 이상해. 내가 잠이 막 들락 말락 할 때에 어디 관가에서 나를 잡으러 왔다고 패랭이 쓴 사람 세 명이서 왔습니다그려. 그

래, 처음에는 내가 호령을 하지 않았겠소? 양반의 집안에 저런 무엄한 놈들이 있단 말이냐고. 내가 무슨 죄가 있기에 잡으러 오다니, 될 말이냐고 야단을 했지요. 그랬더니 그놈들이 다짜고짜 덤벼들어 쇠사슬로 엮어 가지고 갑디다그려. 그래서 할 수 없이 끌려갔는데, 어디 마침 가려니까 큰 솟을대문 달린 집으로 들어갑디다그려. 그래, 들어가 보니까 정면으로 높다란 대청이 있고 그 위에는 여러 관원이 쫙 늘어앉았는데, 그중 한 관원이 나더러 나이 몇이냐고 하기에 마흔아홉 살이라 하니까 그것 잘못되었다고, 너는 여든이 되어야 올 터이니 도로 가라고 합디다그려. 그런 뒤로는 어찌 되었는지 모르겠소. 아마 내가 죽었다 살아난 것이지….”

“에그! 참 이상해라. 그러면 어찌나 좋겠소! 어쩐지, 영감이 정말 돌아가신 것 같지 않았어. 실상 말이지, 영감이 돌아가신 지가 1년이 지났다오. 지난달에 소상을 지내었으니까, 1년이 지나지 않았겠소….”

“아! 내가 죽었더란 말이오? 무엇, 소상을 다 지냈어? 허, 그것 이상하다. 나는 한참 자다가 꿈을 꾸고 깬 생각밖에 안 나는데, 그것은 예삿일이 아니오. 그럼 나를 그대로 두었더란 말이오?”

“에그, 그대로가 무어예요? 장사를 지내고 소상까지 지냈다니까….”

“그럼 어떻게 내가 살아났단 말이오?”

"어떻게가 무어예요. 그, 애들하고 내 꿈에 영감이 오셔서 내가 살아났으니 어서 깨어다가 살려 달라고 하셔서 부랴부랴 역군들을 시켜 시체를 팠던 게 지금 닷새가 되었구면요. 밤낮없이 주무르고 미음을 달여 입에 흘려 넣었지요…."

"오오라… 인제 생각이 나는군. 내가 관가에서 도로 나오다가 실족을 해서 어떤 냇물에 빠졌는데, 입에 물이 들어와서 꿀떡꿀떡 삼킨 것 같아. 아마 미음을 내 입에 흘려 넣은 것이로구려…."

"에구! 신통도 해라. 아마 그런 것이지요. 얘들아, 인제는 너희도 좀 쉬어라. 여러 날밤을 새우고 얼마나 고단들 하겠니. 어서들 너희 방에 가서 편히 쉬어라…."

"암, 그래야지. 나는 무어 여든 살까지 살 것은 정해진 길이니까, 아무 염려들 말고 어서 가서 쉬어라. 애들 썼다."

이리하여 황 진사 집 안팎은 법석이 되어 일가친척과 이웃 친구들이 이 소문을 듣고 연락부절하게 드나들고 매일 경사로운 잔치가 벌어져서 남천리 근처 여러 날을 두고 모든 사람이 포식을 하였을 뿐만 아니라 그 후 한 달쯤 지나서는 그 황 진사의 마누라가 지금 나이 쉰셋인가 넷인가 된 인데 아이를 배서 아마 대여섯 달 된다 하니 그런 신통한 일이 또 있으랴 하는 이야기였다.

대군께서는 잠잠히 그 사람의 일장 이야기를 들으신 뒤에 봉이 범이를 쳐다보시며,

"얘들아, 너희도 지금 이야기를 들었지. 그래, 어떻냐? 그것참 이상한 일이지⋯."

"예. 그렇습니다. 그런 변괴스러운 일이 어디 있을까요? 이상하다기보다 변괴스러운 일이지요. 이전 이야기에도 사람이 죽었다가 하루이틀 만에 살아났다는 말은 더러 들었어도, 죽은 지 일 년이나 넘어서, 더군다나 꽁꽁 묶어다 묻은 송장이 다시 살아난다는 것은 참으로 괴상한 일 같습니다⋯."

"옳다. 너희 말이 옳아. 사자(死者)는 불가부생(不可復生)이라고, 사람이 한 번 죽으면 다시 살지 못하는 것이 천리인데, 그런 법이 어디 있단 말이냐? 너희도 생각이 엔간하다. 우리 한번 찾아가 볼 것이다. 어떠한 사람인가."

"그런데 또 이상한 대목이 있지 않아요?"

"오, 무엇이냐. 이상한 대목이라니. 무엇이 어떻단 말이냐⋯."

"아니, 그 마누라가 나이 오십이 넘었는데 아이를 배었다니 그것도 괴상한 것 같습니다⋯."

"옳지, 옳아. 그것도 그렇게 생각할 듯해. 그러나 그것은 그 사람의 혈기가 좋으면 혹 그렇게 될 듯도 하지. 어쨌든지 한번 가서 어떠한 형편인가 보면 알 게다. 우리 가 보자. 행장은 두고 가자. 또 예 와서 묵고 가야지. 거기서 묵기까지 할 필요는 없지 않으냐⋯."

"그럼요. 그것이 무슨 귀신인지 무엔지 모르는데 거기서 묵으시다니요. 말씀이 됩니까? 여보게, 범이, 단단히 차리게. 만일 무엇하면 오래간만에 주먹 힘 한번 뽐낼 판인지 모르네….”

“아따, 자네나 잘하게. 나야 설마 아무런 귀신이나 도깨비가 나오더래도 내 주먹 한 번이면 물고지. 제가 견디어 내나….”

이처럼 수작하는 범이 봉이의 말을 들으시는 대군도 무슨 예감이 있는 듯이 생각하시고 앞서 나오시면서,

“애 봉아, 너희도 무슨 예감이 있는 듯이 말들을 한다마는, 나 역시 그것이 암만 해도 사람의 일 같지 않다. 어찌했든지 내 눈치만 보아서 잘들 해라. 공연히 덤벙대다가 낭패할라….”

“그거라면 아무 염려 마십시오. 저희가 그렇게 모시고 다녀도 어디 한번 낭패당한 일이 있었습니까?”

“오냐. 어서들 가자. 아차. 급히 나오느라고 그 집을 자세히 물어본다는 것을 깜빡 잊어버리고 그저 나왔구나….”

“아니올시다. 남천리만 찾아가면 다 알 겝니다. 그런 사람을 누가 모를라구요….”

“그는 그렇다….”

이리하여 남천리 황 진사 집을 힘들지 않게 찾아가서 주인을 찾은즉 황 진사의 큰아들이 사랑으로 인도하여 주객의 인사를 마친 뒤에 대군은 은연한 태도로,

“여, 주인장. 나는 한양 사는 이 첨지요. 그런데 들으니 댁에

큰 경사가 있다 해서 내가 전부터 교분은 없는 터이로되 듣기에 하도 신기한 경사이기에 찾아왔소. 그래, 지금 춘부장께서 댁에 계시겠지?"

"예. 너무나 황감하외다. 그처럼 멀리서 소문을 들으시고 이렇게 찾아오시니, 무어라고 말씀 여쭐 수 없습니다. 가친은 일자 이후에 별양 출입하시는 일도 없으시고 또 친척 이외에는 상면하시기를 즐겨하지 않으십니다…."

"어, 그러시오. 나는 뭐 별사람이 아니라 그저 친분은 없을망정 그처럼 신기한 일을 당하셨기에 한번 상면이나 하고, 또 얼마나 다복하신 양반인가 한번 뵈려 할 뿐이니 이 늙은 사람이 일부러 한양에서 예까지 찾아뵈러 왔으니 한번 뵙도록 잘 말씀을 해 주구려…."

"예. 황송하온 말씀이올시다. 가친도 아마 이런 말씀을 들으시면 매우 기뻐하실 것이올시다. 곧 들어가 말씀을 여쭙겠습니다. 잠깐 앉아 계십시오."

황 진사의 큰아들은 안으로 들어가서,

"아버님. 지금 밖에 손님이 오셨는데 아버님을 꼭 뵙고 가겠다 하니 잠깐 나가 보시지요…."

"응, 손님! 저- 한양서 왔다더냐…?"

한마디를 하고는 얼굴빛이 새파랗게 질리며 그 하는 동작이 매우 경솔할 뿐 아니라 "저- 한양서 온 사람….." 하는 한마디가 더욱 이상하게 들렸다. 그렇지 않아도 황 진사가 전에는 친구를 좋아하여서 사랑에 사람이 떠날 때가 없었고, 황 진사도 조석을 안에서 조용히 먹어 본 적이 없도록 찾아온 손을 대접함이 극진하던 사람이었는데, 한번 죽었다 살아난 뒤로는 일절 사람 보기를 싫어할 뿐 아니라 어쩐지 그 하는 태도가 아무리 해도 자기 아버지 같지 않은 데가 종종 나타나서 속마음으로,

'그것 괴상한 일도 많다. 사람이 한번 죽었다가 일 년이나 지난 뒤에 다시 소생되었으니까 아마 성미가 변하고 모든 범절이 변할 듯도 하지만, 그 태도 그럴까!'

하면서도 분명히 틀림없는 자기 아버지 모양인 이상에야 다른 무슨 생각할 여유도 없는 것이라, 다만 그 아버지가 살아난 것만 다행으로 여기고 있었다. 그러나 또 하나 괴상한 것은 자기 어머니가 나이 서른일곱 때에 마지막으로 자신의 아우를 낳고는 그만 단산을 해서 다시 임신을 못 하는데, 오십이 넘어 육십이 가까운 이때에 또 아이를 배다니 그것도 괴상하기 한량이 없는 일이었다. 그래서 아들 형제는 앉으면 서로 수군수군하며 지내는 터였는데, 오늘 대군이 찾아오시자,

"아, 저 한양서 왔다는데…."

하는 한 마디 소리와 얼굴빛이 새파래지는 거동이 더욱 수상

해서,

"아버님, 저- 한양서 이 첨지란 노인이신데 아버님 뵈러 일부러 오셨다니 만나 보시지요….."

"아니야. 안 만날 사람이야. 나 없다고 해. 어서. 나 어디 가고 없다고 그래. 응응."

손을 홰홰 내저으면서 하는 태도가 그 아들 된 눈으로도 차마 볼 수 없었다. 그리하여 큰아들은 하도 어이가 없어서,

"아니, 왜 그러셔요? 누구인지 아시지도 못하고 왜 그러셔요? 매우 점잖은 양반이시기에 아버님 계시다고 말씀한걸요. 잠깐 만나 보십쇼그려. 참 별일 아니니까 어서 일어나셔요, 아버지….."

하고 손을 붙들어 부축하는 체하고 잡아 일으키려 하니까 그만 얼굴이 노래지며,

"아니야. 그, 그, 그놈이 내 원수다. 너희는 아무것도 모르고 그러지만 그놈이 나를 해하러 온 놈이야. 그게 사람이 아니다. 어서 이러지 말고 나가서 쫓아 보내라. 너희는 어째서 아비 말을 안 듣고 이러느냐. 저 애들이 그 흉악한 놈에게 홀렸구나. 허- 참 별일이다. 어서 놓아. 어서….."

아들의 마음에 얼마쯤 의심되는 점이 있기는 하지만 그래도 자기 아버지의 말이라 듣고 보니 또한 그럴 듯도 해서 주저주저하는데 황 진사 부인이 참다 못해서,

"애야, 너희가 웬일이냐? 너희 아버님께서 어련히 다 아시고 그럴라구. 그게 무슨 버릇이란 말이냐. 참 밖에 온 것이 무슨 도깨비나 여우인가 부다. 너희 마음이 저렇게 변했으니 참 별일이다. 어서 나가서 쫓아 보내라….."

이런 말소리가 사랑에까지 들리도록 요란하였다. 이러한 수작을 들으신 대군은 속마음에 깊이 짐작함이 있었는지 별안간,

"범아! 봉아! 너희는 빨리 안에 들어가 그 황 진사라는 놈을 잡아내어라."

가뜩이나 마음에 벼르고 있던 판이다.

"예이."

긴 대답 소리를 지르며 벌같이 안으로 뛰어 들어가서 안방 아랫목에 옹송그리고 앉아 있는 황 진사를 바짝 치켜들고 나와서 사랑 뜰에 엎어 놓고, 범이 봉이가 잔뜩 내리누르는 서슬에 황 진사는 그만 두 눈을 홉뜨고 죽어 자빠지는데 자세히 보니 누런 여우 한 마리가 사지를 쭉 펴고 죽어 자빠졌다. 이것을 본 황 진사의 아들은 혼비백산이 되도록 놀라서,

"노인장! 이게 웬일이옵니까? 대체 노인장께서 어찌 아셨습니까? 하마터면 큰일 날 뻔했습니다. 저희 집안은 고만 망할 뻔했습니다. 참으로 황공무지올시다. 그런데 이 노릇을 어찌하나….."

하고 한숨에 땅이 꺼질 듯하는 황 진사의 아들을 향하여,

"여보소, 내가 무엇을 알리오만 사자는 불가부생이야. 죽인 자는 다시 살지 못하는 법이야. 그런데 죽은 사람이 소상을 지낸 후에 다시 살아난다는 것이 괴상해서 내가 찾아온 것이야. 아까 안에서 그대와 수작하는 것을 듣고 분명코 사람이 아닌 것을 깨달아서 이러한 거조[46]를 하였는데, 다행히 그 괴물을 없애 놓았는즉 인제는 아무 후환이 없지 않은가? 이것이 다 그대의 복이지. 자, 일후에 또 만나지…."

"아니올시다. 천만에 가시다니요. 오늘은 천천히 쉬어 가시지요. 도움을 받고도 인사도 못 여쭙고 대단히 죄송합니다…."

이처럼 간절히 만류하는 황 진사의 아들을 못 이겨 그날 밤을 그 집에서 지내시면서 황 진사 부인은 낙태할 약으로 낙태를 시키고, 그 이튿날 다시 남쪽을 향하여 길을 떠나셨다.

---

46   거조(擧措): 어떤 일을 꾸미거나 처리하기 위한 조치.

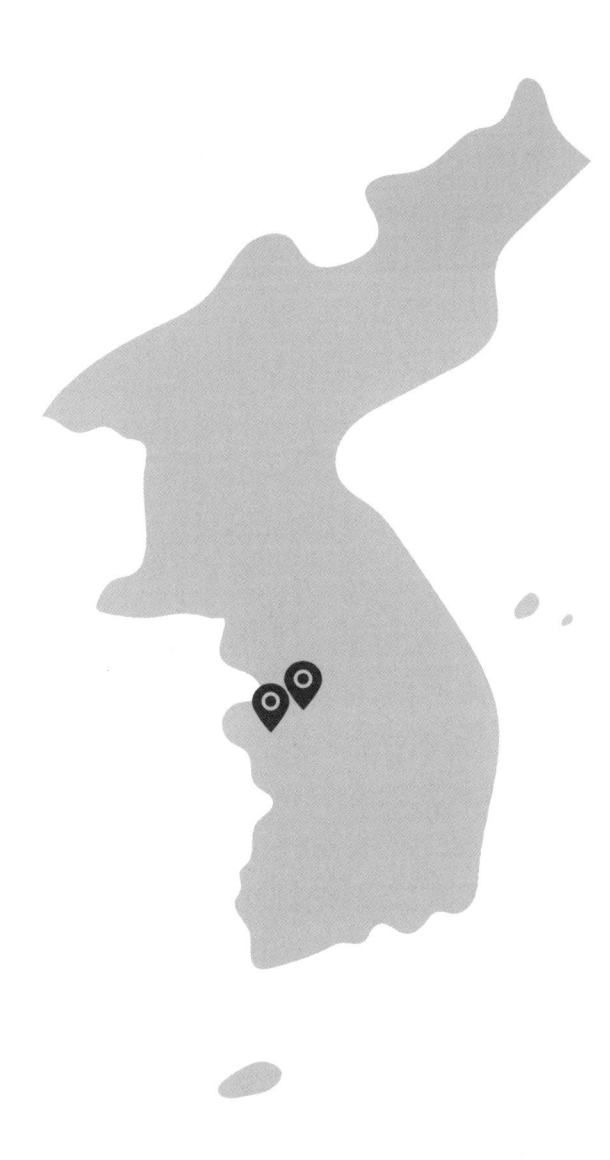

〔충청도 온양, 예산〕

대군은 수원 황 진사 집의 괴변을 무사히 해결 지으시고 다시 길을 떠났다. 별로 이야깃거리도 없이 천안을 지나다 보니, 당도하신 때는 날도 그럭저럭 서산에 걸쳐 까막까치들도 각각 저들의 집을 찾느라 분주히 지저귀고 집집마다 저녁밥 지은 연기가 여름 구름같이 공중에 어리었는데, 대군께서는 봉이 범이를 돌아보시며,

"얘들아, 오늘은 매우 많이 걸었구나. 아마 한 70~80리나 걸었지. 장딴지가 팽팽하구나…. 어디 주막집 하나 찾아라. 무엇 이를 것도 없다마는 어디 사람 많이 든 집으로 가자….

"네…. 그런데… 오늘은 대단히 고단하실 텐데요. 어디 조용한 곳을 정하시고 편히 주무셔야지요….

"아니다. 무엇 고단하다구. 그렇게 편히 쉬려면 왜 이렇게 돌아다니겠니….

"예. 그렇습지요. 저희는 너무 고단하셔서 어떠실까 염려가 되어 그렇습지, 저희야 젊은 놈이 어떻겠습니까….

"오냐. 내 염려는 말고 어서 들어가 쉬자. 어디가 좋겠니."

이렇게 말씀하실 때에 건너편에 있는 정자나무 밑으로 한 사람 두 사람 늙은이 젊은이 모여들기 시작하더니, 별안간 30~40명 되는 사람이 모여서 무어라 무어라 지껄이는 것이 심상치 않아서,

대군은 봉이 범이를 눈짓하여 데리고 그 사람들 모인 곳으로 가 보시니 그 사람들이,

"이런 기막힌 일이 있단 말이야. 그래, 남의 딸자식을 억탁[47]으로 뺏어 가려는 그놈도 천하의 때려죽일 놈이지만 또 그놈의 말만 듣고 애먼 늙은 사람을 잡아다 가두는 게 무어야….."

"글쎄, 이 사람아, 그러게 이 세상은 부자고 세력 있는 놈만 살라는 세상이라니까. 무어라 하던가. 아따, 그 어린애가 불쌍해 못 보겠데….."

"아니, 이 사람들아, 이러니저러니 여기서 떠들고만 있으면 일이 해결되나. 우리 등장(等狀)을 든다든지 무슨 변통을 내자고 이렇게 모인 게 아닌가….."

"글쎄, 누가 무어라 하나. 이 사람들아, 어서들 작정을 해요….."

"자, 이렇게 떠들지만 말고 어서 나서게. 아니야, 저 건넛마을 선생님한테 가서 소지[48] 한 장 주라 해야지. 이리들 오게."

이렇게 떠드는 것을 보시고 대군은 그중 나이 들어 보이는 한 사람을 붙들고 그 연유를 물어보셨다.

"여보시오, 나는 지나가는 행객이라 무슨 알은체할 것이야 없

---

47 억탁(臆度): 이치나 조건에 맞지 아니하게 생각함. 또는 그런 생각을 의미한다.

48 소지(所志): 예전에 청원이 있을 때에 관아에 내던 서면을 의미한다.

소마는 여러 사람이 이처럼 모여 떠드는 것을 보니 심상치 않은 것 같으니 그 무슨 일로 그러시오…."

"예. 말씀 들으시게요. 지나가시는 손님이시라니 말씀이지, 이런 세상에 못된 놈의 일이 있단 말씀이오…."

하고 여러 사람이 손짓하여 조용히 떠들지 않게 하고 전후 이야기를 하는데 그 내용은 다음과 같았다.

온양읍에서 서북쪽으로 산 너머 뒷마을이라는 동네에 박장자라는 사람이 있었는데, 그 박장자라는 사람은 사람됨이 매우 점잖고 부지런해서 자수성가로 벼를 백이나 추수했다. 그는 나이가 그리 많지도 않은 쉰일곱 살이 되던 해에 이 세상을 떠났다. 그 아들 박준식이라는 자가 제 어른 박장자의 외아들로 예나 지금이나 부자의 자식 행티가 있어서 어려서부터 하라는 공부는 안 하고 동네 집 닭서리 해서 잡아먹기, 울 밑에 심어 놓은 박이나 호박에다 말뚝박기, 장난이 여간 험상궂지 않더니 점점 자라서 낫살이나 먹고 제 어른도 죽고 없으니까 제가 제일 나이가 많다며 별별 못된 짓을 다 하였다. 지금 와서는 읍내 출입을 자주 하며 원과 사귀어 아주 호기가 대단하였다. 얼마 전에 장터거리에서 술잔이나 해서 팔며 나무장사, 술장사로 나이 육십이 넘은 장 영감이라는 늙은이는 슬하에 열일곱 살 된 딸 하나, 열두 살 된 아들 하나 있으나, 늙은 마누라는 늘 신병으로 병석에 누워 있는 터라 딸과 아들이 수종으로 마누라 병구완하기에 골몰하면서 장날마다 술장사, 나무장사를 하여 근근히 그날그날을 지내 갔다. 이 장 영감은 비록 이렇게 곤란한 생애를 지내나 마음이 대단히 착하고 점잖아서 온양 일경은 말할 것도 없고, 타도타관까지도 소문이 널리 나게 된 사람이었다. 어느 날, 박준식이가 읍에 들어왔다가 이 장 영감 딸을 한번 보고서는 욕심이 치받쳐서 저와 같은 친구들을 통해 여러 번 교섭을 했으나 장 영감의 생각에도, '아무리 우리가 죽게 되어 이러한 영업을 장바닥에서 해 먹는다 해도, 내 딸자식을 남의 첩으로는 주지 않겠노라.'고 거절을 했다. 그 딸의 마음 역시 어머니는 병석에서 신음하는 중이요, 늙은 아버지와 어린 동생을 생각하더라도 아직 시집갈 생각이 없는 데다가, 더구나 볏백이나 하는 부잣집이라 해도 박준식이라 하면 요사이 말로 하면 부랑자라 할 만치 평판이 좋지 못한 사람의 첩으로 가기는 죽어도 싫게 여기는 터여서 장 영감은 고개를 좌우로 흔들어 어디까지든지 거절하였다.

박준식은 생각하기를, '제가 생김생김으로 말을 해도 남만 못하지 않은 터요, 또 추수 백이나 하는 터라 어디를 가든지 칙사 대접[49]이요, 저 관가에 들어가도 원님 이하로 일반 관속이 상당히 대

---

49 칙사(勅使) 대접: 황제의 명령서를 갖고 온 사신처럼 대함. 극진하고 융숭한 대접을 이르는 말이다.

접하는 터인데 그까짓 장판에서 술장사쯤 하는 자의 딸쯤이야 제게로 오기를 오히려 원할 것인데 거기다가 거절을 해. 아니꼬운 연놈들. 어디 견뎌 보아라.' 하는 생각으로 동네 못된 놈들을 시켜 가마를 가지고 가서 장 영감의 딸을 막 뺏어 오려 하다가 장터 사람들에게 도리어 매를 납죽이 얻어맞고 대강이 깨진 놈, 정강이 부러진 놈, 박준식도 머리가 깨어지고 팔꿈치가 상해서 여러 날을 고생했다. 박준식은 그래도 마음을 뉘우치는 빛이 없어 도리어 그 고을 원에게 무어라고 했는지 관속들을 끼고 장 영감을 무슨 도적질이나 한 사람 모양으로 오라를 지어 잡아다가 칼을 씌워 옥에 단단히 가두고 별별 참혹한 형벌을 주어 장 영감은 거의 죽게 되었다. 이리되고 보니 병석에 누운 장 영감 마누라는 그만 기절을 해서 겨우 숨을 쉬고, 어린애와 딸은 울며불며 매일 먹지도 못하고 지내는 것이 그 집안은 생죽음이 여럿이 날 모양이다. 그리하여 동리 사람들은 장 영감과 같이 착하고 훌륭한 사람을 무죄히죽게 하고 그 집안 생사람들을 죽게 만드는 박준식이는 물론이거니와 그놈의 말을 듣고 소위 목민지관인 원님의 소위(所爲)도 괘씸하다 해서 동리 사람들이 들고 일어나서 이와 같이 떠드는 것이었다.

그 소매를 걷고 곧 누구를 두들겨 줄 듯이 분기를 띄우고 떠드는 것을 잠잠히 듣고 계시던 대군은 그 사람의 손을 은근히 잡으시며,

"여보시오, 그 말씀을 듣고 보니 공연히 아무런 관계없는 내가 다 분하구료….”

"그렇고말고요. 누가 들어도 이런 말을 듣고 분하게 생각지 않는 사람이 어디 있겠소….”

"그렇소. 그런데 여보시오, 내 말 좀 들어 보시오. 내야 무엇을 알겠소만 그래도 관장이라 하면 위민(爲民)의 무관이라 어련히 생각하겠소이까? 아마 중간에서 말하는 것을 잘못 듣고 그리된 것일 테니, 이렇게 백성들이 떠들고 야단을 하는 것은 재미없는 일이오. 내가 서울에 있을 때 안면이나 있는 듯하오, 여기 원님이. 그러니까 내가 들어가서 원님을 만나 보고 일을 잘 해결하도록 해 볼 터인즉 사람들을 다 물러가게 하시오. 그리고 우선 그 장 영감 집을 좀 가 봅시다. 그 가련한 정상을 듣고 내가 그냥 지나가기가 어렵구료….”

"네. 고마운 말씀이외다. 그런데 원님을 아신다구요? 정말이십니까….”

"암, 정말이지. 내가 낫살이나 먹은 사람이 어찌 거짓말을 하겠소….”

"그럼 이 사람들은 다 물러가게 할 터이니 꼭 일을 해결해야지 그렇지 못하면 내가 큰 봉변이외다….”

"아따, 그것은 걱정 마시오. 내가 범연하면 이런 말을 하겠소?”

이 말을 듣던 여러 사람은 별안간 와글와글 물 끓듯이 떠들며,

"아닐세. 그놈의 늙은이가, 그 박가 놈이 보낸 자가 아닌가 모르네. 우리 이렇게 모인 길에 관가에 가서 좌우간 결정을 내야 하네…."

"옳아, 그럴지도 몰라. 원님을 안다는 이가 저렇게 걸어 다니겠나? 무슨 까닭이 있네…."

"아따, 그놈의 늙은이부터 해 내게…."

곧 주먹으로 내리부술 듯이 덤비는 사람들을 본 봉이 범이 참다 못해서,

"쉬- 이놈들! 어느 존전이라고 이 무지한 백성들아!"

하는 호통 소리에 사람들은 조금 잠잠해지고 대군과 이때껏 이야기하던 사람이 무슨 눈치를 챘는지,

"어, 이 사람들아, 눈이 있어도 눈망울들이 없는가. 그래, 그게 무슨 망동들이야? 이 어른께서 어련히 다 해 주실라구…. 에, 못된 사람들. 빨리 물러가- 어서!"

하는 말에 사람들이 슬금슬금 뒤로 물러서는 것을 보신 대군은 봉이 범이를 보시고,

"자- 어서 가자. 그 장 영감 집이 대단히 가엾지 않으냐…."

"예. 그렇습니다. 들어 보니 그런 못된 놈들이 어디 있겠습니까? 자, 영감. 어서 앞서시오. 그 장 영감 집을 좀 가르쳐 주시오…."

이렇게 해서 대군께서는 장 영감이라는 사람의 집을 찾아가시니 과연 장터 한편에 조그마한 집이 있는데, 집 안이 모두 죽은 듯

이 조용하였다. 동리 사람의 안내로 장 영감의 딸과 아들을 불러 보시니, 매우 수심에 싸인 얼굴로 오히려 눈물 흔적이 남아 있고, 여러 날 먹지도 못하고 애절들을 한 터라 얼굴이 초췌한 것이 무한히 가여워서 대군은 아이의 손을 잡으시며,

"네 아버지 어디 갔니….".

하자, 아이는 이 말씀을 듣고는 그만 목을 놓고 울었다. 대군은 머리를 쓰다듬으시며,

"오냐오냐. 울지 마라. 너희 아버지는 곧 나오시게 되고, 또 너희 어머니도 곧 나을 터이니 아무 염려 말라….".

무슨 영문인지 모르고 문짝 뒤에 숨어 서서 갸웃 내다보고 서 있던 장 영감의 딸은 어찌도 좋은 말씀이라 앞으로 쑥 나서며,

"에구, 정말 아버지가 나오시게 되어요? 언제 나오시게 되어요?"

"오냐. 내일 아니고 있다가라도 곧 나올 테니 염려 말고 밥들 해 먹고 기다려라….".

"에구, 좋아라! 어머니, 아버지 나오신다우. 응, 어머니."

"에구, 얘야, 그게 무슨 말이야? 그 누가 그러니. 밖에 누가 왔니? 얘야 아가, 이리 와 어서. 그게 누구야….".

"어머니. 저 건넛마을 아저씨가 어떤 서울 양반을 데리고 왔는데 그이가 그래요. 아버지가 곧 나오신다고….".

"글쎄, 참! 가만있어….".

이렇게 장 영감 집안에서는 즐거워하며 이리 주고받는 사이에, 대군께서는 봉이 범이를 데리고 곧 관가로 가서서 삼문 한가운데로 들어가시려 한다. 사령 하나가 기웃거리며 내다보다가 부리나케 뛰어나오며,

"그, 누구여? 어디를 들어가….."

"동헌에 들어가….."

"대관절하고, 누구여?"

"사람이여….."

"사람인 줄은 알아도 어디 사는 사람이여?"

"나 서울 사는 사람이여….."

"서울, 서울 살면 누구란 말이여….."

"나 서울 사는 이 첨지여….."

"무엇 하러 들어가?"

"원 좀 보러 가….."

"원, 원님을 무슨 일로 뵈러우?"

"좀 볼일이 있어서….."

"가만있어. 그렇겐 못 들어가….."

"왜 못 들어가? 난 좀 들어갈걸….."

"이게 웬 미친놈이야. 썩 물러서지 못해?"

이때에 봉이 범이는 보다 못해서 앞으로 썩 들어서며 사령의

팔죽지를 잡아낚으려 하는 것을 대군이 눈짓해 비끼시고 동헌 마당으로 들어가시는데, 사령들은 사령청에서 노름들을 하다가 삼문에 와자하는 소리에 하나둘 고개를 내밀어 보다가 쑥쑥 튀어나와 대군의 앞을 막으며,

"어디를 들어와! 미친놈이라고…."

"아니야. 미치긴 누가 미쳐. 너희가 미쳤지. 원 좀 보러 가는데, 왜들 이래…."

이때에 마침 원은 박준식과 몇몇 무뢰배들을 상대로 기생을 시켜 술을 따르게 하며 재미있게 놀다가 동헌 마당에서 무슨 소요 일어난 것을 유리 영창으로 내다보더니,

"이리 오너라. 그 무엇들 그리 소요하느냐. 게 아무도 없느냐?"

통인[50]이 긴 대답 소리를 마치고 원 앞에 다가가며,

"웬 늙은이가 서울 산다고 하며 사또께 뵈러 들어간다고 야단이랍니다…."

"서울 산다고? 성이 무어라더냐?"

"이 첨지라고 하더랍니다…."

원이 이 말을 듣더니 고개를 기웃기웃하며,

"이 첨지, 이 첨지, 여기에 이 첨지. 가만있거라, 저 이 첨지.

---

50 통인(通引): 조선 시대에 경기·영동 지역에서 수령(守令)의 잔심부름을 하던 구실아치. 이서(吏胥)나 공천(公賤) 출신이었다.

아니, 요전에 옳지….”

하더니 벌떡 일어나서 의관을 고쳐 입고 대청으로 나가서 한참 바라보다가 발바닥으로 뛰어 내려가서 코가 땅에 닿도록 고개를 숙이고,

“어서 올라가시지요. 이처럼 행사하시는데 진작에 알지 못해서 마중을 못 하옵고 죄송하옵기 한량없사오니 용서하십시오….”

“무엇 마중이야? 어찌 알고 마중까지 하리. 그런데 내가 이렇게 온 것은 좀 물어볼 일이 있어 왔으니….”

“예. 어서 올라가서 분부를 내리시지요. 이놈들 썩 모셔라. 왜들 이렇게 비슬비슬하고들 섰느냐?”

한마디 호령에 사령배들은 무슨 영문인지는 모르나 어쨌든 원님이 이처럼 쩔쩔매는 것을 보니 단단히 경은 쳤다 싶어서 어쩔 줄을 모르고 비슬비슬할 뿐이었다. 대군은 한참 즐겁게 놀던 원의 얼굴을 곁눈으로 흘겨보시더니,

“모처럼 예까지 왔으니 하룻밤 폐를 끼칠 수밖에. 자- 주인이 먼저 올라가야지….”

“황송하올시다. 어서 올라옵소서….”

매우 정신을 차리는 모양이었다. 혀가 꼬부라져서 말끝을 잘못 여물리는 원이 동헌으로 올라가서 마루에 자리를 정하시게 하려는 것을 대군은 부득이 방으로 들어가시며,

"어- 마침 잘 되었구먼. 내 객지에 오래 다니느라고 맛 좋은 술을 오래 못 먹더니 오늘이야 참 좋은 술 한 잔 먹어야지."

"예. 황송한 말씀이십니다…."

"예. 이 고을 토반으로 점잖이 지내는 박 생원이올시다. 그리고 그 친척 되는…."

채 말을 맺기 전에 대군은 박준식을 흘겨보더니,

"얘 봉아 범아, 네 이놈들을 끌어 내려라…."

"예잇."

소리와 함께 봉이 범이가 선뜻 달려들더니 박준식을 비롯하여 줄 둘러앉은 사람들을 마치 매가 참새를 채 가듯이 덜미를 잡아 뜰 아래로 내려 꿇리고,

"이놈들, 어느 존전이라고 의연히 앉아 있어. 그리고 죽일 놈, 아니, 쉬…."

대군은 엄연한 말씀으로 원을 내려보시며,

"말 들어라. 원이란 것은 목민지관이야. 백성에게는 부모와 다름이 없거든 저- 불량한 놈과 주축이 되어 무고한 백성을 괴롭게 하는 것은 무엇이냐."

"예. 황송하온 처분이시나 무슨 말씀이온지 알지 못하겠사외다…."

"무어야? 모른다면 가만있거라…."

영창을 벼락같이 열어젖히시며,

"얘 봉아 범아, 그놈의 행위를 일일이 자복시켜라."

"이놈아! 너 장터거리 장 영감 딸을 억탈하려다가 도리어 무고한 장 영감을 잡아 가두었지. 이놈아, 바로 아뢰어라! 아, 그래도 이놈이…."

박준식의 뺨을 봉이의 손바닥으로 한번 후려치는 바람에 박준식은 눈앞이 아찔해서 퍽 고꾸라지는 것을 다시 앉히며,

"이놈아! 그래, 선뜻 못 아뢰겠니? 이놈아, 죽지 말구 어서 아뢰어. 아, 그래도."

하며 또 범이가 손을 들어 치려 하니까 박준식이는 모든 일이 다 틀렸다 싶어서,

"예. 과연 죽을 때라 잘못했사오니 살려 주소서…."

하며 제 죄를 일일이 고백하였다. 원도 전혀 모르는 바는 아니나 박준식의 아첨과 관속의 꼬임에 빠져서 잘못인 줄은 알면서도 장 영감을 잡아 가두었던 것인데, 공교히 양녕 대군이 아시고 오신 이상 하는 수 없이 거짓 놀라는 체하며,

"무엇이 어쩌고 어째? 내가 이때껏 너를 점잖은 선비로만 알고 지내었더니 원 저런 괴악한 놈이 세상에 있단 말이냐. 네 그놈, 목에 칼 씌워 가두어라."

여기까지 말을 하다가 슬그머니 돌려 생각하기를,

'옳지, 잠자코 있다가 저 양반이 가신 뒤에 다 처치가 되겠지.'

하면서 아무 말이 없이 있었다. 대군께서는 다시 박준식을 내려다보시며 화기 있는 말씀으로,

"이놈, 들어 보아라. 내 말을 들으니 네 어른이 자수성가하여 지금은 넉넉한 살림이 되었을 뿐 아니라 동네 간에도 인심을 얻고 매우 점잖게 이름을 알려 놓았다는데, 너도 너희 어른을 본받아서 동네 어려운 사람들을 돌보아 가며 집안을 더욱 부하게 해서 조상에게도 영광을 돌리는 것이 사람 된 도리겠거늘. 이놈, 남의 처녀를 늑탈하느냐. 애매한 백성을 관장에게 무고해서 고생을 시킬 뿐 아니라 그 집안 가족들이 다 기사지경을 당하게 하고 동네 모든 사람의 원망을 듣게 하니, 그게 무슨 못된 놈의 일인고? 이후로 네가 마음을 고치겠는고."

"예. 황송하온 처분이올시다. 지금 처분을 듣사오니 참으로 부끄럽기 한량이 없사외다. 만 번 죽어도 아깝지 않사오나 그저 한 번만 용서하시면 차후로는 다시 그런 일 없이 지내겠사외다…."

"오냐. 네가 정히 그렇다 하면 그 장 영감에게는 어떻게 사과를 하려누…."

"예. 그저 하라시는 대로 하겠사오니 무슨 분부든지 내리시오면 그대로 하겠사외다…."

"오냐. 그러면 그 장 영감을 불러 줄 터이니 나 하라는 대로

해라."

　이 말씀을 들은 원은 벌써 옥지기를 불러 장 영감을 불러내었다. 끌려 나오는 장 영감은 여러 날 옥 중에서 고생을 한 끝이라 절뚝절뚝하며 나와 뜰에 엎드렸는데, 대군은 장 영감을 동헌 마루로 오르게 하시고 박준식으로 하여금 뜰에 엎드려 사죄를 톡톡히 하게 하신 뒤에, 그동안 고통받은 대상으로 베 열 섬을 주도록 하시고 다시 원에게 주의를 단단히 시키셨다. 그러고 나서 그 밤으로 길을 떠나시려다가 원의 간절히 만류하는 것을 떨치지 못해서 동헌에서 하룻밤을 지내시기로 하셨다. 이 소문을 들은 온양 백성들은 대군의 은혜를 백골난망이라 해서 만수무강하시라는 소리가 밤새도록 그치지 않았다.

　그 이튿날 대군은 봉이 범이를 앞세우고 길을 떠나시는데, 해 질 녘에 예산읍에 들어가서 어떠한 마방집에 들어가서 전과 같이 팔도 사람 모인 봉놋방에 드셨는데, 거기는 전라도 사람과 경상도 사람이 들어서 저녁을 맞은 뒤에 이런 얘기 저런 얘기 하다가 경상도 사람이 뚝뚝한 목소리로,

　"이야 이 사람, 무하는고? 전라도란 산천이 웅장치 않아서 사람들이 저리 간사하다누…."

　전라도 사람이 그 말을 듣고는 화를 버럭 내며,

　"그 무시라? 경상도는 산천이 웅장해서 네놈같이 뚝뚝한가베…."

"이놈이 무어라 하누? 뚝뚝이라고. 무슨 말인고 네놈 키. 양반이야 우리 경상도지. 네놈의 전라도야 간사한 쌍놈이지. 메인고. 그래, 말해 보아라….."

이렇게 한참 동안 주고받고 하더니 경상도와 전라도가 두 패로 나누어서 한바탕 편싸움이 시작되게 되어서,

"이놈, 그래. 양반 새끼 놈 나오너라….."

"오냐. 이놈의 전라도 새끼 나오너라….."

몽둥이를 들고나오는 자, 목침을 들고 뛰어나가는 자로 이 마방집은 별안간 일대 수라장을 이루게 되자, 대군은 처음부터 빙그레 웃으시며 구경만 하시다가 일이 이처럼 벌어지게 되니까 봉이 범이를 시켜 두 패를 이편저편에 앉혀 놓으시고,

"자- 이 사람들아, 젊은 열기를 그 변변치 못한 일로 싸워서 쓰나. 자- 말 들어 보소. 경상도는 어느 나라며, 전라도는 어느 나라인고? 전라도나 경상도나 모두 우리 조선 땅이 아닌가. 그러면 전라도 사람도 조선 사람, 경상도 사람도 조선 사람이야. 그리고 양반, 상놈으로 말하더래도 사람이 잘나서 공부를 잘하여 문과에나 무과에나 장원 급제를 하여 벼슬해 가지고 백성 다스리는 법이 도저한 사람이면 양반이라 하겠고, 또 그렇게 되지 못하여 장사를 하거나 농사를 하거나 하는 사람이면 상사람이라 하겠지만 상사람이라고 양반만 못한 것이 아니여. 양반이 되어 나랏일을 하는 데는 백성이

다 훌륭하게 되어야 양반 노릇도 하는 것이지. 백성이 없으면 양반이 어찌 있을 수 있나? 그렇지!"

"예. 참 그렇소이다. 그 말씀이 옳은 말씀이오. 그렇고말고. 양반만 있으면 나라를 어떻게 다스려? 아- 이놈, 그렇게나 몰라. 예이 못난 놈….."

하고 또 달려들려 하는 것을 봉이가 꽉 눌러 앉히고 대군께서는 다시 말씀을 이어,

"이 사람들, 말 들어 보소. 그리고 사람이란 그렇게 쓸데없는 일에 불끈불끈 싸우려 드는 것은 소위 만용이라고 짐승들과 다름이 없단 말이야. 자- 봉아, 저 주인 불러서 술이나 가져오라 해라. 화해로 술들이나 한 잔씩 먹자."

대군은 까닭도 없이 술을 한턱내시고 사람들은 좋아서 아까 싸우던 것은 언제 그랬더냐 하는 듯이 술들을 마시고 나서,

"이것은 웬일이셔요. 참 고맙소이다. 잘 먹었소다. 여- 우리 또 한번들 다투어 보세. 술이나 또 한 잔씩 얻어먹게…."

이리하여 그 방안은 별안간 화기가 가득 차서 깔깔 웃는 소리가 야단이었다. 그럭저럭하는 사이에 밤이 깊어서 다들 누워서 코를 드렁드렁 골고 정신없이 자는데 어디서 나는 소리인지,

"어- 이놈, 어디 견뎌 보아. 내 앞에서야 네가 어찌 꿈쩍하리.

허— 그래도 그놈이 묘법한 놈이로군. 아서라, 맹자견양혜왕[51]하신데… 학이시습지면 불역열호[52]아… 관관저귀 재하지주[53]로다… 원형이정은 천도지상[54]이오….”

이렇게 중얼거리는 소리가 어린 사람의 목소리 같은데, 그 하는 말은 낫살이나 먹은 점잖은 사람의 말소리 같고, 또 글을 외우는 것은 글자나 배운 사람 같은데 『맹자』를 읽었다, 『논어』를 읽었다, 『시전』을 읽었다, 『주역』을 읽었다, 도무지 종잡을 수가 없이 하는 것이 괴상했다. 문을 열고 나가셔서 그 소리 나는 곳을 찾아가 들어 보신즉 과연 그 지껄이는 소리가 성한 사람 같지 않아서,

“허, 그것 괴상하다. 그 음성은 젊은 사람 같은데, 그것 가엾은 일이다….”

이처럼 혼자 생각하시다가 밤이 매우 깊은 터라 그냥 방으로 들어가 주무시고, 그 이튿날 아침에 주인을 불러서,

---

51 맹자견양혜왕(孟子見梁惠王): 맹자가 위나라 양혜왕을 만난 이야기로, 『맹자』 1장 1편에 수록된 첫 구절이다.

52 학이시습지(學而時習之)면 不亦說乎(불역열호): ‘배우고 그것을 때때로 익히니 기쁘지 않겠는가’라는 의미로, 『논어』의 첫머리로 잘 알려진 구절이다.

53 관관저귀(關關雎鳩) 재하지주(在河之洲): 『시경(詩經)』 국풍(國風)에 수록된 「주남(周南)」의 첫 구절이다.

54 원형이정(元亨利貞) 천도지상(天道之常): ‘원·형·이·정은 천도의 떳떳함이고’라는 의미로, 『소학(小學)』의 서문 글귀이다.

"여— 어젯밤에 저편에서 웬 사람이 횡설수설하는 소리가 들리니 그 누가 그러노⋯."

"예. 그것으로 해서 큰 걱정이외다. 그것이 제 자식 놈인데 어려서는 매우 똑똑하다구 남들도 칭찬을 하고 해서, 저는 팔자가 이 모양이지요마는 그만큼 똑똑한 자식을 가르쳐 보지도 못하면 원통할 게라 글공부를 시켰습지요. 그래, 지금이 나이 스물둘이올시다. 그런데 제법 공부를 많이 했사와요⋯."

"그래, 그런데 어째 그렇게 되었어⋯."

"예. 글쎄 말씀이에요. 작년부터 과거를 보러 간다고 좋아하더니만 작년 봄인가 봅니다. 어느 날 산 너머 화엄사라는 절이 있는데 거기 중이 와서 그 애하고 글 이야기를 한참 하고 가더니 그 중이 그 후에 넌지시 나를 보고 말을 하되, 그 애가 주역을 읽다가 미쳤으니 불공을 잘 드려야 한다고 하기에 어디 미쳤느냐고 한즉 자세히 두고 보라면서 그만 가 버렸사와요. 그런데 그날부터 그 애가 혼자 중얼중얼하기 시작했어요. 그러더니 차차차 심해져서 지금은 애비 어미도 몰라보고 야단이외다. 그래서 큰 걱정으로 지낸답니다⋯."

"그래, 그것 이상한데. 가만있자⋯. 그러면 밖으로 뛰어나오지는 않는가?"

"무엇 그렇게 뛰어나가거나 그렇지는 않구요. 그저 혼자 중얼거리다가는 혼자 호령을 하고 야단이에요⋯."

"그러면 그게 무슨 요물이 씐 것이야. 내가 한번 봐 주지…."

"참 고마운 말씀이외다. 그러나 손님께서 또 어떤 봉변을 당하시면 어쩌나 염려외다…."

"아니, 그건 걱정 마라. 내가 보면 알지…. 자- 어디 있노? 가보자구. 애 봉아, 너희도 가 구경 안 하련?"

"왜요. 갑지요…."

이리하여 대군은 주인의 안내로 주인 아들을 만나 보시게 되었는데, 얼굴도 희끔하게 잘생긴 청년이 가엾게도 눈이 멀게 가지고 끄덕끄덕하면서,

"에- 이놈, 그래도 내 앞에 온단 말인고? 이놈, 괴이한 놈. 썩물러가! 에- 괴이한 놈들…."

대군은 한참 동안 바라보시다가,

"이놈, 네가 무엇이냐…."

"허- 내야 대 선생님이지, 무엇이야. 너는 이놈, 누구냐?"

"오- 나는 학자님이다…."

"학자님, 그럼 글자나 배웠구나…."

"오냐. 너는 대 선생님이라니 내가 묻는 것을 다 알겠지."

"흥, 그럼. 대 선생님이 무엇을 모를고…."

"그러면 내가 묻는 말에 선뜻 대답하렷다…."

"그래. 무엇이든지 물어보아…."

"이놈아, 아니 대 선생님이 『주역』에 갈지(之)자가 몇 자나 있는지 아니?"

"가만있자. 갈지자, 갈지자…."

"이놈, 네가 대 선생이라며. 그것을 몰라? 얼른 대라…."

"가만있어. 갈지자…."

"가만이가 무엇이야. 네 이놈, 이것을 모르면 내가 너를 죽일 터이야…."

"아니야. 가만있어. 갈지자…."

"아니가 무엇이야. 선뜻 대어라. 얘 봉아, 저 몽둥이 하나 가져오너라…."

"아서, 아서. 내 말할 테야…."

"어서 해 보아. 어서어서…."

"조금만 참아…."

"안 된다. 그 몽둥이 이리 내라…."

"에고, 조금만 참아…."

"조금만이 무엇이냐…."

"가만있어. 지금 댈게…."

"그래, 어서 말해라…."

"아니야…. 갈지, 갈지…."

이때에 대군은 몽둥이로 그자의 어깨를 내리치시며,

"이놈! 네가 어디라고 사불범정[55]인데 이런 짓을 해? 썩 물러 가거라. 천리만리로 소멸 소멸…."

하시니까 그 청년은 그만 벌떡 자빠지더니 한참 동안 정신을 잃고 누웠다가 얼마 만에 휘- 한숨을 내어 쉬더니 눈을 떠서 휘휘 둘러보다가,

"에구, 아버지. 이게 웬일이에요?"

"오냐. 애비를 알아보니…."

"아버지, 그게 무슨 말씀이에요?"

"오냐. 정신 차려라…."

"예…."

하고는 다시 드러누워 잠이 드는 모양이었다. 대군은 주인더러,

"자, 인제는 약 첩이나 먹이면 될 것이니 염려 마소…."

"예. 고맙습니다. 그런데 인제는 아무 일 없을까요…."

"아무 일 없고말고…."

"그럼 약은 무슨 약을 쓸까요…."

이렇게 그 청년을 고치신 뒤에 봉이에게 편지를 써 주어서 원에게 보내셨다. 원은 깜짝 놀라서 대군에게 나와 뵙고 그 사유를 자세히 들은 뒤에 화엄사 중을 잡아다 엄문한 결과, 그 중은 잡술

---

55 사불범정(邪不犯正): 바르지 못하고 요사스러운 것이 바른 것을 건드리지 못함. 곧 정의가 반드시 이김을 이르는 말이다.

을 하는 자로 이렇게 여러 사람을 미치게 해 가지고 불공을 드리게
해서 어리석은 사람들의 재물을 뺏어 먹은 자인 것을 알게 되었다.

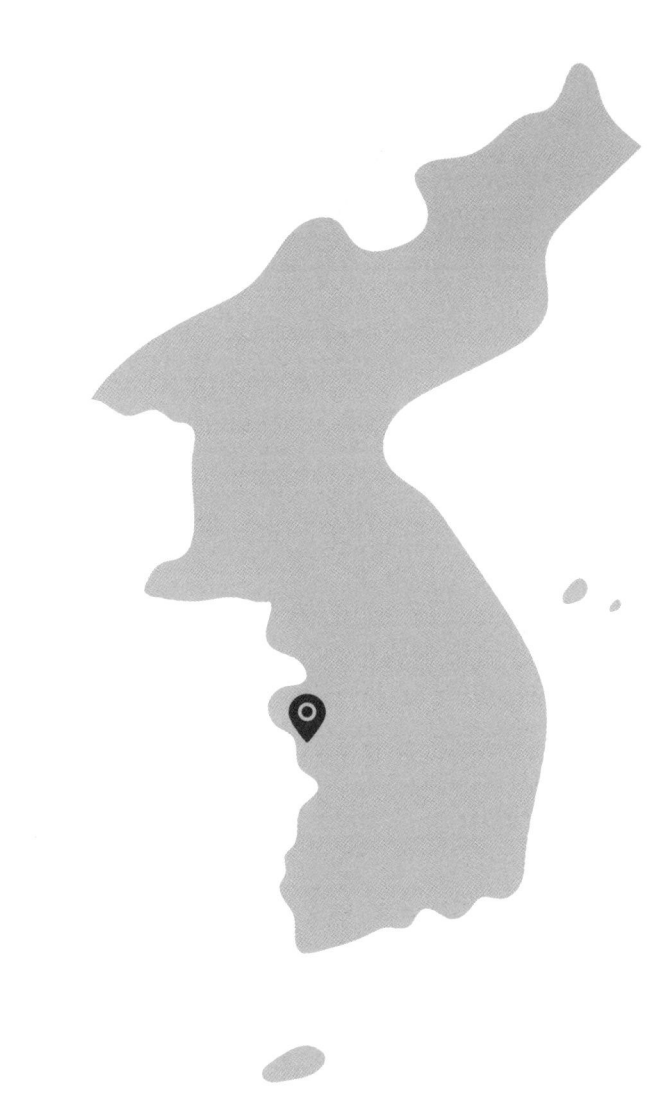

〔충청도 광천〕

대군은 예산을 떠나서 다시 봉이 범이와 함께 이런 이야기 저런 이야기로 천천히 걸어가시려니까 뒤에서 누구인지,

"여보시오, 노인장. 잠깐 지체하시게요. 같이 동행하십시다…."

하며 숨이 턱에 닿아서 헐레벌떡거리고 쫓아오는 사람이 있었다. 자세히 바라보니 나이는 한 오십 되어 보이고 조그마한 괴나리봇짐에 발감개를 거뜬하게 한 것이, 의복이라든지 망건을 도토리같이 쓴 것이 그리 이상해 보이지는 않는 터라 대군께서 걸음을 멈추시고 한참 기다렸다. 그 사람이 앞에 당도하자,

"그 누구요? 댁은 어째서 이리 급히 쫓아오시지요? 무슨 일로."

"네. 가만히 계십쇼. 어찌 급히 왔던지 숨이 가빠서 말씀을 못하겠소이다…. 그런데 어저께 묵으시던 마방집에 저도 묵었습니다. 오늘 이렇게 급히 떠나실 줄은 모르고 천천히 차리고 있었습지요. 그랬더니 벌써 길을 떠나셨다고 해서 이렇게 달음질을 해서 쫓아왔소이다…."

"하아, 그랬습니까. 그런데 대관절 어째서 급히 쫓아왔습니까…."

"예. 차차 말씀합지요. 그러나, 이렇게 서 계셔서 되겠습니까. 천천히 가시면서 말씀 들으시지요. 그런데 노인장께서는 어디로 가시는 길이옵니까…."

"뭐, 나는 별로 정처가 없이 산천 구경을 다니는 터요…."

"네. 그러세요. 그러면 더욱 좋습니다. 저는 광천이라는 데 있습니다. 그런데 우리 주인이 성은 조 씨이지요. 지금 연치도 육십이 다 되었습니다. 그래서 지금은 앞이 훨씬 펴서 장사하던 것을 다 일 보던 사람들에게 맡기고 자기는 산천 구경이나 다녔으면 좋겠다고 늘 말씀을 합지요. 그러나 마땅한 동행이 없어 못 나선답니다. 노인장을 잠깐 뵈어도 참 점잖으신데, 또 우리 주인도 사람이 대단히 좋답니다. 괜찮으시면 저의 사는 곳까지 함께 가셨다가 같이 좀 다니시면 어떨까요. 또 광천도 저의 사는 데라 그런 것이 아니라 요사이 참 철엽[56]이나 하고 노시면 놀 만한 데올시다."

"허- 그것 좋은 말이오. 나도 서울서 글자나 읽다가 인제는 나이도 많고 별로 볼일도 없는 터라 내 제자 두 사람을 데리고 나서서 예까지 왔는데, 그런 동무가 있다 하면 얼마나 좋은 일이겠소. 그래, 광천이 예서 얼마나 되오…."

"네. 이수(里數)로는 한 80리나 될 것입니다마는 천천히 가시다가 홍주서 묵으시고 내일 일찌감치 광천으로 가시면 과하게 가쁘지 않고 좋을 겝니다…."

"아- 그래. 그러면 그리하지. 얘들아, 너희 마음이 어떠냐? 너

---

56 철엽: 마을 주위 경관 좋은 장소에서 마을 사람들이 모여 풍류를 즐기던 풍습을 의미한다.

희가 싫증이 나면 되겠니….”

“원, 황송한 말씀이지요. 저희야 하라시는 대로 합지요. 다른
뜻이 있을 리가 있습니까….”

“오냐. 그럼 그리하자. 아, 이것 봐. 그런데 우리 인사나 합시
다. 누가 누구인지나 알아야지. 함께 동행을 하면서 피차에 누구인
줄도 몰라서 쓰겠소….”

“예. 참 제가 불민하게 되었습니다. 제 성은 김가올시다.”

“오- 김 서방이야. 나는 서울 사는 이 첨지요.”

“예. 그러셔요. 저 양반들은 뉘 댁이시오….”

“예. 댁이랄 게 있습니까. 저는 봉이라 부르고, 저 사람은 범
이라 부릅니다….”

“아, 그리시오. 그러면 두 분이 다 장가들기 전이로구료….”

“그렇다오. 내가 가르치던 제자 애들인데, 대가리들이 커다
란 것을 평발로 데리고 다니기가 무엇해서 머리를 올려 주었지요.
자- 이것도 무슨 인연인지 모르나 그 어디 참한 데 있거든 장가나
좀 들게 중신이나 좀 들어 주오, 김 서방….”

“그것 좋은 말씀이지요. 무엇 어려울 게 있습니까? 차차 해 봅
지요. 그런데 노인장 어제저녁에 그 미친 사람을 대번에 고쳐 놓으
시니 그 무슨 법이 있습니까….”

“법이란 무슨 법이 있겠소? 그저 사불범정이라니 못된 잡귀들

이란 항상 중정이 허한[57] 사람에게 붙는 것이라 조금 정당한 사람을 만나면 곧 쫓겨 가는 것이지, 별 법이 어디 있겠소….”

“그럼 『주역』 가운데 갈지자가 몇 자냐고 물으셨지요.”

“음, 그랬지….”

“그래서 『주역』 가운데 갈지자가 몇 자인지 아십니까? 그것을 세어 보셨던가요….”

“그건 나도 모르지. 『주역』 가운데 갈지자가 몇 자인지 그것을 누가 세어 보겠소….”

“그럼 어떻게 그것을 물어보셨던가요….”

“그야, 내가 알고 물은 것이 아니지. 원래 잡귀들이란 남의 마음에 생각하는 것이면 그것을 잘 아는 법이오. 오히려 내가 아는 것을 물어보았다가는 탈이지. 선뜻 알아내고 되돌아 내게 물으면 그야말로 내가 혼나게 되는 것이오. 그래서 내가 모르는 것을 함부로 물어 가지고 그것을 몰라서 주저주저할 때에 바싹 여기서 재촉을 하면 제가 못 견디어서 쫓겨나는 것이오….”

“네. 그래요. 참 노인장께서는 훌륭한 학자님이십니다. 우리 주인이 그 말씀을 들으면 대단히 반가워할 겁니다.”

이리하여 어느덧 홍주에 이르러 그날 밤을 지내신 대군 일행은

---

57 중정이 허하다: (사람이) 됨됨이가 다부진 데가 없이 얼뜨다.

그 이튿날 광천에 당도하시자 조 부자 집에서는 김 서방의 선통으로 대군을 반갑게 맞아 상빈으로 대접하는 동시에 그 근처에서는,

"서울 사는 훌륭한 양반이 오셨단다…. 미친 사람을 단번에 고쳐 낸 의원이 왔다더라…."

"유명한 학자님이 왔다더라."

이와 같이 떠들썩하게 되어 며칠 동안 큼직한 구경거리가 되어서 조 부자 집 안팎은 무슨 대소상이나 혼인 잔치를 지내는 집같이 떠들썩했다. 대군께서는 이렇게 여러 사람이 들르는 것을 즐겨 하시는 터라 누구를 대하시든지 어린애나 어른이나 늙은이나 젊은이나 그저 빙글빙글 웃으시는 빛으로 대하시니까 모두 좋아서 대군 계신 처소를 둘러싸고들 야단이었다.

그래서 주인 조 부자도 미안히 생각하고 하인들을 시켜 그 사람들을 여러 번 내쫓으려 하였으되, 어느 틈에 또 모여들어서 사람들이 조금도 물러가지 않은 지 3, 4일이나 되었다. 대군이 광천에 당도하신 지 닷새 되던 날은 주인이 그 동리 모모한[58] 사람들과 철엽을 굉장히 차리고 놀게 되었는데, 때는 그럭저럭 유월 중순이라 넓은 냇가에 맑은 바람은 참으로 상쾌하기 한량없는 좋은 때였다. 조 부자의 기구로 만반 준비를 정성껏 해 놓은 자리에 앉으신

---

58 모모(某某)한: 아무아무라고 손꼽을 만한. 또는 그만큼 저명하다.

대군은 마음이 매우 기쁨을 이기지 못하셨다. 점심 후 얼마쯤 주기를 띄운 대군은,

　　"허– 참 시원하구 철엽도 좋거니와 탁족을 좀 할까 말이야…."

　　"아– 그것도 좋습지요. 그러나 지금도 시축들을 쓰는 모양이온데, 좀 끊어 주시고 서서히 석양이 되거든 탁족을 하시지. 방금 한창 더위가 심한 때가 아니옵니까."

　　이처럼 만류하는 조 부자와 그의 여러 손의 말을 안 들으시고,

　　"아니, 잠깐 탁족을 좀 하고 나도 한 수 써야지. 아따, 저 아이들 헤엄치는 것이 어찌도 시원해 보이는지…. 잠깐 내 다녀오리라. 여러분들은 다들 써 놓으시지요…."

　　대군은 일변 버선을 벗으시고 발바닥으로 모래밭을 지나 아이들이 헤엄치고 노는 데로 가셔서 물가에 들어앉았다. 대군은 어찌도 마음이 상쾌하셨던지, 어느 사이에 아이들 노는 곳으로 가신 줄도 모르게 아이들 노는 곳으로 가시다가, 물이 차차 허리를 넘고 발 밑에 모래는 점점 뭉그러지자 물에 익지 못하신 대군의 몸이 뚝 뜨면서 그만 깊은 물 속으로 풍덩 빠지는 동시에 대군은 새로 정신을 가다듬어 바닥을 디디려고 애를 쓰셨으나 물의 흐르는 힘은 조금도 주저함 없이 대군을 떼어 한없이 흐르기만 하였다. 헤엄치고 놀던 아이들은 저희 노는 데만 즐거워 누가 오는지도 가는지도 모르고 놀다가 그중 한 아이가,

"얘들아, 사람 빠졌다. 얘, 저기 봐라. 지금 목욕하던 이다. 저- 조, 조 부자 집에 왔다던 서울 손님이다. 빨리 가서 일러라!"

이렇게 떠들썩하는 소리에 봉이 범이가 한참 정신없이 글들을 쓰며 콧노래들을 하기에 정신없는 사람들을 번갈아 쳐다보며 앉아 있다가 얼핏 귓결에,

"여보시우들! 사람 빠졌소. 저 서울 손님이 물에 빠졌소! 어서들 나오시우⋯."

하고 떠드는 아이들 소리를 듣고 깜짝 놀라서 튀어나와 사면을 휘휘 둘러보니 과연 대군이 보이지 아니하므로,

"어- 이것, 큰일 났네. 어디로 가셨어. 여보게, 봉이, 어쩌나. 그런데 어디서 빠지셨을까. 얘들아, 그 어른이 어디서 빠지셨니⋯."

"저기, 저기예요. 저기서 미역을 감다가 풍덩 빠졌어요⋯."

"이것 큰일 났네. 우리 벗고 들어가 보세⋯."

"아니야. 우리가 들어가면 어쩌나? 헤엄도 칠 줄 모르는데⋯."

이처럼 떠들기만 하고 어찌할 줄을 모르는데, 조 부자는 여러 사람을 재촉해서 헤엄칠 줄 아는 사람들을 물에 들여보내 봤으나, 어디까지 흘러가셨는지 광천내 아래에는 도무지 보이지 않을 뿐 아니라 상아대를 들고 웬만큼 깊은 곳까지 찾아봤으나 대군의 시체도 찾을 수가 없어서 봉이 범이는 모래밭에 주저앉아 어린애처럼 엉엉 목을 놓아 울었다.

조 부자는 하도 어이가 없어 철엽 노름인지 무엇인지 시축인지 무엇인지 모두 내던지고 김 서방을 시켜 사람들을 두 패에 나누어 가지고 한패는 건너편 언덕으로, 또 한패는 이편으로 물 흐르는 길을 따라서 어디까지든지 찾아보도록 웬만한 젊은 사람들을 총출동시켰다. 물론, 범이 봉이도 이편저편으로 갈라서 여러 사람과 함께 대군을 찾으러 나섰다.

대군은 얼마쯤인지 물 흐르는 대로 떠내려가다 별안간 시꺼먼 무엇인지 꿈틀하며 뭉클한 무엇이 대군의 허리를 감아 걸고 쏜살같이 가더니 어떠한 바위 밑 큰 굴로 들어가서 곱게 대군을 내려놓았다. 대군은 그때까지 어렴풋이 정신을 차리셔서 그 무엇인지가 허리를 감아 끌고 가는 것을 아셨는데, 바위 밑 굴속으로 들어와서는 그만 정신을 잃고 혼몽 세계를 방황하시다가 차차 정신이 들기 시작하자 무엇인지 쓰디쓴 물이 목으로 넘어가고 무슨 축축한 것이 입술에 닿는 것 같아서 눈을 떠 자세히 살펴보시니 두 눈이 샛별 같고 목덜미가 절구통만 한 대망(大蟒)이 무슨 풀잎을 질겅질겅 씹어서는 대군의 입에다 흘려 넣는 것이 분명하였다.

대군은 몸에 소름이 돋으며 징글징글하다는 생각도 없지 않으셨으나, 그 하는 동작이 결코 대군을 해하려는 것이 아니었다. 도리어 위험한 중에 하마터면 대군은 다시 이 세상을 보지 못하실 뻔한 것을 비록 짐승이긴 하나 대군의 몸을 물속에서 건져서 정신이 회복될 때까지 흘려 넣는 것이 심상찮은 일이어서 대군은 천천히 일어나 앉으시며 사람에게 대하여 말씀하시는 듯이,

"오- 참으로 신기한 일을 내가 당하는구나. 네가 비록 짐승이로되, 저만큼 몸이 큰 것을 보니 아마도 미구(未久)에 용이 될 것이오. 또 나와 무슨 인연이 있었는지는 모르겠으되 내 죽을 것을 살려 주니 나는 네 은혜를 어찌 갚을지 모르겠다. 또 네가 사람의 말을 듣지도 못하려니와, 또한 네가 말을 못 하니 무슨 뜻이 있은들 어찌 내게 알릴 수 있으랴? 어쨌든지 나는 네가 아무쪼록 속히 겁을 벗어 용이 되기를 마음으로 축수할 뿐이다….”

이 말씀을 고개를 기울여 듣던 그 대망은 그 말뜻을 알아들었는지 눈물을 뚝뚝 흘리면서 고개를 몇 번 끄덕끄덕하더니 스르륵 몸을 움직여 물속으로 들어가는데, 몸의 굵기는 두어 아름이나 되고 길이는 한 20척가량이나 되어 보이며, 손뼉 같은 비늘이 눈이 부시게 번쩍번쩍하는 것이 아무래도 용이 다 된 것같이 보였다.

대군은 한참 동안 정신없이 그 대망의 일을 생각하시다가,

"허- 참, 이상한 일이다. 옳지, 그 짐승이 그만큼 큰 것을 보니 미물의 짐승과는 다를 것이다마는, 나를 꼭 살린 것은 아무리 생각해도 신기한 일이야…. 오- 내가 이렇게 정신없이 앉아서 되었나? 그 사람들이 아마 매우 걱정들을 할 터인데….”

하시며 굴 밖으로 막 나오시려니까 웬 사람이 머리를 잔뜩 동이고 손에는 무쇠 장갑을 끼고 어슬렁어슬렁 오면서,

"이런 제기랄 것! 이놈의 이무기가 인젠 거즌 다 되었을 터인데."

이와 같이 홀로 중얼거리며 바위 밑 웅덩이 물로 뛰어들려 하는 거동이 암만해도 아까 대군을 위태한 곳에서 살려낸 대망 아니, 용을 잡으려 하는 모양이었다. 대군은 깜짝 놀라는 마음으로,

"여보시오! 댁은 누군지 모르겠소만 무엇을 잡으려고 그렇게 서두르는고?"

힐끗 쳐다보는 눈망울이 매우 험상궂게 보이는 그자도 역시 얼굴빛이 변하며 얼마쯤 놀라는 기색으로,

"아! 영감님은 누구신데 여기를 어째서 오셨소이까? 여기는 여러 천년 묵은 이무기가 있어서 가끔 사람을 상하게 하는 용소인데, 영감님 모르고 오셨지요? 어서 빨리 저 위로 가시지요…."

"음! 여기가 용소란 데요? 하- 그러면 내가 용의 덕으로 살아났으니 내 말대로 그 용을 잡지 마소…."

"하하하하. 그 용을 잡으려고 몇 해째 몹시 고생하였는데요. 아마 거즌 다 되었을 것이오…."

하며 금방 물로 뛰어들 작정인 모습이었다. 대군은 그 사람 옆으로 가까이 가서,

"여보시오, 내 말 좀 들으시오. 그래, 그 용을 잡으면 무엇에 쓴

단 말이오? 아마 먹지도 못할 테지….”

“아! 그럼요. 먹기를 누가 먹어요. 진주를 뽑아 팔지요….”

“오, 진주를 뽑으면 얼마치나 되오?”

“그것 알 수 없지요. 작년에 들어가 보니까 조금 될 되었습니다. 아마 지금쯤은 거의 다 되었을 테니까 아마 잘하면 돈백이나 될 겝니다….”

“그래. 그러면 여보시오, 그 용을 내가 살 테니 내게 팔구료. 애를 써서 잡을 것 없이….”

“아- 영감님이 사셔요? 그럼 사시지요….”

“자- 내가 돈 천 냥만 줄까….”

“원, 망령된 말씀이지, 천 냥이라니요? 돈 천 냥이면 하늘이 아는 재물인데 천 냥을 주시다니요….”

“아- 그러면 적단 말이오?”

“글쎄, 적다니요. 그렇게 많은 돈을 주신다니까 진짜로 들리지를 않아요….”

“허- 그게 무슨 말인고. 진짜로 안 들리다니, 그러면 점잖은 이 내가 거짓말을 할라구?”

“예. 황송하외다. 그럼 천 냥을 정말 주실 터예요?”

“정말이지. 거짓말을 왜 하리….”

“그럼 하랍시는 대로 하지요….”

"그리고 이후부터는 이 용을 다시는 건드리지 말아야지."

"암만이라도 다시 건드리지 않습지요. 그러나 사람을 가끔 상하게 하는데 그것은 어찌할 것인가요…."

"그것은 염려 말아. 내가 할 도리가 있으니…."

"어찌하시려는지 모르나 그놈의 짐승이 영 흉측한 짐승이라 물속에 가만히 잠겨 있다가도 비 오는 날이나 안개 낀 날이면 어느 틈에 나오는지, 나와서는 어린애를 물어 들어가 잡아먹기를 여러 번 했지요. 그래서 내가 그 말을 듣고는 저 동해에서 이무기 사냥을 하다가 여기 와서 지금 삼 년째 묵고 있소이다…."

"아- 그렇소. 그러면 내가 한번 시험을 해 볼 터이니 아무 염려 말고 구경만 하소…."

대군은 그 소를 내려다보시며 사람에게 훈계하시듯이,

"얘, 들어 보아라. 네가 비록 짐승이나 여러 천년 겁을 벗으려고 사람으로 이르면 도를 닦고 있는 터인데, 어찌하여 만물 중에 가장 귀한 사람을 해하였는고? 내가 은혜를 갚고자 하여 너를 해코지하는 이 사람에게 값을 주어 너를 사기로 하였으니, 이후로는 다시 사람을 상하게 하지 말지어다."

이 말씀이 막 끝나자 그 소의 물결이 출렁거리며 무시무시한 용의 잔등이 물 밖으로 나타나며 조금 있다가 용의 머리가 나오더니 대군을 향하여 고개를 꾸벅꾸벅하며 눈물을 흘리는 형용이 마치,

'네! 알았습니다. 이후로는 결코 사람을 상하게 하지 않겠소이다….'

하는 듯이 한참 동안 있다가 곱게 물속으로 가라앉아 버렸다. 이무기 사냥꾼도 이상하게 생각하였는지 아무 말도 없이 그 형용을 바라보더니,

"영감님! 영감님은 이 세상 사람이 아니시오. 하늘 신선이십니다. 하– 참으로 몰라뵈었지요. 저는 그만 물러가겠소이다…."

"아니, 그게 무슨 말인고? 내가 한번 말한 돈을 줄 터이니 나하고 저 광천 조 부자 집으로 가세…."

"아니올시다. 저렇게 큰 짐승이 눈물을 흘리며 무엇을 아는 듯이 영감님 말씀을 듣는 듯하니, 저희가 아무리 무지한 생애를 사는 놈이기로 신선 같으신 영감님께 돈을 받다니요. 죄로 갈 것이외다. 그만두셔요. 아니에요. 그만 가셔요…."

"아니, 그러지 말고 가세. 내가 대관절 길을 모르네. 내게 길 좀 가르쳐 주소…."

"네. 그거는 그렇게 합지요. 이리 오셔요. 그런데 여기서 조 부자 집을 가자면 한참인데, 걸어가시기가 어려우실걸요."

"아니야. 여보소, 그럴 것 없어. 천천히 걸어가지…."

이처럼 대군은 그 어부를 따라 막 언덕길을 오르시려니까 사람 한 떼가 몰려왔다. 그 가운데 조 부자도 있고, 봉이도 섞여 오다

가 일변 반가워하고, 일변 놀라는 빛으로 우선 한달음에 뛰어와서 대군의 곁을 부축하며 눈에 눈물이 그렁그렁하면서,

"아! 어떻게 예까지 오셨어요. 그런데 어찌 사셨네요."

"오냐. 다 너희가 염려한 덕에 살았다…."

조 부자와 김 서방 그 외의 여러 사람이 일시에 달려들어,

"원! 그런 변이 어디 있겠습니까? 그러나 어쨌든 불행 중 다행이지. 어찌나 놀라고 걱정을 했는지 모릅니다. 대관절 어찌 된 일이오리까?"

"하- 이것 너무도 여러 양반에게 걱정을 시켜서 미안하기 짝이 없소이다. 내야 내 잘못이지. 그러나 이번에는 하도 신기한 일을 당해서…. 그런데 범이는 어디 갔니?"

"예. 범이는 다른 사람들과 저편 길로 찾아옵니다. 아마 미구에 뵐 것이올시다…."

"그러면 우리 다 한데로 모여서 이야기하자…."

이리하여 대군과 조 부자, 그 외의 늙은이들은 가마를 불러 타고 젊은 사람들은 걸어서 철엽하던 곳으로 다시 모여 대군의 일장 지내신 이야기를 듣고 더욱 신기히 여기며 그 어부에게 돈 천 냥을 내주어 보냈다. 그날 늦게야 조 부자 집으로 들어가 저녁 놀이를 계속하는데, 모든 사람이 대군이 누구신 줄은 자세히 모르나, 그 말씀과 행동과 이번 일이 하도 신기하여 더욱 범연히 대접하지 못하

고 여간 훌륭한 양반이 아니신 줄은 말하지 않는 가운데 이심전심으로 다 알게 되었다.

전하는 말에 그 후 3년 되던 해, 여름 어느 비 오는 날 그 용소에서 용이 올라갔다 하여 근년까지도 그 소 이름을 용소라 한다. 그리하여 조 부자는 연일 잔치를 베풀어 대군을 대접하며 놀기를 그치지 않다가 하루는 저녁을 파한 후 대군이,

"여, 주인장. 우리 인제 고만 놉시다. 그리고 차차 어디 구경이나 가 봅시다. 이렇게 너무 폐를 끼치니 되겠소. 그리고 우리는 한 곳에 며칠씩 지내기가 너무 재미없소. 자– 내일은 우리 다른 곳으로 가겠소….."

"천만의 말씀이지. 폐야 무슨 폐가 됩니까? 아무리 해도 벽항궁촌이 되어서 음식이 입에 맞지 않은 일이 많으실 것 같지요. 요새 날도 덥고 하니, 조금 찬 바람이나 생기거든 천천히 떠나시지요…."

"아니, 그게 무슨 말이오. 벽항궁촌이 다 무엇이며, 또 날이 덥고 추운 것을 가리고 무슨 구경을 한단 말이오? 더운 때는 더운 경치가 있고, 추운 때는 추운 경치가 있지 않소? 별말 말고 내일은 어디 다른 곳으로 가 봅시다."

이렇게 조 부자 집 사랑에 마당에 화롯불이 휘황하고 마루에는 여러 손이 모여 주거니 받거니 재미있게 지껄이는 이때에 별안간 어떠한 여인 하나가 허둥지둥 들어오며,

"에구! 사람 살리셔요. 사람 죽소! 저, 서울 손님이 죽겠어요! 여기 계신 서울 양반 좀 가 보셔요…."

주인 조 부자가 마루 앞으로 나앉으며,

"아, 그 누구야. 오, 장거리 개똥네 아닌가? 그런데 서울 양반이 어떻길래…."

"아니라오. 그 백마 장군인지 하는 총각이 하필 오늘 밤에 들었지라오. 그런데 조금 전에 서울 손님 내외가 들어가서 쉬는데 그 총각이 술에 취해서 그 여자를 가지고 히야가시[59]를 했어라우(그때는 히야가시란 말이 없지마는). 그래서 그 서울 손님하고 시비가 되어서 암만해도 큰일 났소이다. 좀 가 보세요…."

이 말을 들은 조 부자는,

"허허. 큰일 났군. 아따, 그놈이 기운만 믿고 전후 못된 행리가 심한데 이 광천 바닥이란 데가 너무도 사람들이 못나서 그런 놈 버릇을 단단히 못 가르치고…. 응, 응…."

이런 말을 들은 범이 봉이는 가뜩이나 심심해 못 견디는 판이라,

'옳다. 인제야 심심파적거리가 생겼구나….'

하는 듯이 어느 구석에 숨소리도 없이 박혀 있다가 선뜻 뛰어

---

59 히야가시: 일본어 〈히야까시(冷かし, 冷やかし, ひやかし)에서 온 말로 '조롱, 희롱, 놀림, 집적댐, 물건을 사지도 않을 거면서 가격을 물어보거나 평가를 하는 것' 등을 의미한다.

나오며,

"주인어른, 그게 어떤 놈입니까? 웬만하면 저희가 가서 버릇을 좀 가르쳐 놓지요…."

조 부자는 손을 훼훼 내어 저으며,

"아니요. 가만히 계시오. 손님네들이 공연히 섣부르게 하다가 봉변이나 당하면 도리어 안 될 일이니, 무슨 좋은 도리를 생각해야 하겠소이다…."

"아니올시다. 그 염려는 조금도 마시고, 대관절 그자가 어떠한 놈이오? 단단히 버릇을 가르쳐도 관계없을지 그런 말씀이외다…."

"아ー 관계없고말고요. 그놈을 여기서 누가 때려 없앤다면 이 근처는 물론이요, 아마 우리 조선 남도 지방에서는 모든 사람이 춤을 출 것이외다…."

"가만히 계시오. 그러면 저희가 잠깐 갔다 오겠소이다…."

"아니, 여보시오, 말을 자세히 들으시오. 그자가 천하장사요, 말을 백 필씩 홀로 몰고 다니는 놈이라오. 사람이 못되고 악돌이[60] 놈이로되, 기운이 장사라서 모든 사람이 그놈에게 욕을 몹시 당하면서도 어찌하지 못한다우…."

"네. 알겠습니다. 여보게 범이, 자네는 여기 있게. 내 잠깐 갔

---

60 악돌이: 악을 쓰며 모질게 덤비기 잘하는 사람을 의미한다.

다 올 테니….”

“이것 왜 이래? 내가 갔다 옴세. 자네는 여기 있게. 그리고 우리 둘이 다 없으면 어쩌겠나….”

“그러게 말이야. 자네까지 가면 못 쓰네….”

이때까지 빙글빙글 웃으시며 바라보시던 대군께서는,

“얘 봉아, 내 염려는 말고 갈 테면 너희 둘이 가서 얼른 처치하고 오너라. 들어 보니 아마 단단히 버릇을 가르쳐야 할 게다. 그러나 조심들 해라. 내 항상 이르는 말을 명심해라….”

“네. 그저 버릇만 가르치지요. 그럼 범이, 같이 가세….”

“옳지, 인제 좀 무서운 생각이 나는 게로구나. 아무튼지 가세….”

이리하여 개똥이네라는 마방집 주인 여자를 따라 장거리로 한달음에 뛰어갔다.

그런데 이 광천 장거리 마방집에서 쉬다가 백마 장군이라는 총각에게 봉변을 당한 서울 손님이란 사람은 누구인고 하니 서울 옥동이란 곳에 사는 천인준이란 사람이었다. 어려서 부모를 여의고 근근이 자라서 나이 스물다섯이나 되어 어찌어찌 장가라고 들어서 두 내외가 지금 말로 하면 신혼여행 겸 충청도에 있는 외가를 갔다 오는 길에, 노자도 넉넉지 못한 데다가 시골길이 서툴러서 마방집에 들러 하룻밤을 지내게 되었는데 공교히 백마 장군을 만나서 큰 봉변을 당하게 된 것이다. 처음에 백마 장군이 말을 백여 필이나 몰아 마구간에 넣고는 방문을 풀썩 열고 들여다보니,

"허허허허. 그만하면 쓰겠는데. 오늘 술 한 잔 잘 먹어야지. 허허허허. 여, 색시 이리 좀 나와. 술 한 잔 부어 주소. 허허허허. 왜 대답이 없어? 그래도 그러거든, 이래 보여도 백마 장군이야. 허허허허. 어서 나오지 못해….'

하면서 퉁방울 같은 눈을 둥글둥글 굴리는데 색시는 질겁을 해서 방구석으로 움츠러들어 갈 뿐이었다. 이 광경을 당한 천인준은 별로 기운은 없으나 어려서부터 택견을 배워 그 또래에서는 상당히 발길을 쓴다는 말을 듣고 또 택견 판에 나아가서 10에 7, 8씩은 그 발길에 곤두박질을 치게 하는 터라 속마음으로 생각하기를,

'저런 천하의 죽일 놈이 있나. 그래, 이곳에는 법도 없단 말인가? 저런 놈을 보고 아무도 말 한마디 없나. 오냐. 네가 기운 꼴이나 있나 보다마는 어디 내가 죽더라도 네놈의 꼴을 그대로 내버려 둘 수는 없다….'

하는 생각으로 이를 악물고 벌떡 일어나며 두 팔을 쩍 벌려 문턱을 짚으며 발길을 들어 그놈의 가슴을 한번 힘껏 재주껏 내질렀다. 워낙 썼던 발길이 되어 백마 장군은 대번에 비틀비틀 넘어질 듯하더니 참으로 천하장사 백마 장군이라 두 발을 턱 버텨 딛고 우뚝 서더니,

"하하하하. 이놈, 보아라. 이놈아, 어디다 발길질을 해? 이리 좀 나오너라…."

하며 달려들 때에 천인준은 다시 발길을 들어 내질렀으나 백마 장군의 손에 발목을 잡혀 주르륵 끌려 나갔다. 이것을 본 마방집 안주인은,

"에구머니! 또 사람 죽네…."

하는 소리를 버럭 지르며 한숨에 뛰어가서 알리게 된 것이었다. 범이 봉이는 한달음에 뛰어 마방집으로 달려가니까 백마 장군이란 떠꺼머리[61] 총각은 서울 사람을 두 손으로 번쩍 쳐들고 댓돌 위에 메다붙이려 하는 판에 봉이 범이가 달려들어,

"이놈! 던지지 말아!"

하는 소리가 우렛소리와 같이 나자 범이는 번개같이 달려들어 백마 장군의 두 팔을 꽉 붙들고, 봉이는 껑충 뛰어 천인준을 뺏어 곱게 내려놓은 뒤에 봉이가 벼락같이 달려들어 백마 장군의 뺨을 목이 돌아가도록 후려치는 동시에 발길을 들어 복장을 걷어차는 서슬에 백마 장군은 그만 빙글빙글 돌아 퍽 거꾸러졌다.

이때에 범이가 다시 발길을 들어 가슴을 내리지르려 할 때에,

"아서라. 아서라. 범아, 가만있거라…."

61　떠꺼머리: 장가나 시집갈 나이가 된 총각이나 처녀가 땋아 늘인 머리. 또는 그런 머리를 한 사람을 의미한다.

하는 소리에 깜짝 놀라며 돌아다보니, 대군께서 범이의 소매를 붙들어 만류하시는 것이었다.

"아, 언제부터 서 계셨습니까. 저놈을 그냥 두어서는 못씁니다. 조금만 지체했다면 큰일 날 뻔했습니다. 그놈이 천하의 못된 놈이올시다!"

"오냐. 알았어. 그만해도 그놈은 좀 혼이 났을 것이다. 자- 봉이, 저놈을 잡아 일으켜서 이 앞에 꿇어앉혀라…."

봉이 범이는 끙끙 소리만 하고 누워 있는 백마 장군을 일으켜서,

"이놈아, 이리 앉아. 죽지 말고…."

"에쿠, 에쿠…."

하며 일어나 앉은 백마 장군을 꿇어앉히고 대군께서 준절히 말씀하시기를,

"이놈, 들어 보아라. 네 이놈, 기운 꼴이나 있다구 못된 짓을 해? 이놈, 다시 그런 버릇을 또 할 게냐?"

대군을 흘깃 쳐다보는 백마 장군은 조금 생기가 나는지,

"히, 히…."

웃으면서 두 다리를 쭉 뻗고 기지개를 한 번 펴더니 두 주먹을 불끈 쥐고 벌떡 일어나려 할 때에, 벌같이 달려드는 범이가 뺨을 한 번 눈에서 부리나케 갈기고, 머리채를 잡아서 낚아채 주저앉히며,

"이놈아, 그래도 정신을 못 차려? 이놈, 여기 꿇어 엎드려라.

이놈아, 어느 존전이라고. 이놈이 죽지 못해서….”

이때에야 백마 장군은 고개를 푹 숙이고,

“그런데 누구여. 사람을 이렇게 치니 대관절 웬 놈들이여. 사
람을 이렇게 쳐도 아무 일이 없나….”

이 말을 들은 봉이가,

“아– 이놈이 그래도.”

하며 발길을 들어 복장을 내어 질렀다. 백마 장군은 그만 나가
자빠지더니 다시 일어나지 못하고,

“에쿠, 에쿠.”

할 뿐이었다. 이때에 대군은 범이 봉이를 불러 가까이 오라 하
시더니,

“얘들아, 그만두어라. 내일쯤 정신을 차리거든 다시 일러 보자….”

하시고 조 부자와 함께 돌아가셔서 그 밤을 지내신 뒤에 그 이
튿날 백마 장군을 불러 준절히 이르셔서 다시는 그런 행리를 못 하
게 하시고 봉이 범이의 일을 보고 더욱 마음이 든든해하는 조 부자
와 함께 길을 떠나시기로 하였다.

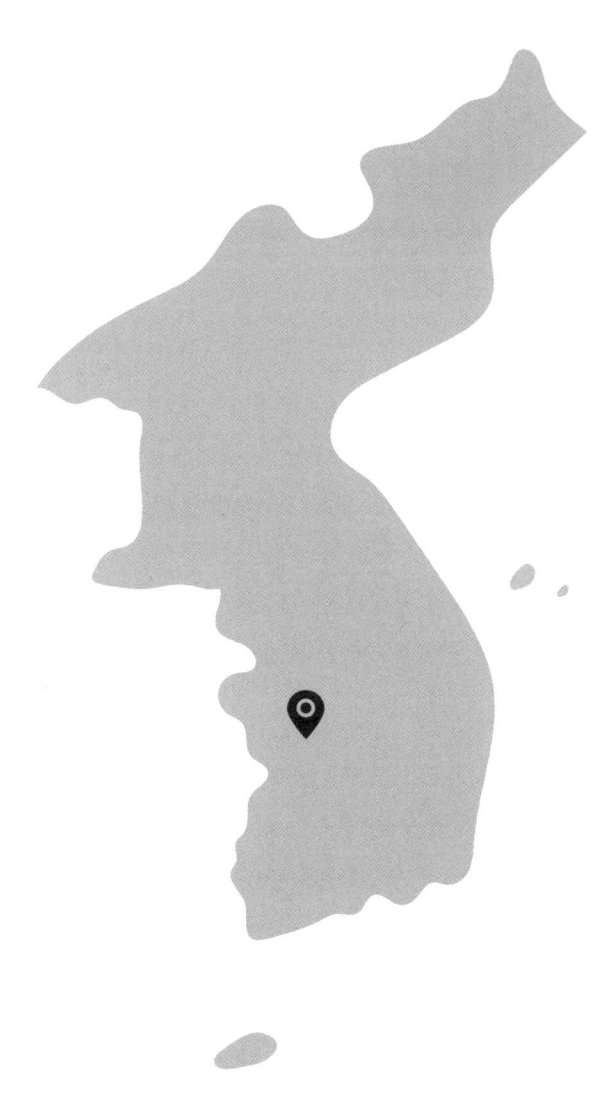

〔충청도 공주〕

대군께서는 조 부자, 김 서방, 봉이, 범이와 함께 다섯 동행으로 광천을 떠나서 온양을 거쳐 공주로 행하여 가는 도중이었다. 동행도 여럿이요, 또 조 부자의 준비한 안주와 술을 가끔가끔 기울이게 되어 대군은 아주 기쁘신 마음으로 여러 가지 농담을 해서 여럿이 허리를 못 펴고 웃도록 하시면서 여러 날 만에 공주 금강에 당도하였다. 강가 어느 주막에 들어가 점심 요기를 하려니까 나이나한 사십 되어 보이는 한량 한 사람이 활 전대를 둘러매고 호기 있게 들어오며,

"여- 술 한 사발 내소⋯."

하더니 대군이 앉아 계신 걸상 한편에 앉으면서,

"어- 날씨도 좋다. 그런데 여기 나 같은 한량들도 더러 지나던가? 여, 주인⋯."

"네. 그저 이렇게 길거리에 있으니까 참 별 양반들을 다 봅지요⋯."

"별 양반이라니. 어떤 것이 별 양반이야. 그래, 나 같은 한량들도 더러 봤단 말이야⋯."

"예. 별별 양반이 다 지나가지요. 그리고 한량 어른은 다 그러하시지요⋯."

"다 그렇다니. 그래, 나만 한 사람을 봤단 말이야? 이래 보여도

나는 조선에서 제일가는 한량이야….”

“네. 그러셔요. 그럴듯하외다….”

“허- 그자 말버릇이 고약하다. 그럴 듯이라니, 그럴 듯이 무어야?”

혼잣말같이 중얼중얼하면서 대군을 흘끔흘끔 쳐다보더니,

“여, 영감. 늙은이가 어디를 가는 길이여?”

대군은 이 한량을 한번 놀려 주시려고,

“예. 그렇소이다. 보아하니 우리 조선에서 제일가는 한량님 같은데 어데를 가시는 길인가요….”

“하하하하. 암, 그렇지. 우리 조선에서 제일가는 한량이지. 내 활을 당할 자가 어디 있나….”

“그런데 어디를 가시나요….”

“나? 내야 어디 정처가 있어 댕기나. 어디 쓸 만한 한량이 있으면 활 내기 한번 해 볼까 해서 돌아다니는데 활 줌이나 쏜다는 자도 다들 변변치 못하더군….”

“아무렴요. 그러하시겠지요. 그런데 어디 사시나요….”

“음, 나는 한양 살지. 바로 남산 밑이야….”

“헤, 좋은 데 사시는구료….”

“암, 좋구말구. 그런데 영감은 어디 사누?”

“네. 나는 한양 북촌에 사는 이 첨지외다. 그리고 이 사람들은 다 나와 동행해 다니는 사람들인데, 그중에 활 줌이나 쏘는 이도 있지요….”

“활 줌이나 쏘는 한량이 있다. 그것 해롭지만 뭐, 그러면 이렇게 여럿이 동행으로 다니면 적적하지 않아 좋겠군. 그런데 어디를 가는 길이야….”

“나 역시 정처가 없이 다니는데 어디 활 줌이나 쏘는 자가 있으면 활 내기나 한번 해 볼까 하는데 웬걸, 모두 변변치 못한 자들뿐이어서 아주 심심하던걸….”

“하하하하. 이 늙은이가 남의 흉내를 내는군.”

“천만에요. 흉내를 내다니요. 이래 보여도 활깨나 쏘아 보던 터요. 그래, 조선 안에는 아마 나만 한 자가 없을 성싶어서 웬만하면 차차 경상도, 전라도를 거쳐 동래까지 갔다가 배를 타고 일본으로, 청국으로, 서양국까지 한번 돌아올까 하고 나섰는데 한량님도 한번 같이 가 보실라요….”

“하하하하. 기가 막힐 일이로군. 그래, 서양국까지 가 볼 테야. 허, 그 늙은이 매우 허황하군. 그게 글쎄 말이라고 지껄인 건가? 그래, 정말 서양국까지 갈 테야….”

“허. 그 양반. 이 늙은 사람을 허황하다 그래. 사람이 되어 한번 하려 하면 하는 게지 서양국 아니라 천축국은 못 갈 게 무어여….”

“아따, 영감도 그런 맹랑한 소리는 그만두고 내 이야기나 들어 보소….”

“그래, 무슨 이야기요. 무엇 듣지 않아도 알 노릇이지. 활 줌이나 쏘아 봤다는 이야기지. 무엇 신통할 것이 있겠소?”

“아따, 그 늙은이. 남의 말은 채 듣지도 않고 그래. 내가 이렇게 돌아다니니까 별별 일을 다 당해 보았단 말이야.”

“오- 참, 그렇겠지. 옳지, 그렇게 활 자랑을 하다가 혼나 본 이야기나 한번 해 보시구려.”

“혼이 나다니. 강원도 산골에 들어갔을 때에는 호랑이도 만나고 곰도 만나 보았지마는 다 이 주먹으로 대가리를 부숴 놓았는데 내가 혼이 어찌 난단 말이야….”

“에- 호랑이를 다 잡았어. 허- 참 장한 일이로군. 활만 잘 쏘는 줄 알았더니 힘도 천하에 장사로군….”

“암, 그렇구말구. 첫째로 힘이 있어야 활도 잘 쏘는 법이야.”

“허- 그래요. 그래, 힘이 얼마나 세시오?”

“얼마나 세다니. 그야 한정 있나. 도적놈 같은 것 몇십 명이 덤빈다 해도 이 주먹 한번 내두르면 그만이지….”

“예- 그것참 장하군.”

“장하군이라니. 이 주먹을 보아….”

하면서 소라 같은 주먹을 내두르는 한량을 흘깃 쳐다보신 대군이 별안간 벌떡 일어나시는 바람에 걸상 한쪽이 벌떡 들리자 그 한량은 보기 좋게 나가 자빠졌다. 대군은 깔깔 웃으시면서 천하장사라 아프다는 소리도 없이 날쌔게 일어나는데, 이때에 그 한량은 돌에 부딪힌 뒤통수를 쓱쓱 비비면서,

"허– 양반이 욕을 보았군. 그래, 이 늙은 자가 무슨 역하심정으로 남을 그렇게 욕을 보이겠냐. 그래, 일어난단 말도 없이 별안간 일어나는 법이 어디 있어…."

"참 가소롭군. 누가 일어나느니 마느니 미리 이야기하는 법이 또 어디 있노…."

"아, 그러면 잘했단 말이야? 낫살이나 먹은 자라 가만두니까 점점 조심성 없이 누구를 놀리는 것이야."

하며 주먹을 불끈 쥐고 대군께로 달려들 때에 뒤에서 그 꼴을 바라보고 빙글빙글 웃고 있는 범이가 벼락같이 달려들어 그 한량의 팔을 잡아낚더니 다시 몸을 조금 옆으로 트는 듯하며 어느덧 그 한량은 금강 물가에 데굴데굴 굴러떨어져서,

"에쿠, 이놈이 사람 친다…."

범이는 한달음에 뛰어 내려가서 그 한량을 번쩍 들어다 대군 앞에 엎어 놓고,

"이놈아, 하늘 무서운 줄 모르는 놈. 너 이 어른이 누구신데 이놈이 어따가 주먹을 들여대? 이놈아, 너는 힘자랑을 그만큼 하던 놈이 왜 이 모양이야. 이놈, 눈망울이 있거든 똑똑히 쳐다보아라…."

하고 발길을 들어 한 번 내리지르려 하는 것을 대군께서 손짓하여 말리시고,

"여, 한량. 들어 보소. 사람이란 아는 것이 있을수록 내가 모르는 체하는 것이오. 여간 힘꼴이나 있을수록 힘이 약한 체하는 것이야. 그렇게 큰소리를 하고 떠들더니 이 꼴이 무슨 꼴인고. 차라리 처음부터 그런 힘자랑을 아니했다면 이런 봉변이 없었지. 그리고 이 세상 많은 사람 중에는 힘도 천층만층이요, 아는 것도 천층만층이라 여간 아는 것을 자랑하다가 나보다 더 아는 이를 만나면 크게 부끄러움을 당할 것이요, 여간 힘을 가지고 자랑하다가 나보다 더 센 사람을 만나면 크게 봉변을 당하는 것이야. 그런즉 사람은 겸양의 도를 잘 지키는 것이 군자의 도리니 이다음부터는 조심하여 지내야 해…. 응, 알아들었지…."

한량은 잠잠히 고개를 숙이고 있다가 벌떡 일어나며,

"네. 과연 잘못되었소이다. 인제야 곤히 들었던 잠에서 깬 것 같소이다. 참으로 점잖으신 말씀을 들었소이다. 안녕히 행차하소서…."

하고는 그만 머리를 싸쥐고 오던 길로 도망가듯이 달아나 버렸다. 이것을 본 여러 사람은 박장대소를 하고 대군 일행은 배에 올라 금강을 건너서 공주읍으로 들어가 어떤 마방집에 들었다.

그런데 공주읍에서 한 오 리쯤 되는 남문 밖 조그마한 촌에 임두성(林斗星)이라는 젊은 사람이 있었다. 어려서 부모를 여의고 근

근이 자라서 부지런히 일하고 힘쓴 덕에 집칸도 얻고 또 작년에는 장가까지 들어서 두 내외는 참으로 한 쌍 비둘기같이 의초 있게 지내는 중이었다. 미인박명이라는 말과 같이 임두성의 아내는 촌색시 중에 뛰어난 미인이었다. 어느 날 읍성에 장 서는 날 장 흥정을 해 가지고 집으로 가는 길에 별안간 소나기를 만나서 어떤 집 헛간에 들어섰는데, 이때 마침 그 고을 호방으로 있는 김기동(金基東)이란 사람이 있었다. 그는 나이가 사십에 가깝고 얼굴빛이 거무스름한 데다가 마음이 곧지 못해서 남에게 못 할 노릇을 해 가면서도 땅마지기나 장만했고, 거기다가 여자를 좋아해서 작은집을 둘, 셋씩 두고 지내는 자인데 마침 장에 나왔다가 술잔이나 얼큰히 먹은 김에 임두성의 아내를 보고 또 흉측한 생각이 나서 술 파는 노파에게 물어보았다.

"여보소, 지금 저 허청[62]에 들어섰던 여자가 누구인가."

"에이, 호방님은 눈도 밝으세. 그게 저 남문 밖에 있는 임 서방네 처라요…."

"임 서방이라니. 임 서방이 누군가…."

"아따, 왜 두성네라고 작년 봄에 혼인했지요…."

"두성네라니, 오- 두성이 그 애 처야. 오- 그거 아주 미인이로

---

62   허청(虛廳): 헛간으로 된 집채.

군. 그게 뉘 딸인가?"

"아이, 어쩌다 호방님 이때까지 모르시는구면…. 저 딱쇠 의붓
딸이지요. 올 정월인가 언젠가 딱쇠 하고 살던 마누라가 죽었지요.
그 마누라가 데리고 온 딸이래요."

"아– 그래. 음, 딱쇠 의붓딸이라…."

이처럼 김 호방은 홀로 중얼거리더니 그 길로 딱쇠를 불러 어
느 술집 방에서 주거니 받거니 술잔을 기울이는 김 호방은,

"그런데 여보게, 자네하고 술 먹어 본 지도 퍽 오래지. 그래, 어
째서 그렇게 우리 만날 수가 없나…."

"아따, 호방님은 공연한 말씀을 하시는구료. 그래, 호방님이
우리 같은 놈하고 술을 잡수실라구? 참 오늘은 내가 꿈을 잘 꾸었
나 봐. 이게 웬 횡재일까…."

"아따, 그 사람 별말을 다 하네그려. 그런 말은 두 번도 말게.
내야 생각은 늘 있지마는 항상 바쁘게 지내느라고 그랬지…. 그런
데 요새 지내기는 어떤가?"

"지내는 거라니 늘 그렇지. 별수 있어요? 노름판이나 쫓아다
니니 사람 꼴이 되겠소. 그런 데다가 그년의 마누라가 죽어 버려서
더 말이 아니지요…."

"오– 참, 상처를 했다니. 그런데 가만있자, 외동딸이 하나 있
었지…."

"그년의 딸년은 작년에 시집 보냈지요. 아- 그년이나 있었다면 옷이나 해 주고 할 것을 방정맞은 마누라가 지랄발광을 해서 시집을 보냈더니 얼마 아니 되어서 죽어 버리는구면요….."

"아- 그것 안 되었네그려. 그런데 사위는 누구인가….."

"아따, 왜. 저 남문 밖에 두성이지요….."

"오- 그 애야. 그 애가 뭐 있나?"

"있는 게 뭐예요. 그년의 딸년이 별 지랄을 다 해 가며 그 두성이를 먹여 살리는 셈이지요….."

"허- 그것으로 되었나. 그럼 자네도 좀 보태 주지를 못 하겠네그려….."

"아, 보태 주는 게 무어요. 제 코가 석 자라는 셈으로 혹시 술잔이나 생각나서 가면 그년의 딸년 엄살만 잔뜩 하고… 어쨌든 그것도 내 자식이 아니니까 더합니다….."

"옳지, 옳아. 그 딸이 의붓딸이지….."

"그래요. 죽은 마누라가 데리고 온 게지요….."

"오- 그렇지. 여보게, 그럼 좋은 수가 있네. 자네가 한번 힘만 쓰면 술밥에 젖을 일이 있으니 어떤가, 해 보겠나?"

"아, 무엇인데 그렇게 쉽사리 될 일이 있으면 하고말고요. 아직 이 주먹이 있는 바에야 무슨 어려운 일이 어디 있으리까. 대관절 무슨 일이오. 말해 보시오….."

"이것 봐. 다른 게 아니라 자네도 알듯이 내 작은집이 요전에 가지 않았나….."

"아니, 누가 어디로 갔단 말이유. 저- 진주집은 그대로 있지 않우….."

"그거야 지금 다 늙은 것이 어디로 가겠나. 아따, 대구집 말이야….."

"아- 작년에 데려왔다던 대구집이 갔단 말이오. 내 참 별일 다 보겠네. 아, 가기는 어딜 가요. 아마 어디가 좀 덜 된 데가 있던 게지. 그렇기에 보냈지. 하하하하."

"아니야. 이 사람아, 혼자 떠들지 말고 내 말 좀 듣게나."

"아니, 무슨 말이오. 말씀하슈그려….."

"그래서 내가 자네한테 특별히 청하는 것이야. 다른 게 아니라 자네 의붓딸 말일세. 그 애를 내게 보내게….."

"에, 그 애는 남에게 시집가 사는 것인데 될 말이오. 그런 데다가 그년이 여간 제 서방을 좋아하는 게 아니오….."

"그러게 말이야, 이 사람아. 또 그렇게나 남편을 잘 섬긴다니 참 되었단 말이야….."

"아니, 그럴 것 무엇 있소이까? 어디 계집이 없다고 하필 그 애를 그럴 게 무엇이오. 그득한 게 계집인데 다른 것 같으면 내가 목을 끌어다 바치리라. 그래, 호방님이 한번 말씀만 하면 우리 어머니라도 끌어오리다. 염려 마시우….”

“아따, 그 사람이 실없는 말을 하나. 내가 자네한테 실없이 말하는 게 아닐세. 나는 지금 진정으로 말하는 것인데…. 그래, 어떻게 할 테야. 우선 자네도 옹색할 테니 돈 좀 쓰게나그려….”

이 말을 들은 딱쇠 욕심은 치뻗치지만 원래 딱쇠는 술 먹고 노름하고 모든 못된 일은 하나도 빼는 것 없이 하고 다닐 뿐 아니라 조금 웬만하면 공주읍이 들썩하도록 싸움을 하고 돌아다니는 자여서 모든 사람이 딱쇠라 하면 고개를 저으며 달아나는 모양이었다. 그런 데다가 의붓딸이 시집간 뒤로도 하루걸러 가서는 술 사 오너라, 노름 밑천을 대라 하는 통에 사위 임두성은 물론이요, 딸도 진저리를 내는 터인즉 그 아비가 무슨 정당한 말을 하더라도 들을지 말지 한데, 더군다나 옳지 못한 말을 한다면 그야말로 무슨 재주를 부리더라도 들을 리가 만무한 것을 아무리 무지한 딱쇠라도 그만한 것은 생각할 수 있었다. 그리하여 돈 욕심은 불현듯이 치밀어 오르지마는,

“염려 마슈. 내가 한번 하겠다고 한 바에 안 될 것이 어디 있소….”

하고 대들지를 못한 것이다. 그래서 김 호방 생각에는,

‘옳지, 이놈이 돈 구경을 해야 마음이 동할 것이야.’

하고 허리에서 구렁이 잔등이 같은 엽전 스무 냥을 끌러 딱쇠를 주며,

"여보게, 이것을 가지고 한잔 자시게나. 그리고 내일은 우리 안주나 장만해 놓고 한잔 먹세. 아무렇든지 자네가 그만한 것이 무엇 어려울 것이 있겠나. 자- 나는 좀 볼일이 있어 오늘은 그만 가야 하겠네…."

　　"아니, 여보슈, 그런데 이건 아무리 못 할 일 없는 딱쇠로도 여간 어려운 것이 아니오…."

　　"아따, 그러게 자네에게 부탁이지 여간 쉬운 일 같으면 자네한테 부탁하겠나? 어서 잔말할 것 없이 잘만 만들어 놓게…."

　　"그럼 여보슈, 이 스무 냥으로 무얼 하란 말이오? 내가 아무리 빈털터리로 지내는 딱쇠요만 돈 스무 냥쯤은 있어도 그만, 없어도 그만이지요…."

　　"아따, 그, 이 사람아, 그런 말 하지 마소. 내일은 날 아닌가? 내가 지금 자네 주려고 돈을 준비했단 말인가. 별안간 만났으니까 우선 가진 것을 주는 것이지…."

　　"아니, 그럼 얼마나 주실 테요. 무어라도 얻고 발을 떼라는 말처럼 아주 단결에 작정을 해야 하지요…."

　　"암, 그렇구말구. 여보게, 성사해 놓게. 얼마든지 자네 말하는 대로 하지…."

　　"아- 성사 후 즉 출급이란 것은 믿지 못해요. 아주 당장에 작정해 주시우…."

"아따, 그 사람. 의혹도 많네. 그럼 내일 내 집으로 들르게. 한 백 냥만 줌세…."

"그렇게 하시우. 그럼 내일 들를게…."

이처럼 작정이 되고 보니 딱쇠는 별안간 입이 떡 벌어져서 혼자 속으로 생각하기를,

'에, 이것 횡재로구나. 사람이 아주 죽으란 법은 없는 게야. 그러나 요년의 계집애가 말이나 들을까….'

하는 소리를 입속으로 중얼거리며 암문 밖으로 나가서 딸의 집 거적문을 들썩 열며,

"얘 아가, 아기 없니…."

"에그, 아버지 오셔요…."

속으로 가슴이 덜렁 내려앉으며,

'에그, 저 망나니가 어째 또 오나.'

하면서도 겉으로야 그래도 아비니 자식이니 하던 사이라 어찌 할 수가 없어서,

"어서 들어오셔요, 아버지. 그런데 어디서 또 저렇게 잡수셨어…."

"오– 아니다. 그런데 이 두성이는 어디 갔니. 보이지를 않으니…."

"아까 저 건넛마을 잠깐 다녀온다고 갔어요. 이제 곧 올걸요…."

"얘, 그것 잘 되었다. 실상은 내가 너한테 슬며시 할 말이 있어 왔다…."

"에구, 아버지도 무슨 일이기에 슬며시 할 게 무엇이에요…."

"아니야. 내가 인제는 술도 끊고 노름도 안 하기로 아주 맹세했다. 네게도 너무 괴롭게만 해서 되었니…."

"원, 아버지도 별말씀을 다 하시네. 부모 자식 사이에 무얼 그래요. 그러나 아버지 술을 끊었다 하시면서 또 술을 잡수고 오셨어요…."

"오, 오 아니다. 오늘도 내가 술을 끊었다니까 그거 무슨 소리냐고 아주 억지로 권하는 바람에 싫어도 먹은 것이지. 헷투…. 그런데 애 아가, 너도 그만하면 지각이 날 터이지마는 너 고생하는 게 어찌 딱한지 모르겠더라…."

"아버지, 그것은 또 무슨 말씀이에요. 계집이 살림을 하려면 그만한 것이야 누가 아니 하나요? 고생은 무슨 고생이에요…."

"아니다. 생각해 보아. 너도 너만큼 똑똑하고서야 웬만하면 큰집 속에서 분 기름 곱게 바르고서 치맛길을 늘이고 살 터인데 이게 무어야. 얼굴에 흙투성이를 하고, 참 우리 딸 아깝지, 아까워…."

"에그, 아버지. 왜 그런 말씀을 하세요. 술 취하셨구먼. 저ㅡ 아버지. 나 잠깐 저 윗집에 다녀올 테니 거기 누웠다 가세요…."

"이야, 얘, 이리 와. 내가 정작 할 이야기를 못 했다. 이리 오너라. 다른 게 아니라 아까도 말했지만 내가 너 고생하는 게 아까워 못 견디겠구나. 그래서… 저…."

"에그, 아버지도 또 그런 말을 하시우. 술 취하셨으면 거기 좀 누우시라니까…."

"아니야. 술이 무어야. 그 애는 공연히 딴소리만 하는구나. 그런 것이 아니라 너 성안에 사는 김 호방네 알지…."

"그래요. 그런데 김 호방이 어쨌단 말이우."

"아니, 말 들어. 그 김 호방이 네게 꼭 반했단 말이야. 너만 한번 고개를 끄덕하면 고만 수가 난단 말이야. 자, 어찌하겠니…."

"에그머니나, 아버지도 술이 취했으면 어서 잠이나 자시라니까 그런 말을 누구에게 하는 것이우? 내가 못된 잡년이란 말이우? 아무리 친자식은 아니라도 아버지니 자식이니 하는 터에 내가 혹시 못된 생각을 먹는다고 해도 아버지 되는 이가 그게 무슨 못된 짓이냐고 나무라야 할 터인데 원, 그게 무슨 말이우. 어서 가시우. 그런 말은 듣기도 싫어요…."

"아니야. 얘가 철딱서니 없는 소리만 해. 지금 세상이 어떤 세상인데 그러니. 돈만 있으면 못 할 짓이 없는 세상이야. 돈 있으면 처녀 불알도 살 수 있다나. 네가 깊이 생각해 보아. 너를 위해 그러지, 내가 무슨 청이나 받아먹은 줄 아니? 너만 한번 잘 들으면 내일부터라도 고만 김 호방네 실내 마님이야…. 아- 내가 잘못하는 게냐…. 에잇, 자식 미련도 하지…. 그래, 내가 너를 못되게 하는 말이냐. 말해 봐라…."

이때에 딱쇠의 눈치를 살펴본 두성의 처는 얼른 얼굴빛을 고쳐 가지고,

　"아버지. 글쎄, 내 말 좀 들어 보슈. 아버지도 나를 생각하시는 것이지….."

　"아무렴. 내 너 잘되기를 축수하기에 그러지. 어디 계집이 없다고 하필 너를 보내려 들겠니? 그것은 네 말이 옳아."

　"그러게 말이우. 나도 아주 생각이 없기야 한가요. 그래도 혼인한 지가 얼마 되지 않았는 데다가 임 서방이 어렵기만 할 뿐이지 사람이야 좀 착하오. 그러니 내가 바로 과부나 되었다면 아버지도 그렇게 생각도 하실 듯하지만 눈이 멀뚱멀뚱하게 살아 있는 서방을 두고 다른 데로 가는 게 말이 되나요. 아버지 생각은 고맙지만, 내 생각도 좀 해 보세요. 그렇지 않소. 아버지 그러니 다시는 그런 말씀 마시라요….."

　"오냐. 알아들었다. 네가 오죽 생각을 잘하나. 그것은 꼭 내 마음에 들거든. 옳아, 그럴 일이야. 자- 나는 간다. 내일 또 오마. 에잇, 술이 인제 취하는군….."

　하면서 비틀비틀 카-카- 가래침을 곤두세우고 나아가는 딱쇠를 바라보는 두성의 처는 얼굴을 찡그리고 한숨을 쉬- 내쉬며 곰곰 생각하다 그만 기가 막혀서 그 자리에 푹 엎드려서는 목을 놓고 엉엉 울었다. 이웃집 아낙네들이 우르르 몰려와서 뜯어말리는 김

에 겨우 진정을 하였으나, 생각하면 생각할수록 분하고 원통해서,

"에구! 남들은 아버지, 어머니가 곱게 곱게 길러서 과년하면 고르고 골라서 한번 시집을 보내 놓으면 아무쪼록 그 집에서 백 년을 변함없이 잘 살라고 축수해 주건마는, 이년의 팔자는 어찌 이렇게 사나워서 아버지는 얼굴도 모르게 잃고 어머니 하나만 바라고 살아온 것이 어디서 천하의 못된 잡놈을 의붓아비 삼아서 끝끝내 이런 못할 노릇을 하게 되니 참 분하고 원통하다!"

한바탕 넋두리를 해 가며 목을 놓아 울고 있는데, 건넛집 복순네가 숨이 턱에 닿아서 곤두박질을 쳐 들어오며,

"이봐, 새댁! 큰일났어! 임 서방이 저 개울둑에 쓰러져 죽었대! 어서어서 가 봐야지. 에구, 가여워라. 어쩌나…."

하는 소리에 깜짝 놀란 두성의 처는,

"에, 누가… 무어요…."

정신없이 멀거니 한참 앉았다가,

"에구, 이렇게 우두커니 앉아 있으면 어째. 어느 몹쓸 놈이 그랬을까. 몸에 피투성이가 되었더래…. 어서 가 봐. 어서!"

이 말을 듣고서야 흩어진 머리를 주섬주섬 틀어 얹으며 달려가 보니 과연 사랑하는 남편은 몸이 피투성이가 되어 쓰러져 있었다. 두성의 처는 머리를 단단한 기둥에 탁 부딪친 것같이 정신이 얼떨떨해서 어찌할 줄 모르는데, 이웃 사람들의 도움으로 어찌어

찌 집으로 끌어다 뉘고 의원을 청하야 보니, 칼로 후려치는 바람에 다리가 몹시 상하였을 뿐, 생명에는 지장이 없다 하여 두성의 처는 이를 딱 깨물고 정신을 차려서 남편 살려 내기에 발을 동동 구르고 돌아다녔다.

그럭저럭 한 달 두 달 지나가는 동안 임두성의 다리는 차차 합창[63]이 되어 가되 전과 같은 일은 못 하게 되었고 다리 하나는 영영 병신이 되어 걸음도 걷지 못하게 되었다. 차차 소문을 듣고 보니 딱쇠가 김 호방의 돈 백 냥을 받아 가지고 어디론지 도망을 했다는데, 두성이를 칼로 친 것도 딱쇠의 짓이라는 소문이 한 입 건너 두 입 건너 두성의 처도 알게 되었다. 그래서 두성의 처는 이를 북북 갈며 남편의 원수를 갚으려 하였으나, 다리 병신이 된 남편을 위해 공고하랴 석 달 동안이나 약 쓰느라고 이리저리 돌려쓴 남의 돈 갚아가랴 참으로 눈코 뜰 사이 없이 지내느라고 원수인지 무엇인지 당장 발등에 떨어지는 불을 끄기에 정신없이 지내는 중이었다. 얻어쓴 돈은 날이 갈수록 새끼를 쳐서 당장에 일곱 냥 돈을 갚아야 하게 되었고, 또 그날그날 병신 된 남편을 먹여야 하겠는데 이때나 그때나 한번 기울어지기 시작하면 여지없이 쓰러지는 것이 사람의 일생 가운데 다들 경험하는 바이지마는, 두성의 집안이야말로 그 연약한

---

63   합창(合瘡): 종기나 상처에 새살이 돋아나서 아물다.

아내가 죽을 목숨을 살려 놓고 또 이 장장 세월을 어찌하면 살아갈까 하는 이때에 일곱 냥이나 되는 빚을 어찌 갚으리. 하루이틀 지나가면 그 돈은 점점 새끼를 쳐서 늘어갈 뿐이다. 할 수 없이 두성의 내외는 서로 손을 붙들고 눈물을 흘려 가며 며칠 밤을 새 가면서 의논한 결과에 조그마한 오막살이를 빚에 쳐서 줘 버리고 남편은 작대기를 짚어서 곁을 부축하고 자기는 조그마한 보퉁이 하나를 머리에 이고 정처 없는 길을 떠났다.

그러나 산 입에 거미줄 칠 수 없고, 하루 한 끼라도 안 먹을 수 없어서 문전 구걸을 해서 남편도 먹이고 자기도 먹어 가며 나서기는 나섰으되, 어디로 가야 좋을지, 그래도 발씨 익은 공주 땅을 떠나서는 더욱 어려울 것 같아서 장판으로 돌다가 밤이 되면 빈 헛간 가에서 그 밤을 지낼 때에 남편은 손등으로 눈물을 이리저리 훔치면서,

"흐흐흐흑. 에구, 내 팔자가 왜 이리 기구한가. 나는 내 팔자로 해서 그렇거니와 자네까지 이렇게 못 할 노릇을 시키니 가여워서 못 견디겠네. 차라리 그때에 아주 나를 죽여 주었다면 좋았을 것을… 허…."

"에구, 그런 말 마시우. 사람이 살려면 이런 일, 저런 일 다 당하는 게지. 설마 영영 이렇겠소? 그래도 때가 오면 다 살게 되겠지…. 내야 그래도 다리와 팔이 성하니까 무슨 어려울 것 있소. 당

신이야 다리가 저렇게 되어서 그게 원통하지. 그놈을 만나기만 하면 그놈의 목줄띠를 물어 죽이고 간을 꺼내서 씹어 먹을 테야….”

“에구, 그런 말 하지 마라. 그렇게 흉한 소리를 왜 입에다 대어. 아무리 우리가 죽게 되었더래도 그리 악한 사람은 되지 말아야지…. 그렇지 않아?”

“그야 옳은 말씀이지. 그러나 여북 분해야지요….”

“자- 그만두세. 어서 눈 좀 붙여야지. 에구, 요새는 날이나 더우니까 이런 데서라도 견디지만 날이나 추워지면 어쩌나.”

“에그, 별걱정을 다 하시우. 또 그때 되면 어떻게 될지 누가 아우? 어서 주무시우….”

이처럼 두성의 내외는 서로 위로하며 하루이틀 지내는 동안 하루는 북문 밖으로 나와서 오고 가는 행인들에게 한 푼 두 푼 구걸을 하는데, 옆에 보이는 버드나무 숲속에서 흉악하게 생긴 거지 떼가 우르르 몰려나와서,

“아, 이게 어디서 먹던 게야. 여기가 어디라고 여기 앉았어. 썩 일어나지 못해?”

“예. 여기 보시듯이 다리 병신이외다. 그저 이렇게 한 푼 두 푼 공덕으로 이 목숨을 보전하니 그저 살려 주시오 여러분….”

“이게 웬 소리야. 우리가 대대 거지질을 해도 이런 경우 없는 짓은 못 해 봤어. 어서 잔말 말고 썩 물러가. 아그, 그래도 못 가? 얘

들아, 이것 저리 끌어다 버려라….”

무슨 물건이나 가지고 다루듯이 끌어다 버리려고 달려드는 거지들을 보고 손을 비비며 애걸하는 두성의 내외를 보고 지나가는 행인도 가엾게 생각들은 하나 상대자가 흉악한 거지들이라 슬금슬금 뒷걸음치는 중이었다. 이때 마침 대군께서는 공주 경치도 구경하실 겸 인정 풍속도 살피실 겸, 여러 동행과 같이 금강 강가로 천천히 걸어오시다가 웬 사람들이 둘러서 있었다. 그중에 무어라고 여러 사람의 떠드는 소리가 들리니까 무슨 싸움을 하나 보다 하고 가까이 가서 들여다보니 그 광경인데, 잠깐 보기에도 두성의 내외가 불쌍하게 보일 뿐 아니라 두성의 생김새나 그 아내의 행색이 거지질을 할 사람 같지 않아서 대군께서는 앞으로 바싹 들어서시며 지팡이로 두성의 팔을 잡아끄는 거지의 손을 탁 치시며,

“이놈들아, 보아하니 피차에 구걸해 지내는 모양인데. 이놈들아, 저렇게 병신 된 사람을 잡아끌고 야단이니 무슨 일로 그러느냐. 이놈, 썩 놓아라….”

거지가 대군을 흘깃 쳐다보더니,

“영감님은 알은체 마시우. 이런 무법한 놈은 버릇을 가르쳐야 해요….”

“글쎄, 이 사람이 무엇을 잘못했기에 그러느냐 말이나 해 봐라….”

“아, 이놈, 봅쇼. 어서 먹던 연놈인지 그저 아무 인사 한마디 없

이 떡 들어와서 구걸을 하니 그런 법이 있단 말씀이오?"

"오, 알아듣겠다. 자, 그럴 것 없이 내가 너희에게 저 사람 대신으로 인사를 할 테니 그만 용서해라…."

"네. 바로 그렇게라도 하신다면 모르지만요, 그런 법이 어디 있어요…."

봉이를 시켜 돈 한 냥을 내주게 하시고 두성의 내외를 가까이 불러 그 사정을 물으시니, 두성의 내외는 이러하다고 말할 줄을 모르고 다만 머리를 숙여,

"누구신지 참 고맙소이다, 고맙소이다."

할 뿐이었다. 대군은 더욱 이상히 생각하시고 천천히 두성 내외의 사정을 들어 보신 뒤에 친필로 그 고을 원에게 편지를 써서 주시며,

"오, 듣고 보니 가엾은 일이야. 그리고 참으로 나이 어린 아내가 정열이 지극하군. 두성이는 아무쪼록 저런 아내를 끔찍이 여겨야 해. 그리고 이 편지를 원님께 갖다 바치면 무슨 말씀이 있을 터이니, 곧 가서 전하게…."

이리하여 두성 내외는 그 길로 원에게 편지를 전하러 갔는데, 김 호방이 눈치를 채고 원이 시키는 것으로 두성이 살던 집을 물려주고 돈 열 냥을 주어 당장에 어려움을 면케 해 주었다. 두성 내외는 꿈인가 생신가 대관절 편지를 써서 준 어른이 누구인가 차차 알

고 보니 양녕 대군이셨다. 그 후부터는 아침저녁으로 정화수를 떠 놓고 북향 사배를 하며 대군의 행복을 축원하였다.

〔충청도 부여〕

대군은 임두성 내외를 구해 주시고 그 길로 다시 길을 떠나시기로 하였다. 혹시 편지를 본 원이 찾아올까 봐서 구태여 남에게 폐끼치는 것도 재미있지 못한 데다가 행색이 탄로 나면 더욱 귀찮다는 생각으로 일행을 재촉해서 다시 금강을 건너 백제 구도(舊都)인 부여로 향하여 떠나셨다.

이리하여 소백 대백 명산의 경개를 두루 구경하시되 여러 날만에 은진으로 나오니, 유명한 미륵을 보시고 차차 강경으로 백제고도를 찾으려 하시는데, 이때 마침 은진읍에서 동북편으로 한 십여 리 떨어져 있는 별 마을이란 곳에 마여창(馬汝彰)이란 젊은 사람이 늙은 어머니를 모시고 근근이 지내었다. 이 사람은 본래 고구려 말년 영류왕 때의 명승으로 법륭사[64]의 벽화를 남겨 놓은 화백

64　법륭사(法隆寺, 호류지): 일본 나라현(奈良縣) 이코마군(生駒郡) 이카루가조(斑鳩町)에 있는 남북국 시대에 창건된 사찰. 사찰의 발원자인 쇼토쿠 태자는 고구려의 승려 혜자(慧慈)를 스승으로 모시고 있었으며 백제의 혜총(惠聰)에게도 불교를 지도받았다. 백제에서 파견된 공인들이나 한반도 출신의 승려들이 사찰의 조영에 참여하였을 가능성도 크다. 금당의 본존불인 석가삼존상은 백제계 도래인 쿠라츠쿠리노 도리(鞍作止利)의 작품이며 유메도노의 구세관음상이나 백제관음상 등도 백제 불상과 연관성이 있다. 또한 일본 고대 미술의 백미로 꼽히는 금당벽화는 고구려의 승려 담징(曇徵)의 작품이다.

담징[65]의 후예였다. 그의 부친이 임종 시에 아들 여창을 앞에 앉히고 말하기를,

　"얘야, 우리가 오늘은 비록 이렇게 한미한 집안이 되었다마는 너의 8대조 되시는 어른부터 유명한 화백으로 내려오는 터에 내가 겨우 그 필적을 흉내 내다가 네게 그 필법을 온전히 가르치지 못한 것이 제일 유감이 된다. 너는 이 아비 사후라도 아무쪼록 마음을 가다듬어서 대대로 전해오는 이 가규를 욕되게 하지 말고 공부에 힘써서 다시 이 집안의 명예를 회복하게 하여라."

　이 유언 한 마디를 남기고는 그만 이 세상을 떠나고 말았다. 여창은 어린 마음에도 단단히 결심하는 바 없지 아니하였으나, 이태조 등극 이후로 아직 국정이 바로 잡히기도 전에 정종, 태종의 계승 세종 시대에 이르러 겨우 세상이 안온하려는 이때라 더욱 이러한 촌에 묻혀 있는 마여창이란 화가를 누가 그리 끔찍이 여기리오. 그 부친의 장사 삼년상을 지내는 동안에 농토 마지기나 있던 것을 팔아 없애고 이때에는 늙은 모친의 조석을 공궤하기도 여간 어렵지

65　담징(曇徵): 삼국 시대에 일본 법륭사 금당벽화(사불정토도)를 그린 승려 이자 화가. 『일본서기』에 의하면 610년(영양왕 21) 백제를 거쳐 일본에 건너가 채색과 종이, 먹, 연자방아 등의 제작 방법을 전하였다고 한다. 그리고 일본 승 법정(法定)과 함께 나라에 있는 법륭사에 기거하면서, 오경과 불법 등을 강론하고 금당벽화를 그렸다고 전한다.

않게 되어 주련[66], 벽화, 문비[67] 같은 것을 그려 가지고 장에 나아가 팔아다가 어찌어찌 그날그날을 지내었다. 또 동리 아이들을 모아서 글자나 가르쳐서 보릿대나 얼마 얻어서 그 어머니를 겨우겨우 굶지 않게 봉양을 해 가는 터였다. 하루는 그 고을 원님이 부르신다는 기별을 받고 급히 의관을 갖추어 선명히 차리고 읍에 들어가 원님께 헌신을 하는데 원님 말씀이,

"네 듣거라. 내 들으니 네가 그림을 꽤 그린다 한즉 너 그림 한 장 그리겠는고."

"예. 무슨 그림을 그려 올지 분부하시면 아는 대로 그려 바치오리다."

"오, 그럴 일이다. 내가 인(寅)생인데 내년이 인년이야. 바로 내 환갑이다. 인이란 호랑이를 가리켜 말하는 것인데, 내가 호랑이 한 장을 그려 두려고 하니, 너 호랑이 한 장을 큼직하게 그려 바치겠는고."

"예. 황송하오나 그려 바치오리다."

이처럼 호랑이 그림의 주문을 받아 가지고 나온 여창은 일변

---

66 주련(柱聯): 기둥이나 벽 따위에 장식으로 써서 붙이는 글귀. 주로 한시의 연구(聯句)를 쓴다.

67 문비(門裨): 정월 초하룻날에 악귀를 쫓는 뜻으로 대문에 붙이는 신장(神將)의 그림을 의미한다.

기쁘기도 하고, 또는 겁이 더럭 나서 가슴이 두근두근하였는데, 이때까지 호랑이를 그려 보지 못한 탓이었다. 더구나 호랑이란 짐승은 함부로 볼 수 없는 짐승이라 그 형용을 생각하여서 그리다가 조금 잘못 그리면 고양이가 되고 마는 것이라 어찌하면 호랑이를 호랑이답게 그릴까 하는 걱정이 생겼다. 이 때문에 몸에 힘이 하나도 없이 집으로 돌아온 아들을 물끄러미 바라보는 어머니는,

"에구, 얘야, 원님이 부르셨다더니 그 무슨 일로 부르셨더냐? 나는 걱정이 되어서 이제나저제나 하고 너 오기만을 기다렸다. 그런데 얼굴빛이 좋지를 못하니 어디가 거북하느냐? 무슨 걱정되는 일이 생기지나 않았니?"

"어머니, 아무 염려 마셔요. 원님이 부르신 것은 오히려 좋은 일이랍니다."

"오, 좋은 일이라니, 무슨 좋은 일. 오, 네가 이 늙은 어미를 끔찍이 구니까 아마 원님이 너를 효자라고 무슨 상급을 내리신다느냐. 오죽이나 좋으랴. 암, 그렇지. 너야 좀 착하냐."

이처럼 늙은 어머니는 홀로 즐거워서 중얼중얼하는데 아들 여창이는 하도 기가 막혀서,

"어머니, 그런 말씀 마셔요. 이놈이 무어를 어머니께 잘했다고 상급을 내리시겠습니까? 다른 게 아니라요. 그림 한 장을 그려 바치라고 분부가 내렸습니다."

"오, 그래. 그것도 참 좋은 일이지. 너희 아버지가 늘 말씀 않더냐. 네가 어서 공부를 잘해서 그렇게 그림 부탁이 오도록 하라고. 그런데 언제 그려 갈 거냐. 어서 그림 그려 가야지."

"그런데 그려 바치기로 대답은 하고 왔어도 큰 걱정이 하나 생겨서요."

"음, 걱정이라니. 무슨 걱정? 그것은 무슨 일이냐. 얘, 말이나 시원히 해라."

"아니에요. 다른 게 아니라 원님이 인생이시라니요."

"인생, 인생이 무어냐?"

"아니요. 원님 연치가 인생이래요. 그런데 내년이 인년이라고 호랑이 그림을 그려 바치란답니다."

"오, 인생. 호랑이 생이란 말이지. 암, 그렇지. 호랑이를 그리기가 어렵단 말이야. 호랑이야 무엇 어려울 게 있니? 저 벽장에 붙인 것도 호랑이 아니냐. 그렇게 그리면 될 것 아니야."

"아닙니다. 호랑이는 참으로 그리기가 어려운 것입니다. 조금 잘못 그리면 고양이가 되고 맙니다."

"오, 옳지, 고양이가 호랑이 사촌이란 말도 있으니 딴에는 그럴 거야. 그럼 어찌할라니."

"글쎄요. 가만히 계십쇼. 며칠 동안 어디 산으로 가서 호랑이를 좀 보고 와야겠어요."

"에구머니나, 호랑이를 보다니. 호랑이는 사람을 잡아먹는 게 아니냐. 어쩌자구 호랑이를 보러 간단 말이냐."

"아니에요. 염려 마셔요. 다 보는 수가 있지요."

그 이튿날 아침에 일찍 조반을 먹고 보리밥 한 그릇을 싸서 꽁무니에 차고 종이, 붓을 가지고는 호랑이를 만나러 산으로 들어갔다.

"아- 하- 호랑이 한 마리 만났으면 좋-겠는데. 여보시오, 저기 나무하는 이-."

"왜 그러우? 오- 나는 누구라구. 마 생원이시우. 그런데 어딜 가슈."

"아니, 예까지 나무하러 왔나? 그런데 나는 호랑이를 찾으러 다니는데 여기 어디 호랑이 사는 데 모르나?"

"하하하- 샌님도 원, 별말씀을 다 하슈. 호랑이를 찾으러 다니다뇨. 호랑이를 만나면 어쩌려구 그러시우. 큰일 날라구."

"아니야. 호랑이를 꼭 만나야 할 일이 있어서 찾으러 나왔는데, 암만 이리저리 다녀도 어디 볼 수가 없네그려."

"글쎄. 샌님 요새 어째 이상하다그려. 호랑이 사람 잡아먹는 줄 모르슈?"

"웬걸. 알기야 알지만 좀 볼일이 있어서 그래. 어디 알거든 나좀 가르쳐 주소."

"저기 저 뾰족한 산 말이오. 그 골에 가면 있으리다."

"아, 그래? 우리 이따 만나세."

하고는 다시 뒤도 안 돌아보고 그 나무꾼이 가리키던 산골로 들어섰다. 차차 깊이 들어갈수록 어두침침하고 나뭇잎이 썩어서 축축한 곳을 한 걸음 두 걸음 걸어가려니까 과연 저편 바위 밑에 얼룩얼룩한 호랑이 한 마리가 누워서 자는 모양이었다. 여창이는,

'오오, 옳다. 되었다. 호호호! 호랑이가 자는구나. 가만있자. 이때에 얼른 그려야지.'

하며 자필을 꺼내서 호랑이 모양을 그대로 그려 가지고는 좋아하며 집으로 돌아와서 채색을 잘 생각해서 사흘 만에 큼직한 호랑이를 그려 가지고,

"어머니, 이것 보셔요. 이만하면 되었지요. 어때요? 호랑이가 왔지요."

"옳지, 참 이번에는 잘 되었다. 아주 호랑이 같다. 사람이란 그렇기에 정성이 제일이야. 네가 그렇게 정성을 들이더니 그리던 것 중 제일 잘 그렸다. 어서 가지고 가 봐라. 아마 원님도 좋아하실 게다."

이리하여 여창은 그 그림을 가지고 읍으로 가서 원님께 바쳤다. 원님은 그림을 펴서 이리저리 훑어보더니,

"음, 잘 그렸다. 아주 호랑이가 왔구나. 허, 그 솜씨가 훌륭한 걸. 자, 너희도 보아라."

하고 옆에 모신 이방, 관속들에게 내주어 차례차례로 돌려 보니,

"하, 참 잘 그렸는걸요. 호랑이가 왔습니다그려."

이렇게 칭찬들을 하며 돌려 보다가 맨 끝자리에 앉았던 김 호방 차례에 갔다. 김 호방은 나이 여든이 넘은 노인으로 식견이 투철한 늙은인데, 눈을 찡그리고 이리저리 훑어보더니,

"허허허. 하하하. 원, 하도 기가 막히니 무어라 말을 할까-."

원님은 괴이하게 여겨,

"호방, 자네 무얼 그리 웃나?"

"웃지 않고 어찌하오리까?"

"글쎄. 무엇이 그리 우스운가. 말을 해야 알지 않겠나. 말이나 시원히 하고 웃게나그려-."

"글쎄, 이걸 그림이라고 모두들 칭찬을 하니 기막힐 일 아니오리까?"

"그럼 어떠하단 말이야. 그림이 어떠한가, 못 쓸 그림인가."

"못 쓰고 말고요. 이게 호랑이 체격은 비슷하게 되었습니다마는 호랑이는 산중 영웅으로 이렇게 털에 윤태가 없이 누워 자는 법이 없습니다. 이것은 병이 골수에 박혀서 금명간 죽게 된 호랑이올시다. 저 여창이가 어디서 앓고 누워 있는 호랑이를 보고 그대로 그린 것이올시다. 이 그림은 더욱 사또께서 기념으로 그리신 그림인데, 이런 불길한 그림을 쓰셔서야 말씀이 되옵니까?"

이 말을 들은 원님 딴은 그 말이 그럴듯해서 다시 그림 폭을 집어 들고 바라보니 과연 생기가 없이 끙끙 앓고 누워 있는 호랑이였다. 별안간 얼굴에 노기를 띠고,

"얘 여창아, 들어 보아라. 너 이 그림을 어찌 생각하고 그렸는지는 모르겠다마는, 지금 너도 들어 본 것처럼 이 그림은 죽어 가는 호랑이 그림이 되었다. 그러니 다시 잘 생각해 그려 오너라. 그리고 이것은 도로 가져가서 없애 버려라."

여창이는 할 수 없이 아무 말도 못 하고 돌아왔다. 어머니는 반가이 마중 나오며,

"너 인제 오니? 그래, 어찌 되었니. 그런데 그림을 왜 도로 가지고 오니?"

"못 쓰게 되었어요."

"왜 못 쓰게 되어?"

"아, 어머니. 원님이나 다른 사람들은 다 잘 그렸다고 칭찬을 하는데 그놈의 방정맞은 늙은이 김 호방이 들여다보고는 앓는 호랑이라고 해서 원님도 그것은 못 쓰겠다고 다시 한 장 그려 오라 하셨지요."

"음, 그래. 그럼 어찌겠니. 참 생각해 보니 그렇기도 하다. 호랑이가 저렇게 누웠을 리가 있니. 몸이 편치 않아서 누워 있는 것이지. 그럼 이번에는 펄펄 뛰어가는 호랑이를 그려 가렴."

"옳아요. 어머니 말씀대로 어디 뛰어가는 호랑이를 그려야겠습니다."

그 이튿날 또 산으로 호랑이를 찾으러 갔다.

"아하, 다리야. 이번에는 펄펄 뛰어가는 호랑이를 만나야 할 터인데, 다리나 좀 쉬어서…. 아니다. 해가 퍽 기울어진 것이 아마 점심 먹을 때가 지난 것 같다. 점심이나 먹어 볼까."

하고 허리에서 찬밥 뭉치를 꺼내서 막 먹으려고 숟가락을 들려 하는데 저편 산 넘어서,

"저놈! 저기 간다! 앞을 막아라!"

하고 사람들의 떠드는 소리가 나더니 산악이 무너지는 듯이,

"어흥-."

소리가 나더니, 등 털을 거스르며 등잔 같은 두 눈이 번쩍거리는 호랑이 한 마리가 달려왔다. 참으로 무시무시한 형세로 달려오는 것을 바라보던 여창이 깜짝 놀라 벌떡 일어나서는 나뭇등걸 뒤로 바짝 붙어 서서 달려가는 호랑이를 그대로 그려 가지고는,

"옳지! 인제야 이만하면 훌륭한 호랑이가 되겠지."

집으로 돌아와서 열심히 그려 가지고,

"어머니, 이번엔 어떻습니까? 이것은 참 잘 되었지요. 이만하면 그놈의 늙은이도 무어라고 말을 못 하겠지."

"글쎄다. 그런 이들은 다 보는 데가 있으니까 알 수 있니. 가지

고 가서 잘 바치고 오너라."

이리하여 여창이는 그림을 가지고 읍으로 가서 그림을 원님 앞에 펼쳐 놓았다. 원님은 고개를 끄덕끄덕하면서,

"오, 그 호랑이는 쓰겠다. 아주 기운차게 뛰어가는 것이 참 잘 되었다."

전과 같이 한 사람 두 사람 돌려보다가 김 호방 차례가 왔다. 여창이는 가슴이 달랑달랑하였다.

'저놈의 늙은이. 또 무어라 하노? 어허, 또 웃음이 터지는걸. 탈 났는걸.'

아니나 다를까 김 호방 노인은 눈을 찌푸리고 들여다보더니 너 털웃음을 또 지었다.

"허허허허. 하하하하. 이것을 그림이라고 가져왔어. 어허, 그 사람 염치없는 사람이로군."

원님이 먼저 어이가 없다는 듯이,

"호방, 또 어디가 어떤가."

"어디가 어떤 게 무엇입니까? 이것은 전 그림만도 더 못 쓸 그 림이외다. 전 것은 그래도 제 병으로 사람에 비하자면 와석종신[68] 이나 되겠지요. 이것은 사냥꾼의 창을 맞고 뛰어 달아나는 호랑이

---

68 와석종신(臥席終身): 제명을 다하고 편안히 자리에 누워서 죽다.

오니 사람으로 치면 전장에서 패해서 적군의 창을 맞고 달아나거나 위험한 곳에서 도적을 만나 몸을 상하고 도망가는 격이니 이는 참으로 불길하기 짝이 없는 것이 의당한 줄 아옵니다."

이 말을 들은 원님은 듣고 보니 과연 그럴듯해서 주의하지 않은 것을 대단히 책망하고 그림을 뚤뚤 뭉쳐 내던져 주며 벌떡 일어나 방으로 들어갔다. 여창이는 어찌할 줄 몰라서 잠잠히 한참 동안 멍하니 앉았다가 깜짝 정신을 차려 일어나 집으로 돌아오며 곰곰 생각해 보니 참으로 그 어머니를 볼 낯이 없었다.

'이 말을 어머니가 들으시면 얼마나 근심하시리. 나도 남의 자식이 되어 한 번도 아니고 두 번씩이나 이런 변변치 못한 꼴을 당하니 선조의 명예를 더럽히는 것이 이보다 더할 수 없어. 오냐. 차라리 이 목숨을 끊어 선조 혼령께 사죄하는 것이 마땅할 것이다. 그러나 어머니를 누가 봉양하랴? 그래도 살아 있어서 어머니 마음을 상하게 하는 것보다 죽어 없어지는 것이 옳은 일이다.'

이처럼 생각한 여창이 으슥한 산길로 들어가서 허리띠를 끌러 나뭇가지에 걸치고 막 목을 매어 죽으려 할 때였다. 대군 일행이 지나가시다가,

"얘 범아, 저기 저- 허연 게 무어냐? 그것이 사람 아니냐. 얘, 수상하다. 빨리 가서 붙들어라."

범이 봉이가 한달음에 달려가서 여창을 번쩍 앉으며 줄을 끌

러서 내려놓았다. 여창이는 한참 만에 정신이 돌아서 주위를 휘휘 둘러보더니,

"에구, 누구들이신지는 모르오나 죽을 사람을 살리시는 것은 고마운 말이외다마는 이놈은 꼭 죽어야 할 놈이오니 그대로 길이나 어서 가시지 남의 일에 상관하실 것 없소이다. 모처럼 정신을 잃고 있는 것을 살려 놓으시니 또 어찌 죽으란 말씀이오. 못 할 노릇이외다. 한 번 죽기도 어려운 것을 두 번씩이나-"

하며 엉엉 목을 놓아 우는 여창이를 온화한 음성으로 대군께서 앞으로 다가서며,

"이 사람 보아하니 장래가 만 리 같은데 어찌하여 죽으려 하는가?"

"예. 노인장 말씀 들으십시오. 그저 이놈은 죽어 마땅한 놈이외다. 살아서 조상께 죄인이오. 살아 있는 노모의 근심을 끼치는 이 못된 놈은 만사무석[69]이외다."

"허어- 이 사람. 그러지 말고 자세한 이야기나 듣세그려. 그렇게 고집하지 말고. 어서 죽어야 할 사정을 이야기하소."

"글쎄 말씀이외다. 이놈의 사정을 어찌 지나가시는 손님에게 말씀하오리까? 들으셔야 이놈의 변변치 못한 말씀이니 어서 갈 길

---

69 만사무석(萬死無惜): 만 번 죽어도 아까울 것이 없다.

이나 가시지 구태여 물으실 게 없소이다. 이놈은 말씀하기도 부끄러운 일이외다."

"아니, 사람이란 세상에 나서 사람 노릇을 한번 해 보는 것이 모처럼 세상에 사람으로 태어난 본의가 있는 것이지, 죽어 없어지면 그런 원통한 일이 또 어디 있단 말인고? 어서 이야기나 하소."

"그처럼 물으시는데 말씀 아니하기도 어렵습니다마는, 그저 이놈의 부끄러운 말씀뿐이니 듣지 마시고 어서 가십시오."

"아니, 내 말 들어 보소. 그래, 우리가 지나가다 사람이 죽는 것을 보고 그대로 가는 것이 어디 사람의 도리인가? 어쨌든 우리가 만난 이상에야 그 사정을 들어 보고 될 만한 일이면 해결할 도리도 생각할 것이고, 만일에 꼭 죽어야 할 만한 일이면 우리는 그대로 갈 터이니 어디 말이나 해 보소."

"이처럼 물으시는데 어찌 기망하겠소이까? 그러면 말씀하겠습니다."

여창이는 그 고을 원의 분부로 호랑이를 두 번이나 그려 갔다가 김 호방의 웃음으로 퇴박을 맞고 돌아오는 길인데, 자기 집안이 오래전부터 유명한 화백의 집안으로 자기 대에 와서는 오늘날 이러한 창피를 당한 것은 선조에게 욕을 보이는 것이며, 살아 있는 노모에게 큰 불효라 꼭 죽을 수밖에 없다는 이야기를 다 한 뒤에 흐느껴 울기를 마지아니하였다. 이 말을 들은 모든 사람이 누구나 다 함께

눈물을 흘렸고 대군께서도 비감한 생각으로,

"여보소, 사정을 듣고 보니 그럴 듯도 하다. 그러나 사람의 일이란 칠전팔도(七顚八倒)를 하여도 나중에 한 번 일어서는 때가 있고 함지사지[70] 연후에 생이란 말도 있지 않은가. 지금 이렇게 옹색하게만 생각할 것이 아니라 다시 한번 생각을 돌리게. 그리고 그 그림을 좀 보세. 어떻게 그렸기에 그렇게 퇴박을 맞았단 말인가?"

"네. 두 번째 그린 것이 이것이외다."

하고 내어놓는 그림 폭을 펴보신 대군은 고개를 끄덕끄덕하시면서,

"옳지, 딴은 그렇군. 자, 이 모양이 얼른 보기에는 용맹하게 뛰어가는 호랑이 같되, 실상은 사냥꾼의 창을 맞고 놀라서 뛰는 모양이 확연해. 그런즉 안목이 있는 김 호방으로 그렇게 말하기 쉬운 일이야. 자, 그런즉 내가 이번에는 부탁하는 것이니 이 중간으로 병든 호랑이도 아니요, 또 너무 이렇게 날뛰는 호랑이도 아니요, 아무쪼록 온화하게 평화롭게 어디 다시 한 폭 그려 보게. 그래서 잘 되면 내가 특별히 원님께 부탁해서 이번에는 꼭 되도록 할 터이니."

"네. 황송하올시다. 그럼 노인장만 믿고 또 한 폭 그려 보겠소이다. 그런데 저희 집이 예서 멀지 않으니 같이 가서 묵으시지요."

---

70 함지사지(陷之死地): 목숨이 위태로운 처지에 빠지다.

"허, 그도 좋은 말인걸. 우리는 무슨 볼일이 있어 다니는 것도 아니오. 또 그대의 집 구경도 할 겸 그러나 이 여러 일행이 다 묵을 수가 있을라구."

"네. 그는 염려 마십시오. 아이들 글자나 가르치느라고 아래채를 널찍이 지었소이다. 그런 건 아무 염려 마십시오."

"그럼 잘 되었군. 그림 그리는 구경도 하고 잘 되었어. 자- 어서 들어가지."

이리하여 대군 일행은 여창의 집으로 가서 묵기도 하고 우선 주안을 좀 준비하라는 뜻으로 돈 열 냥을 내놓으시니 여창이는 평생에 처음 보는 돈이라 두 눈 동그래서,

"아, 이게 웬일이오리까? 무엇, 아무것도 없소이다마는 염반이라도 잡수시게 할 터이니 이것은 그만 도로 간수하시지요."

"아니야. 무슨 조석 값으로 내는 것이 아니야. 우리가 객지에서 오래 지내느라고 고기붙이를 변변히 못 먹어서 좀 먹을 것을 사 달라는 것이야. 우선 읍에 사람을 보내서 술도 좋은 것으로 넉넉히 사고 제육이며 닭 같은 것도 좀 사서 잘 먹게 해 주어. 응, 알겠지."

"네. 하라시는 대로 하겠습니다."

대군의 말씀대로 여창은 일변 읍으로 사람을 보내어 우선 집에 있는 닭과 돼지를 잡아 여러 손님을 잘 대접하도록 분별하고, 그 이튿날 새벽같이 집을 떠나서 산으로 호랑이를 찾아 나섰다.

"자, 이번에는 병도 없고 상하지도 않은 참 호랑이를 만나야 할 터인데, 어떤 호랑이를 만나야 할까."

이처럼 홀로 중얼중얼하면서 이리저리 찾아다니기를 사흘 동안이나 하였다. 아무리 산골 산골을 휘 더듬어도 호랑이를 만나지 못하여서 어떠한 바위 위에 털썩 앉으며,

"이런 딱한 일이 있는가. 대관절 만나 보기나 해야 할 터인데, 어찌하면 좋을까. 집에 손님들을 두고 이렇게 나와서 안 되었는걸. 오늘은 한 마리 만나 보고 가야 하겠는데."

하며 이 생각 저 생각하는 동안에 며칠 동안 산으로 돌아다니며 피곤한 판이라 혼몽하게 잠이 들어 바위에 쓰러져서 꿈 세상으로 들어갔다. 여창이는 어디인지 산골로 들어가려니까 어디서인지 휘- 휘- 무슨 휘파람 소리가 들려서 걸음을 멈추고 그 소리 나는 곳을 바라보니 햇빛이 명랑하게 비치는 산언덕에 호랑이 한 마리가 새끼 호랑이를 서너 마리 앞에 놓고 빙글빙글 웃는 얼굴로 내려다보고 앉아 있었다. 이것을 바라본 여창이는,

"옳지, 이것 되었다! 옳아, 그 노인이 말씀하시던 온화하고 화평한 모양이 되었다. 옳다! 저것을 그려야 하겠다."

하고 종이와 붓을 꺼내어 막 그리려 하는데 호랑이가

"어흥-."

소리를 치고 달려드는 판에 깜짝 놀라 깼다. 여창이는 벌떡 일

어나 사면을 바라보니 청산이 높고 높되, 이리저리 건너뛰며 **짹짹**거리는 산새 소리뿐이었다.

"허, 꿈도 이상하다. 잠깐 졸았던 모양이군. 그런데 가만있자. 옳지, 꿈에 보이던 그것이면 되었어. 그대로 하나 그려 봐야지."

하고 붓을 들어 꿈에서 본 대로 대강 그려 보니 과연 그럴듯해서,

"옳지, 이대로 해야겠다. 집에 손님도 계시구 너무 오래 있어서는 안 되었어."

하며 집으로 급히 돌아와서,

"이것 참 너무 죄송하외다. 손님을 뫼셔 놓고 그만 나가서 일찍 돌아오지 못해서 참으로 황송하올시다."

"아니, 그런데 어디를 갔었는고?"

"예. 호랑이를 만나 보러 갔습지요."

"음, 호랑이를 만나 보러 가? 그래, 만나 보았던가?"

"웬걸, 못 만났습니다마는 꿈에서 만나 보았습니다."

하며 그린 것을 내어놓으면서 일장 이야기를 하고서 곧 그림을 시작하여 차차 그려 가는 것을 대군이 바라보시더니 방글방글 웃으시며,

"허, 사람의 마음이란 이상한 것이다. 이번엔 두말없이 되었다. 허, 잘되었어."

그 후 사흘 만에 다 그려 놓은 그림을 펴 놓고 보니 참으로 산 호랑이가 새끼 세 마리를 앞에 놓고 즐겁게 내려다보는 형용이 과연 놀랄 만하게 되었다. 여창이 자신의 기쁨은 물론, 대군 일행도 은근히 기쁘게 생각하고 입에 침이 마르도록 칭찬하기를 마지아니하였다.

　　"무엇, 내가 특히 말할 것도 없이 잘 되었지만, 내가 그대의 정성을 특별히 알리기 위해서 편지 한 장 하는 것이니 이 편지는 나중에 내어놓고 그 동정을 잘 알리고 오소. 우리는 예서 기다릴 터이니."

　　"네. 그리하겠습니다."

　　여창이는 편지와 그림을 가지고 읍으로 가서 원님 앞에 그림을 공손히 펴 놓았다. 원은 한참 동안 들여다보더니,

　　"그것 그럴듯한데 여, 김 호방. 이것 보소. 이것은 어떠한가?"

　　김 호방은 얼른 일어나 그 그림을 받아 들고 한참 보더니,

　　"음! 참으로 장하외다. 하, 사람의 일심 정력이야 과연 훌륭하외다. 다시 말씀할 것 없이 이 그림은 진실로 명화이고 상서의 기운이 영롱하오니 받으시옵소서."

　　"오, 참 애썼다. 이리 오너라."

　　하인을 불러 여창에게 돈 오백 냥과 쌀 열 섬을 내주게 하였다. 여창이는 이때에 대군의 편지를 내놓았다. 원님은 그 편지를 뜯어

보더니 깜짝 놀라며,

"오, 너 이 서간을 어디서 얻었니?"

"네. 저희 집에서 머무시는 손님께서 써 주신 것이올시다."

"네 집에서 머무시어, 오, 알겠다. 그 어른이 각도 유람을 하신다더니 어, 이것 안 되었어. 호방, 저- 양녕 대군께서 오셨네그려."

"예? 대군께서 오셨어요?"

급히 채비를 차려 원과 관속들이 나가서 대군을 뫼셔다가 끔찍이 대접하려는 동시에 여창의 일로 이렇게 만나 뵙게 됨을 무수히 하례하고 대군 일행을 공손히 배송하였다. 대군은 이후로 백제의 구도를 찾으시고 차차로 영남, 영동을 순회하실 작정이었다. 허나 원체 금지옥엽 같으신 몸에 오랫동안 객지 풍상을 겪으시고, 또 연치도 차차 높으신 터가 되어 노독과 감환으로 신고(辛苦)하시게 되어 봉이 범이의 정성스러운 간호로 교군을 준비하여 급히 한양으로 돌아오시게 되었다.

이에 이 만유기는 우선 끝내게 됩니다. 뒤에 다시 기회가 있는 대로 다시 만나 뵙기로 하겠습니다.

암울한 시대에 되살아난 양녕 대군의 쾌활 유람기

권기성

「양녕 대군 만유기」는 1930년대 야담가로 명성을 떨친 유추강(庾秋岡)의 저작이다. 제목에서 알 수 있듯, 세종의 형으로 알려진 양녕 대군이 전국을 유람하며 길에서 마주친 일들을 해결하는 내용을 담았다. 흥미로운 구성에 비해 그간 학계에서는 이 자료에 대해서 주목한 바가 없었는데, 한 편의 선행 연구[*]에서 그 내용을 간단히 제시했을 따름이다. 즉, 「양녕 대군 만유기」라는 작품은 아직 세상에 온전히 드러난 적 없는 미지의 자료라 하겠다. 여기에서는 우선 이 자료에 대한 이해를 돕기 위해 몇 가지 정보들을 제공하여, 독자들의 어설픈 길잡이 노릇을 하고자 한다.

---

[*] 이동월, 「유추강(庾秋岡)의 야담과 그 계몽적 성격」, 『인문과학연구』 46, 대구가톨릭대학교 인문과학연구소, 2022.

잡지 『야담』에서 시작된 「양녕 대군 만유기」

　「양녕 대군 만유기」는 여러 판본이 존재하는 것으로 파악된다. 그중 이 책에서 대본으로 삼은 판본은 잡지 『야담』에 수록된 연재물이다. 유추강은 『야담』에 1936년 12월(2권 12호)부터 1937년 11월(3권 11호)에 이르기까지 10회에 걸쳐 「양녕 대군 만유기」를 연재한 바 있다.

　선행 연구에 따르면 1936년 「양녕 대군 만유기」가 〈매일신보〉에 10회 연재된 뒤, 1938년 『야담』에 재연재 되었다고 하였다. 그러나 〈매일신보〉 연재물의 경우 그 흔적을 찾을 수 없고, 『야담』은 1936년부터 연재된 것이라 정보에 오류가 있다. 일단 〈매일신보〉의 자료를 찾지 못하는 이상, 현재로서는 해당 판본이 가장 선본(先本)이 아닌가 한다.

　이후 이 자료는 책으로 간행되어 판매되기 시작하는데, 〈매일신보〉의 광고에 1949년 삼중당(三中堂)에서 나온 책이 있었다고 하는 것으로 보아, 아마 『야담』 연재 이후 40년대에는 책으로 출간되어 널리 퍼진 것으로 여겨야 할 것이다. 『한국현대장편소설사전』에는 1950년 삼중당에서 나온 본이 있다고 알려지며, 국립중앙도서관에는 1953년 삼중당본, 1958년 이론사(理論社)본이 공개되어 있다. 약간의 변개는 있을지언정 이후의 여러 판본은 모두 『야담』에 뿌리를 둔 것이다. 그 차이를 면밀히 살피는 일도 필요하겠거니와, 이 자료를 독자들에게 소개하기 위한 용도로 『야담』본을 우선 활용한 것은 그런 까닭에 기인한다.

한, 일 문화사 속 「양녕 대군 만유기」의 탄생

이처럼 「양녕 대군 만유기」가 40년대와 50년대를 거쳐 계속해서 중간되고 판매된 저력은, 이 자료가 대중에게 영합하는 흥미 본위의 결과물이었음을 방증한다. 그렇다면 유추강이 이런 글을 쓴 이유는 무엇일까? 그의 직접적 언술이 남겨져 있지 않는 이상, 창작의 의도를 정확히 알 수는 없겠으나 텍스트 내부의 탐색을 통해 그 일면을 짐작할 수는 있지 않을까 한다.

이 작품이 연재된 잡지 『야담』은 1935년 김동인이 발행한 것으로, 전근대의 역사적 소재나 문예 장르를 도저하게 활용한 글을 주로 수록하였다. 『야담』의 주요 작가 중 하나였던 유추강 또한 그런 작품 경향과 무관하지 않았다. 그런 면에서 따지자면 유추강은 우리에게 이미 익숙한 설화나 야담 등을 활용하여 「양녕 대군 만유기」의 창작을 시도했다고 볼 여지가 있다. 즉, 「양녕 대군 만유기」를 접하게 된 독자들이 느끼게 되는 일종의 기시감이란, 암행어사 박문수 따위의 설화에서 많이 접했던 인물의 익숙한 형상, 혹은 어사담 및 송사담류의 전통 서사에서 아른거리는 악인 퇴치와 같은 친숙한 내용 때문인 셈이다. 그것은 잡지 『야담』의 영향이자, 당대 야담 작법의 일반적 경향이었다.

그러나 이 자료는 그보다 일본의 미토고몬(水戸黄門) 이야기의 영향을 강하게 받은 것이라 짐작된다. 미토고몬은 도쿠가와 이에야쓰의 손자로 본명은 도쿠가와 미츠쿠니(德川光圀)이다. 그는 미토번의 번주로 『대일본사』 편찬에 착수하는 등 미토번을 학문의 중심으로 성장시켰으며, 이에 따라 미토학(水戸學)이라는 학문 사조가 형성되어 일본의 민족주의와 국민 국가 의식 형성에 큰 영향을 미쳤다고 한다.

그는 노년에 천하를 주유하였는데, 관련된 일화나 전설 등이 일본에서 널리 알려져 있다고 한다. 재미있는 점은 당시 평민 복장으로 변장해 다니며 두 명의 뛰어난 가신을 거느리고 일본 전국을 떠돌았다는 것이다. 이 구도는 「양녕 대군 만유기」에서 양녕 대군이 노년에 범이와 봉이라는 두 명의 가신을 데리고 천하를 주유한다는 그것과 정확히 닮아 있다.

일본에서는 이미 1938년(昭和13年) 〈水戸黃門漫遊記〉라는 영화가 나왔을 뿐 아니라 현재까지도 여러 TV 매체에서 단골 소재로 이 이야기를 활용하고 있다고 한다. 1938년에 영화가 출품되었다는 것은 이미 그전에 이 작품이 일본에서 독물(讀物)로서 널리 알려졌음을 의미한다. 연재 당시 유추강이 당시 어떤 텍스트를 접했을지는 불분명하지만, 해당 이야기의 구도를 기틀로 삼아 「양녕 대군 만유기」의 근간을 만들어 갔을 것이라는 추정은 충분히 가능하다. 당시 『야담』에는 일본의 여러 텍스트를 활용하며 한국식으로 재활용 내지는 번안하는 경향이 번다하였던바, 이 자료 또한 그런 연장선상에서 놓고 볼 필요가 있는 셈이다.

왜 하필 양녕 대군을 주인공으로 내세웠을지도 이와 연관하여 생각해 볼 수 있다. 미츠쿠니는 동복형이자 장자인 마츠다이라 요리시게가 있었음에도 불구하고 번주에 올랐고, 그런 까닭에 번주에서 은퇴한 말년에 이런 행적을 보일 수 있었다. 그러나 한국에서는 정치적 구조 등 상황이 조금 달랐고, 은퇴한 왕의 이야기는 흔치 않았을뿐더러 적합한 설정이 아니었다. 대신 왕위에 오르지 않았지만 자유롭게 생활할 수 있었던 대군과 같은 왕족을 물망에 올린 것이 아닌가 한다. 그 과정에서 미츠쿠니와는 다르게 왕위를 내어놓고 자유롭게 살았던 양녕 대군이 주인공으로 선정되었다.

　　양녕 대군의 경우 조선 시대 전반에 걸쳐 다양한 기록에 언급되는데, 그 형상은 전일하지 않고 시대에 따라 변주되곤 했다. 실제 조선 초기의 정치적 지형도에서 그는 상당히 부정적으로 평가되는데, 후기로 갈수록 긍정적 형상으로 전변하는 모습을 보인다.[**] 그 전환점은 17세기, 양녕 대군의 외손이었던 허목이 숙종에게 간청하여 지덕사(至德祠)를 세우고 「지덕사기(至德祠記)」를 지은 데서 두드러지는데, 이후 정조 시기에 이르러 확연히 긍정적으로 인식되고 있다. 우리에게 널리 알려진 양녕의 이미지, 곧 세종의 뛰어난 재능을 알아보고 미친 척하며 왕위를 내어놓는 양녕 대군의 이미지는 이 시기 즈음부터 본격적으로 마련된 것이다.

　　그에 대한 변화된 인식은 민간에서도 확장되었을 터, 이러한 점들은 「정향전」과 같은 옛 작품에서 긴요하게 활용되었다. 「정향전」은 세종대를 배경으로 하는 고전 서사 작품인데, 묘향산으로 유람을 떠난 양녕 대군이 주색에 빠지지 않겠노라고 세종과 약속을 한 뒤, 기생 정향에 의해 그 약속이 깨진다는 훼절담을 주 골자로 삼는다. 그렇지만 그보다 주목

[**]　　이기대, 「讓寧大君관련 기록의 형성과 변이 양상」, 『우리문학연구』 36, 우리문학회, 2012.

해야 할 점은 세종과 양녕 대군의 우애와 관계성을 보여 주는 데 결말의 초점이 맞춰져 있다는 것이다. 실제 양녕 대군이 관서 지방에 유람을 갔던 시기는 63세 무렵이고 이 시기는 세조 2년이어서 세종과는 역사적 관련이 없는 사실이다. 그러나 양녕 대군에 대한 인식이 전환되면서, 조선 초기 양녕 대군이 주색을 탐하여 폐세자가 되었다는 역사적 사실은 점차 감추어지고, 조선 후기에는 세종과의 관계를 긍정적으로 묘사하는 식으로 바뀌어 갔다. 세종-양녕 대군의 관계성을 배경으로 삼는 「정향전」이 18세기 정도에 창작되었다는 것을 짐작해 보면 이점은 더욱 분명해진다. 즉, 달라진 양녕의 이미지, 또한 「정향전」에서 활용된 유람과 유흥과 같은 선례에서 양녕 대군은 이미 팔도를 떠돌아다닐 한국판 '만유기'의 주인공으로서 그 가능성을 충분히 내재하고 있었던 것이라 보아야겠다.

　　요컨대 유추강은 일본의 이야기를 한국적으로 다시 쓰는 가운데, 등장인물과 사건의 전개 등과 같은 개략적 구도는 차용하되, 그 안에서 벌어지는 이야기는 전근대의 어사담류에서 자주 볼 수 있었던 한국적 소재를 활용하여 연재물을 구성했을 것이라 짐작된다. 또 이야기를 이끌어 가기에 적합한 주인공으로 양녕 대군을 내세웠다. 다만 이 같은 부분은 어디까지나 인상적인 동이점을 우선 주목한 것에 지나지 않기에, 자세한 분석과 고찰은 연구자들의 후속 관심이 뒤따라야 할 것이다.

구원의 서사, 「양녕 대군 만유기」의 노정과 매력

「양녕 대군 만유기」는 총 10회 연재분으로 되어 있으며, 세종 15년 이후를 본격적인 시간 배경으로 삼는다. 주인공인 양녕 대군이 수하인 임호(범이), 박봉이(봉이)를 얻게 된 과정을 그린 1회의 내용 이후, 평안도와 경기도, 충청도를 돌며 총 14개의 사건을 겪는 일화를 병렬적으로 나열하였다. 일화의 소재는 각기 다르지만 사건 전개의 구도는 패턴화되어 있어 방식이 흡사하다. 즉, '① 낯선 장소에 양녕 대군이 범이, 봉이와 도착 → ② 주막이나 마방집 등 지역 사람들이 모여 나누는 이야기에서 사건을 포착 → ③ 양녕 대군이 잠입하여 악인을 마주치고 정황을 파악 → ④ 범이와 봉이가 등장하여 무력으로 제압 → ⑤ 감사의 인사를 받고 길을 떠남'과 같은 공통적인 구성을 지니고 있다는 것이다.

14개의 사건은 성격에 따라 크게 두 가지로 분류가 가능해 보인다. 첫째는 잡술을 사용하여 혹세무민하는 악인들을 물리치는 이야기이며, 둘째는 억울하거나 불쌍한 처지에 있는 백성들을 도와 그들의 원정을 해결해 주는 이야기다.

　　사린교에 내려 천천히 걸어오던 원은 대군께 공손히 인사를 마치고 그 광경을 다 본 후에 중을 결박하여 읍으로 가서 사실을 조사해 본 결과 그 늙은 중은 정말 중이 아니요, 평산 단암이란 곳에 살던 부랑패류로 중 모양을 차리고 산성 사태사 묘에 모여드는 백성들을 한 번 속여 먹으려고 조그마한 돌부처를 갖다가 그곳에 묻을 때 그 주위에 콩을 몇 섬 묻어 두었던 것이다.

　　그리하여 물을 부으면 그 콩이 불어서 위로 올라오게 되면 돌부처가 그 콩에 밀려서 땅을 뚫고 나오게 해서 이것을 모르고 모여드는 백성들은 참으로 부처님이 땅에서 솟아오르는 것으로만 믿고 그곳에 공양을 드린다, 복을 빈다 해서 적지 않은 재물을 얻게 될 것이다. 이것을 생각한 그 거짓 중은 일이 거의 성사되어 갈 임시에 뜻밖에 양녕 대군을 만나 그 흉악한 내용이 탄로되어 모든 흉계가 수포에 돌아가는 동시에 여러 사람은 큰 도움이 되어 한편으로는 자기들의 어리석었던 것을 후회하고 한편으로는 대군의 출중하신 도량을 칭찬하였다.

첫 번째 사례를 들어 본다. 황해도 평산의 사태사에서 부처님이 땅속에서 솟아오른다는 이야기가 횡행한다. 양녕 대군은 믿을 수 없는 사실에 의심을 품고, 이것이 콩을 불려 사기를 친 행위임을 밝혀낸다. 이후 현혹된 백성들에게 진상을 알리고 사태를 해결한다. 이런 유의 이야기에서 잡술을 시도하는 주체는 대개 '중'이다. 평안도 대다리에서 사람들에게 조상신의 예언을 빌미로 집단 이사를 부추기는 존재 또한 여승이다. 이후 충청도 예산에서는 화엄사 중의 잡술에 의해 정신이 나간 청년을 구해 주기도 한다. 이처럼 여러 편의 이야기에서 중은 잡술을 이용하여 혹세무민하고 사람들을 속여 자신들의 이득을 꾀하는 존재로 그려지고, 양녕 대군은 이를 막아 몽매한 백성들을 깨우쳐 주는 존재로 설정되었다.

"이놈, 들어 보아라. 내 말을 들으니 네 어른이 자수성가를 하여 지금은 넉넉한 살림이 되었을 뿐 아니라 동네 간에도 인심을 얻고 매우 점잖게 이름을 알려 놓았다는데, 너도 너희 어른을 본받아서 동네 어려운 사람들을 돌보아 가

며 집안을 더욱 부하게 해서 조상에게도 영광을 돌리는 것
이 사람 된 도리겠거늘. 이놈, 남의 처녀를 늑탈하느냐. 애
매한 백성을 관장에게 무고해서 고생을 시킬 뿐 아니라 그
집안 가족들이 다 기사지경을 당하게 하고 동네 모든 사람
들의 원망을 듣게 하니, 그게 무슨 못된 놈의 일인고? 이후
로 네가 마음을 고치겠는고.”

　　“예. 황송하온 처분이올시다. 지금 처분을 듣사오니
참으로 부끄럽기 한량이 없사외다. 만 번 죽어도 아깝지 않
사오나 그저 한 번만 용서하시면 차후로는 다시 그런 일 없
이 지내겠사외다….”

　두 번째 경우에는 잡술보다는 현실적 국면에 보다 초점
을 맞추었다. 위의 예문은 충청도 온양 에피소드의 마지막
장면이다. 박준식이라는 부자가 이웃집 장 영감의 딸을 강
제로 취하려 하다가 뜻대로 되지 않자, 관아의 원과 짜고 장
영감을 감옥에 가두었다. 정황을 파악한 양녕 대군은 박준식
을 향해 호통을 치고 그의 잘못을 뉘우치게 한다. 이후 양녕
대군은 장 영감을 풀어 주고, 박준식으로 하여금 베 열섬을
보상하게 하고 길을 떠난다. 온양의 백성들은 대군의 은혜와
현명한 판결에 모두 만수무강을 외친다. 「양녕 대군 만유기」

의 대다수 이야기는 이런 식의 구도를 따르고 있다. 즉, 어떤 사연에 의해 핍박을 받고 있는 일반 민중의 삶을 양녕 대군이 포착하고, 이를 해결하여 삶을 구원하는 형태의 결말이다. 백성들을 따뜻하게 어루만지는 양녕 대군의 면모는 공통적 성질로 전제하고, 해결의 과정에서 발생하는 다양한 사건의 배치, 극적 긴장감과 해원의 카타르시스를 각 에피소드의 정체성으로 삼고 있는 셈이다.

그런 까닭에 전체 이야기는 회차별로 상이한 감회를 자아내며, 성공적인 흡입력을 지닌 에피소드와 그렇지 않은 것으로 구분되기도 한다. 보통 굵직한 사건들을 해결하고 난 직후에는 서브 에피소드 같은 것들이 따르기도 하나, 일정하지 않은 것으로 보아 연재 시 여러 요인에 따라 에피소드의 향방이 달라졌던 것으로 여겨진다. 따라서 각 에피소드는 계기적이고 점진적으로 전체 내러티브를 축조해 가지는 못하고, 독립적이고 파편적으로 흩어져 있다는 인상을 받게 되기도 한다. 또한 전국을 유람하는 듯했던 행보가 황해도, 평안도, 경기도, 충청도를 거쳐 양녕 대군의 노독과 병환으로 멈추게 되는 것 또한 작품의 개연성과 완결성에서는 아쉬운 점이다. 작가 또한 "이에 이 만유기는 우선 끝내게 됩니다. 뒤에 다시 기회가 있는 대로 다시 만나 뵙기로 하겠습니다." 하고 서둘러 작품을 마친 듯한 인상을 남기고 있다. 연재 당시의 여러 상황을 고려해야겠으나, 이점은 「양녕 대군 만유기」를 읽어 가던 독자들에게는 다소 황망한 지점이라 생각된다.

이렇게 장 영감 집안에서는 즐거워하며 이리 주고받는 사이에, 대군께서는 봉이 범이를 데리시고 곧 관가로 가셔서 삼문 한가운데로 들어가시려 한다. 사령 하나가 기웃거리며 내다보다가 부리나케 뛰어나오며,

"그, 누구여? 어디를 들어가…."

"동헌에 들어가…."

"대관절하고, 누구여?"

"사람이여…."

"사람인 줄은 알아도 어디 사는 사람이여?"

"나 서울 사는 사람이여…."

"서울, 서울 살면 누구란 말이여…."

"나 서울 사는 이 첨지여…."

"무엇 하러 들어가?"

"원 좀 보러 가…."

"원, 원님을 무슨 일로 뵈러우?"

"좀 볼일이 있어서…."

"가만있어. 그렇겐 못 들어가…."

"왜 못 들어가? 난 좀 들어갈걸…."

"이게 웬 미친놈이야. 썩 물러서지 못해?"

그러나 일정한 한계에도 불구하고 「양녕 대군 만유기」가 갖는 매력 또한 분명하다. 예를 들어 작품의 전면에 흐르는 쾌활하고 유쾌한 웃음의 코드는 다소 단조롭고 진지하게 흐를 수 있는 작품의 분위기를 적절하게 이완하며 서사에 생동감을 불어넣는다. 마치 판소리계 소설의 한 장면을 보는 듯한 위와 같은 장면이 작품의 전면에 흐르는 정조를 구축하면서, 그의 유람기는 엄숙한 악의 퇴치가 아니라 자못 쾌활한 구원의 노정기로 인식되는 것이다.

이 외에도 당시 지방과 서울의 인식 차이라든지, 그 가운데 적절하게 활용되는 방언의 면모, 사람들의 구연 현장을 서사적 언어로 전화하여 에피소드를 이어 가는 방식 등은, 이 작품의 활력 넘치는 생동감이 당대 현실과 맞닿아 있는 듯한 효과를 적절히 부여한다. 또한 이런 개별 에피소드의 특이한 지점들을 따져 가며 읽는 재미도 있거니와, 개별 이야기가 끝나지 않고 지속되어 세계관을 확장하고 있는 반가움도 동시에 만나게 된다. 흥미로운 옛이야기의 짧은 결말을 아쉽게 느낀 독자라면 누구나 충분히 감응할 만한 지점이다.

일본의 작품에서 구도를 따왔다고 하더라도, 어려운 시기에 백성들을 찾아다니며 희망을 준다는 서사는 홍길동이나 박문수와 같은 재래의 민중 영웅을 다시금 상기시키기도 한다. 양녕 대군의 도정이 백성들의 구원에 닿아 있었던 만큼, 현재에 대한 위안과 감동의 서사로 손색이 없었을 터다. 이것이 특히 암울한 시대 속 「양녕 대군 만유기」라는 텍스트가 독자들에게 제공한 감동과 흥미의 본령이 아니었을까 한다. 이 자료가 1930년대라는 일제 강점기에 산생되어 1950년대의 전후 시기까지 인기리에 지속될 수 있었던 이유도 바로 여기에서 찾아야 할 것이다.

양녕 대군 만유기 讓寧大君漫遊記

1판 1쇄 펴냄 2025년 9월 22일

지은이 유추강
옮긴이 강예지/이예지
해　제 권기성

편　집 임명선
디자인 전혜정

펴낸곳 틈 많은 책장
펴낸이 임명선

등록 2024년 1월 30일 제2025-000031호
주소 부산 해운대구 대천로67번길 12, 4층 401-140A호

이메일 generous_crack@naver.com
인스타그램 www.instagram.com/generous_crack

ISBN 979-11-987118-3-0 (03810)